U0940533

成柳散章

柳杨

著

中国铁道出版社
CHINA RAILWAY PUBLISHING HOUSE

图书在版编目（CIP）数据

成柳散章 / 柳杨著．-- 北京：中国铁道出版社，2019.1
ISBN 978-7-113-25322-6

Ⅰ．①成… Ⅱ．①柳… Ⅲ．①中国文学—当代文学—作品综合集 Ⅳ．① I217.2

中国版本图书馆 CIP 数据核字 (2018) 第 295503 号

书　　名：成柳散章
作　　者：柳　杨

责任编辑：奚　源　王晓罡　　　　电话：（010）83545974
装帧设计：闰江文化
责任印制：赵星辰

出版发行：中国铁道出版社（100054，北京市西城区右安门西街 8 号）
印　　刷：中煤（北京）印务有限公司
版　　次：2019 年 1 月第 1 版　2019 年 1 月第 1 次印刷
开　　本：880mm×1230mm　1/32　印张：8　字数：200 千
书　　号：ISBN 978-7-113-25322-6
定　　价：42.00 元

写就生活大美，歌咏美好时代

赵克红

（中国铁路作协副主席、洛阳市文联副主席、洛阳市作协主席）

《成柳散章》是河洛作家柳杨（王广厚）先生继诗集《柳吟集》之后，又一部抒写生活之美、时代之美的散文集。

惊讶于柳杨的勤奋和创作速度，前不久，刚刚拜读过他新出版的诗集，紧接着散文集又即将付梓，可谓双喜临门。这是他文学上长期积累沉淀的结果，“幸运总是垂青有准备的人”。在此，我对柳杨先生表示诚挚的祝贺！

我问过柳杨，书名里的“成柳”为何意？原来这是他在青年时代发表第一篇文章时用的笔名。“光阴似箭，日月如梭”，现在他已步入知天命之年，对文学仍旧初心不变，在文学道路上的行走愈发稳健和自信。所以，他思来想去，感觉用最初的笔名做书名非常有意义，这也算不忘初心吧。

这本书是他用文字书写的心灵史，用妙笔记录的多彩社会，用语言描绘的人生散章。

对于同龄读者特别是经历相似的人，读起来更能产生共鸣。浓郁深情的文字，醇香悠远，入目醉心，让人回味。柳杨先生一直自称学生，谦恭好学，采撷百花，酿就芬芳的花蜜，洒向人生旅途。

柳杨先生是普通的农家子弟，二十世纪八十年代中期，在万人拥挤的高考“独木桥”上脱颖而出，成为金榜题名的幸运儿。之后，拿起教鞭耕耘三尺讲台，最后又调入乡镇机关从事宣传文化工作，丰富的人生经历和文学道路平行而进。

作者在幼年稚嫩的心灵里,已经播下了文学的种子:少年闲暇之余，抄写的数十本《文海拾珍》佳作集萃，让他初步领略到文学的瑰丽精华。数十年来，他锲而不舍，笔耕不辍，案头至今仍摆放着自己当年写下的厚厚的数十本随笔，这为他今天的成就奠定了坚实的根基。

柳杨先生的散文涉猎内容比较广泛，有对时代主旋律的弘扬，有对大自然的赞美和感悟，更有对人生以及社会的深刻思索。他用饱满的情感、炽热的情趣、优美的语言、深刻的哲思，情文并茂地将这一篇篇美文呈现在读者面前。在《“柳风”和畅满目春》这篇人物专访中，作者写道：

2016 年 7 月 24 日下午，五彩缤纷的紫薇花在路旁华美绽放，河堤上垂柳婀娜，在夏风的吹拂下摇曳多姿，画眉鸟、百灵鸟一展歌喉，尽情地放声歌唱……

此时，正是草木葱茏、鸟语花香、诗意盎然的盛夏时节，在洛阳城的大街小巷铺满了灿烂的阳光……这篇文章描写的主人公是洛阳老作家学会会长柳风先生，人物虽没有出场，绝美的盛景如三月的细雨洋洋洒洒地落在读者的心底，润了心，醉了眸。

柳杨先生散文的可贵之处在于，所有的记录都是原始的、本真的。在《暖暖父亲节，甜甜粽子香》一文里作者写道：

不一会儿，女儿来了。拎着大包小包，带了许多礼物……女儿一边落座一边说：爸爸，端午节要到了，父亲节也要到了。您整天忙着，我替您买来了一件 T 恤，一副墨色眼镜，还给您捎来了两个粽子……

我虽然嘴上这样说着：不要乱花钱，心里却像灌了蜜一般的甜。

时下，我国已经进入老龄化快速发展阶段，儿女们忙于生计，有些缺乏担当，孝敬老人的传统美德也需要主流精神的不断褒奖。作者写下了女儿在父亲节、端午节看望自己的一个个生动细节，瞬间生出温情与感动。

柳杨先生一直用阳光的态度看山、看水、看自然、看万物。这份童真、童趣，就贯穿在《烟雨郝堂几多美》的行文里：

丙申年四月，我和好友第一次踏上河南信阳市郝堂村的水乡沃土，观赏这里的美丽乡村建设。迎接我们的是绵绵不绝的夏雨，当我们置身这烟雨笼罩的多情郝堂村，但见雨水淅淅沥沥不时亲吻着这方土地，目之所及，只见水塘一个紧挨一个，一幅江南水乡的美丽画卷映入眼帘……

精彩的文学评论也是柳杨先生这部散文集的一大特色。在某种程度上说，写好文学评论并非易事。有的难度甚至超出了文学创作本身。但是，作者却异常勤勉，每每读完一部佳作，只要拨动了作者的心弦，他都要伏案写作，反复修改、提炼、润色，最后才予以刊发。

这其中有对我的散文集《梦在远方》和组诗《陌生人望我的眼神》的评论，有对作家吴文奇、冷慰怀、董进奎、李易农、段新强、苗秋闹、王献龙等人文学作品的品评，也有对文学大师路遥的《平凡的世界》、周大新的《曲终人在》和陆天明的《苍天在上》的文学评论，写出了作者的真知灼见，人生感悟，堪称佳作。

柳杨先生的文字带着浓郁的生活气息，字里行间无不透露着对生活的热爱，因此所有的生活细节与场景从笔尖满溢出来，散发着满满的正能量。

有许多见过他的朋友都说，柳杨身上好像自带阳光，看不到阴郁和悲观，这大概就是人们常挂在嘴边的“文如其人”吧。

柳杨先生用充满正能量的文字向读者传递着热情，传递着美好，传递着力量。相信每一位读者皆能从书中获得这样的感受。

愿柳杨先生继续用他带着阳光和希望的笔，纵情书写生活之美。

是为序。

2018 年 12 月 28 日于洛阳建安门

燃烧激情书人生

柳风（刘锋）

（洛阳市老作家学会会长、河南省作协会员）

结识作家柳杨（王广厚）先生，乃我一生之幸。每次接触，不论是相坐闲谈，抑或小聚对酌，他总能给人带来热情、带来欢乐，带来愉悦和感奋。他性格豁达，乐观开朗，举止言谈，落落大方。由于我们有着共同的爱好，总有扯不完的话题。在多次的接触中，我发现他对生活、对人生总是充满着火热的激情和殷殷的希望，并把这种激情和希望，不可避免地带入他对文学事业的追求中，笔耕不辍，孜孜以求。前段时间，我刚为他的教育随笔文集《您是爱迪生他妈》写了序言。现在，又一部即将付梓的散文集《成柳散章》的书稿赫然摆在了我的案头，并嘱我为之作序，我欣然应允。

这部文集计约二十万字，按其内容分为五辑，但并不十分严格，就体裁论各有穿插、互为映照。其中有人物传记，有对生活的追忆，有对地理环境和自然环境的歌赞，有对作品的评价，间以民间故事和地域方言里俗等穿插，内容丰富、题材多样，几乎囊括了现代生活的方方面面。就一方地域和一个人的经历来说，它应是一部政治、历史、文化、事业、社会、家庭、励志以及感情的综合文本。通读之后，我为之感动。不仅内容题材多样化，尤令人感动的是，作者在叙写这些内容和题材时，篇篇章章，桩桩件件，无不透露着火辣辣的激情。作为一个文学作者，面对生活，没有一个真诚的态度，没有火热的激情，我想是不会写出脍炙人口、读者喜闻乐见的作品的。通过对这部书的阅读，我认为作者无疑为我们树立了一个榜样。

诚然，这部文集所收辑的文章，从体裁来讲，不全是纯散文式的文体。但不论是对作品的评价，还是对理论的探讨，都是作者思想的体现、感情的表达，特别是对事业、爱情的追求，字里行间都闪现着作者的身影，体现着作者乐观向上的生活态度，燃烧着火热的激情。也因此，把这散章零篇连缀起来，我们不难看出，这就是作者的人生。

接着，我想就作品的本身来谈点自己的感想：

一是乐观向上的审美意识。作品尽管内容繁多，文体多样，但不论是对人物的叙写，还是对景物的描绘，抑或对作品的评价，贯穿其中的一条红线，就是乐观向上的审美意识。在作者的眼里，似乎一切都是美好的，一切都富有生机。表现在作者的文字里，自然也是那样鲜亮和生机勃勃，给人以美好的情绪感染。如《小城漫步》，他写的是自己的家乡济源市，有这样一段描写：

在她的眉宇之间，透着些许美丽和自信——你看，她的南北两条河流，就像精心梳妆打扮过的新娘，华丽的栏杆，秀美的小桥，生机盎然的绿色植物和河中的野鸭，水上啾鸣婉转的小鸟，构成了一幅亮丽迷人的山水画卷……

这是一段绚烂多姿的景物描写，真如一幅美丽的画卷，作者的取材和描写，无疑透露着作者积极向上的审美意识，给读者传递的是美好乐观的思想和情绪。即使写人物，也会蘸着感情的浓墨，将主人公写得乐观大气、胸怀宽广，如《魂系校园》里的民办教师赵玉新，当一个亲戚愿意给他高薪让他离开民办教师岗位时，他竟断然拒绝，其中有段这样的对话：

孩子他舅看他不开窍的样子，气冲冲说："我一年给你的收入顶你干30年……"

赵老师却自豪地回答："不错，在金钱上你给的一年的收入至少顶我现在30年！可我拥有50名学生，我在精神上的收入一年却能抵50年呀！"

短短数语，掷地有声！主人公的个性和对教育事业的钟爱表现得如此鲜明，给读者以鼓舞的情绪和力量。作者善于观察生活，善于从平淡的生活中发现这种积极向上的人生态度，从而形成自己独特而又美好的审美意识。

在作者的书评中，他总是抱着积极学习的态度去欣赏品评，努力去挖掘作品中那些美好的东西，给以颂扬和褒奖，不惜笔墨。在悼念汪国真的文章中，用"纯洁得如天上的那一朵朵白云，纯洁得如洁白的牡丹一样无瑕大气"来高度赞美汪国真。在评论《平凡的世界》中的人物时，有如下评述：

无论生活再穷困，他们总能在绝望中看到希望，在黑暗中看到光明。

其实，这正是作者的世界观、人生观的真实写照。在许多篇目里，作者虽然也写到一些社会的丑恶现象，写到生活的困窘，写到爱情的苦恼，但作者对此的认识却是乐观的、积极向上的。人的思想性格和自己的行动轨迹总是一致的。文如其人，应是颠扑不破的真理。正如作者喜爱的法国作家拉伯雷的一段话："生活是一面镜子，你对它笑，它就对你笑；你对它哭，它就对你哭。"诚然是也。

二是体裁形式和表现手法的多样化。前面说过，收辑在这部集子中的文体形式，是多种多样的，除人物传记、写景散文、书评和作品鉴赏外，还有诸多的杂记，诸如地域风情和民间传说等。但我的感觉是，不论哪种形式，作者都是经过认真构思，用比较精到、恰切的与体裁相应的手法去表现它。这是十分可称道的。这里只借用记叙散文和描景散文加以分析和评说。

在记叙散文中，多是人物写真和对往事的回忆。在这些文章中，作者调用了多种手法，使人物形象更加鲜明，事件更加典型，感情更加浓烈，能给读者以多方面的人生启示。

如在《父亲与茶》里，不仅写了父亲喝茶的神态，写了喝茶的作用，更妙的是，揭示了喝茶与人生处世的心态，形象地道出喝茶的真谛：“父亲长寿和抵御癌魔的人生秘籍，似乎与喝茶有关。是神奇的茶叶，帮助父亲战胜了肆虐的癌魔，延长了父亲的寿命。”暗喻世间的一切艰难困苦，统可淡然处之。茶文化的真正含义也就在于此吧。作者一步一步写来，慢悠悠，不疾不徐，引导读者如同喝茶一样，慢慢品出了茶文化的妙处。文中多处采用细节描写、详细说明以及引用古籍的手法，使文章显得内容丰富、形象突出和说理明晰，具有一定的可读性和感染力。

再如写景散文，作者能独具慧眼抓住景物的特点，极有层次地详尽写来。站在“南山”上，作者写道：

在南山，一座座大坝紧紧相连，形成了坝连坝、水连水的迷人景观。只见大坝里满是碧水，仿佛是承载不下，溢出流出，哗哗作响，流成了泛着亮白、透着清澈的一条条潺潺溪流，一路浸润着农田，浇灌着农民们丰收的梦想，奔流不息，日夜流淌，一路欢歌，奔向母亲的怀抱，最后注入我们的母亲河——黄河。

这段精彩的文字，描写细致，层次分明，抓住景物的特点，写得有景有形、有声有色，绘出一幅极其壮观的水彩图景，使读者如身临其境，和作者一起观赏和领略这幅图画的壮美。

同样手法，在书中诸多写景的篇章里，比比皆是，举不胜举，但由于写景的对象不一，环境有别，因而给我们的美感也自然不同，譬如写“槐花节”，作者写道“一树槐花一树诗，一座南山一片情，花香飘逸，蝶飞蜂舞”，给我们一种诗意美；而在“美丽乡村”里，对成群的白天鹅、鸳鸯、野鸭和众多不知名水鸟的详尽描写，却能给我们一种恬静的美……

在描写景物中，作者还不时地恰如其分地穿插引用古典诗词或当代有名诗句，诸如“不知细叶谁裁出，二月春风似剪刀”“忽如一夜春风来，千树万树梨花开”等，这不仅更加渲染了文章所描绘的诗情画意，也增加了文章的文采。

三是语言运用上的娴熟自如，自然流畅，富有诗意。通读文稿，我似乎感到作者在着意追求画面美、意境美的同时，也在刻意追求一种语言表达的艺术美。语言表达的自然流畅，应是一个文学作者应有的基本功。但在作者的文稿里，除此之外，他在句式的排列上、遣词造句上，追求一种诗意化：对仗大致整齐，用词精当，有着强烈的节奏感、韵律感。在文章的外在形式上，似乎已经形成了作者自己独特的艺术风格。

试举几例：

鸟瞰脚下的天空，仿佛一片蓝色的海洋，浩渺无际，白色的云朵在“大海”上卷起千堆雪。（《厦门三题》）

她在柳枝上舞蹈着，传扬着唐风宋韵的诗韵佳话；她在桃树上微笑着，描绘着桃红柳绿的唯美春色；她在杏树上灿烂着，勾勒出诗情画意……（《洛城寻春记》）

哪里是一片森林，哪里就是一个村庄。森林为每个村庄都穿上了一身绿意可人的衣裳，尽情地呼吸着人们吐出的二氧化碳。每个村庄都尽情舒展于绿树掩映的森林之中，拼命地呼吸着森林倾吐出的绿色氧气……（《烟雨郝堂几多美》）

同时，我们还可以看到作者在叙述语言中，也同样用语精当，杂以乡俗俚语，不仅自然流畅，显示出浓郁的乡土气息，也洋溢着诗意的美感。

从以上这些我们不难看出，作者在语言的运用上是下了一番功夫的。这和对生活的挖掘、思想的提炼，以及布局谋篇等结合起来，即构成文学的功力。我想，作者的文学功力是深厚的、坚实的，是可以称道的。愿作者能坚持下去，在此基础上取得更大的成绩，创作出更为优秀的作品。

接着，我想说点不足。某些篇章思想意义挖掘还不够深，不能给读者以深深的震撼，因而文学作品的思想价值就有所减弱。我想，一部成功的文学作品，不论什么题材，都能让读者读了之后，会不自觉地对生活有所领悟，对人生有所思索和启迪。如此，才能打动读者，给读者留下深刻的印象。当然，恕我直言，这些不足在目前我所涉猎的作品中，也许是普遍现象。我的作品也是如此。不过我们会去努力克服，相信作者也会这样。

总体看来，这部书的面世是很有意义的。相信读者读了之后，会有更多的收获。作为作者的好友，在这部作品将要付梓的时候，我表示衷心的祝贺，并诚挚地祝愿作者柳杨先生，今后能写出更多、更优秀的作品来。

以上意见，是我的读后感，不揣冒昧，权作序言。不当之处，恳望方家指正。

2017 年 12 月 14 日，于养心斋

第一辑：人物——逐梦风流

第二辑：社会——五彩斑斓

第三辑：生活——酸甜苦辣

第四辑：散文诗——心中美歌

第五辑：艺文——佳作鉴赏

第一辑 人物——逐梦风流

赵克红：怀揣文学梦想的新时代奋进者

“故乡，对浪迹天涯的游子来说，是用来怀念的。尽管这些人中不乏春风得意、风光无限者，但仍禁不住会回望故乡，回望过去那些或青涩晦暗或甜蜜忧伤的童年；回望以往那段魂牵梦萦却永远无法回归的岁月；回望那片山水，那块安宁的土地，以及土地上生活着的人们。这抑或也算是对于心灵的一种慰藉，即便不能站在故乡的土地上，也要让心灵以另一种方式回归故土。或许，这就是中国人自古以来就根深蒂固的乡土情结吧！我的家乡与我居住的地方可谓咫尺之遥，那是我真正意义上的故乡，可这些年我却很少回去了。我曾经温馨的家园，随着时代的变迁，很多童年的记忆也随之失去了色彩，再也无处寻觅。”

赵克红先生在他的散文《回望故乡》的开头如此深情地写道。这篇散文以作者的故乡洛阳为创作主题，记载了作者很多的童年回忆：故乡的明月与露珠、稻草人与狡黠的小麻雀、儿时的玩伴洒下的纯真惬意的欢声与笑语、唯美而又多情的金色夕阳……这些司空见惯的景象，一一成为作者笔下故乡的“形象代言人”。

更令人欣喜的是，作者凭借这篇大气、厚重、典雅、深邃的散文，斩获了第八届冰心散文奖“单篇奖”。2018 年 6 月 23 日中午，赵克红终于站在了四川省眉山市苏东坡故里，这个流光溢彩的第八届冰心散文奖领奖台上。

“对我来说，能获得冰心散文奖我很意外，也很惊喜。”这是洛阳市作家协会主席赵克红的获奖感言，他有幸成为首个获此殊荣的洛阳作家。

中国作协党组书记金炳华介绍说：“冰心女士是我国新文学的奠基人之一，是我们敬重和爱戴的前辈作家。以她光辉的名字命名的这项全国性散文大奖，有着特殊的意义。”

据了解，“冰心散文奖”是与“茅盾文学奖（长篇小说类）”“鲁迅文学奖（中、短篇小说类）”并列的中国文学界三大奖项之一，也是目前中国散文单项评奖的最高奖，先后有铁凝、贾平凹、肖复兴、阎纲、赵丽宏、迟子建、张胜友等著名作家获此殊荣。

说起冰心散文奖，真的与赵克红缘分不浅——赵克红是洛阳市儿童文学学会会长，还是学会主办的少儿刊物《小百花》的主编，《小百花》的刊名又由冰心题写，在全国颇负盛名。

只要说起故乡，赵克红总有说不完道不尽的热情。他曾在《梦里故乡》一诗中这样深情地写道：

一步即成乡愁
而我远离你，已不知
多少山水
凝固成了愈加浓郁的墨色
而梦里亲切的村庄，则都
消融在越来越凉的
月光里
遥想燕子返乡，再也寻不到
当初窗下读书的少年
只有一支柳笛，挂在泥墙上
回味着青涩的旋律

读着这些唯美、真挚、朴实、暖人的文字，我们是否已经沉醉其中了呢?

赵克红的散文文化底蕴深厚，感情真挚唯美，文字温暖感人。

习近平总书记曾讲过：“幸福是奋斗出来的！”不错，赵克红的文学奋斗历程也是千回百折，充满着艰辛和成功的喜悦。

奋斗铸就辉煌

2015 年 5 月 21 日，中国青年网曾经发表了一篇对洛阳市作协主席赵克红先生的专访文章——《文学是我一生的情人》。结尾这样写道:

“我很感恩文学，感恩老师、亲友，是他们造就了今天的赵克红。”他（赵克红）心中有一个还不愿说出的文学梦想，他说梦想应该用汗水和付出实现，对于一个文人来说，就只有一个字一个字地写下去，等着梦想实现的那一刻。

有心人天不负，时隔三载，赵克红终于圆梦了！他斩获第八届冰心散文奖的消息不胫而走，洛阳乃至河南文坛的文朋诗友们击节赞叹，为之振奋!

赵克红常说:“文学是我一生的情人！”他与文学喜结良缘之后，便不离不弃，终生相守，无怨无悔。

他从河洛大地的一个普通小山村走来，从祖国万里铁道线上一个平凡的养路工岗位做起，吹着故乡的“柳笛”（赵克红的笔名），怀揣着文学梦想，坚定跋涉在漫漫征途中，谱写了一个个辉煌的篇章。

2016 年 11 月 30 日，作为新中国成立后洛阳市首位参会作家，赵克红光荣出席了在北京人民大会堂召开的中国文学艺术界联合会第十次全国代表大会、中国作家协会第九次全国代表大会，现场聆听了习近平总书记对全国作家的谆谆教诲和时代重托——《筑就中华民族伟大复兴时代文艺高峰》，更加坚定了他攀登文学更高峰的信心。

作为中国作家协会会员，赵克红除了担任洛阳市作协主席，还兼任中国铁路作协副主席、洛阳市散文学会会长、洛阳市儿童文学学会会长、《龙门文学》与《小百花》杂志主编。由于文学创作上取得众多成就，他还被聘为中山大学客座教授。

他对文学情有独钟，文学也回馈了他丰硕的成果。从 19 岁（1983 年）发表第一篇文学作品开始，他便潜心阅读和写作，呕心沥血，创作发表了大量讴歌时代、讴歌人民、讴歌真善美、弘扬主旋律的文学作品。其诗集《燃烧的情愫》、散文集《心韵如歌》、长篇小说《青春无悔》、中短篇小说集《多梦时节》、短信文学集《短信情缘》等 15 部文学著作，在洛阳文坛都产生了不小的影响。他的作品数十次获省部级以上文学奖项，其中，散文集《心韵如歌》获第八届全国铁路文学奖、首届国际文学笔会“中山图书奖”，散文《洛阳风韵》（组章）获诗意河洛全国文学大奖赛一等奖，《情系大动脉》获《人民铁道》报全国铁路报告文学征文一等奖，诗歌《弹奏阳光》获中国铁路文联、《人民铁道》报、《诗刊》社“春天送你一首诗——和谐铁路”二等奖。其诗作连续多年入选《中国诗歌年选》《中国诗歌导读》和《中国散文诗年选》。2009 年，他被评为首届“河南省十佳诗人”。此外，他还参与主编了多种书籍，其中《洛阳传统现代新编儿歌》（五卷）获河南省社会科学读物特等奖。

提携后进最欣慰

赵克红十分注重团结作家，凝聚力量，坚持“百花齐放，百家争鸣”方针。近年来，洛阳作家大显身手，文学创作佳作迭出，引人瞩目。尤其是 2017 年以来，洛阳文坛硕果累累，佳讯频传：吴文奇、董进奎、李易农三位作家入选中国作协会员，创造了洛阳市一年加入中国作协会员最多的纪录；洛阳市作协副主席刘建超的小小说斩获“金麻雀”

大奖、《小说选刊》年奖；诗人段新强、董进奎的诗作多次刊载于《诗刊》《星星诗刊》《人民文学》等国内一流文学期刊。

赵克红提携文学新人，一向注重“以德为先，以才为要”。诗人李易农和董进奎就是这样的两位幸运儿。

洛阳市栾川县白土镇的农家子弟李易农，只有初中文化程度，从部队复员后靠打工、做小买卖维持一家人的生计。尽管生活十分艰苦，但他一直眷恋诗歌，以身相许。无论身在何处，干啥营生，他都始终怀揣着文学梦想，坚韧不拔地行进在诗歌创作的道路上。从2011年冬天开始，他的文学创作开始收获硕果，先后在《人民日报》《诗刊》《诗林》等媒体发表作品1800余件次，获得《诗刊》社、中国作家协会等全国各地的大赛奖项70次。其创作事迹，曾被《河南日报》《洛阳日报》《洛阳晚报》、洛阳电视台等媒体多次报道。出版了“梦想三部曲”文学专集——散文集《月上高岗》、诗集《月明高岗》和《月圆高岗》。赵克红思贤、爱才，一直关注着李易农的成长和生活状况，并力荐李易农为中国作协会员。2017年金秋时节，李易农顺利加入中国作家协会，同时成为洛阳文学院第三届签约作家。如今，李易农已当选为洛阳市栾川县作协副主席，还被聘为《星星》诗刊APP公益编辑、《今日栾川》报副刊编辑等。每每说起这些，李易农对赵克红总是感激有加。

董进奎也是赵克红大力推荐的洛阳才子。其实，董进奎的文学创作道路并不平坦。学生时期，他的作文作为班级、全校的范文，被老师多次向全校学生推荐。高中毕业后，他闯荡商海，艰难打拼，无论多忙多累，他都没有停止逐梦的脚步。成家之后，为了一家老小的生计，他只好悄悄把对诗歌的热爱藏进心底……可是，一旦有诗意的灵感冲撞心扉，他仍会披衣起床，铺展稿纸，浅吟低唱。待到事业有成后，他终于得以抽出时间读书。在赵克红和著名诗人高旭旺的鼓励下，董进奎的诗歌创作热情更加高涨。不鸣则已，一鸣惊人，董进奎创作的散文诗《故地有梦》获得第二届全国“玉龙艺术奖”，他被评为第四届“河南十佳诗人”，作品被《中国作家》《诗刊》《人民文学》等刊物发表，并入选《中国年度优秀诗歌》《中外当代诗歌》等全国优秀诗歌选本。2016 年 6 月，第五届《中国作家》郭沫若诗歌奖揭晓，全国仅 7 人获奖，董进奎凭借组诗《春光陷于舌尖》斩获此大奖，成为全省唯一的获奖者。赵克红闻讯立即为他召开研讨会，并联系《洛阳日报》等媒体的记者宣传报道。他还为董进奎的诗歌撰写评论予以推介发表，他在评论董进奎的诗歌创作时说：“董进奎的诗有点禅诗的意味，素雅中见绮丽，简约中显奇伟，沁人心脾，超然物外。”2017 年，董进奎也顺利加入中国作家协会。

中国作家协会会员吴文奇告诉笔者，在他与赵克红相识之初，赵克红对他在中国石化的工作和文学创作情况进行充分了解后，便安排他到洛阳广播电台“河洛作家”栏目做了一个小时的文学专访，还主动协调作协主席团其他成员，将其聘为洛阳市作协副秘书长。吴文奇被中国作协鲁迅文学院高研班录取后，赵克红亲自到北京看望，鼓励他好好学习，对其寄予厚望，并为他的新书《曼妙的人生时光——我在鲁院的日子》写下褒奖有加、厚重典雅的序言——《在文学中传递温暖》。谈起这些，吴文奇总是对赵克红的为人、为文之道赞叹不已。

洛阳诗人邵富伟的诗集《石头里隐居》即将付梓时，特意邀请赵克红题词。赵克红当即挥毫泼墨，留下了“霞彩淡轻烟，日华浮野雪”的墨宝。

赵克红常说：“能够为洛阳市的作家们提供优质服务，就是我此生最大的幸福！”提携基层作家、乐为别人作嫁衣的好事，赵克红究竟做过多少，没法统计。

相见恨晚建安门

2017年秋天，为了请赵克红先生为我的诗集《柳杨诗风》题写书名，并为我的散文集《成柳散章》、孩子教育专集《您是爱迪生他妈》等三本文集撰写序言，我想通过洛阳市作协副秘书长赵向颖约见他，怎奈他终日繁忙，总是难以如愿。就在我感到无望之时，忽然接到赵向颖打来的电话，说某日下午赵主席要在市作协驻地建安门专门见我。

见面前，我心里有几分忐忑。谁知道见面之后，他却一脸笑意，分外亲和，我们无拘无束地畅聊起来。他对文学创作的真知灼见让我如醍醐灌顶。我们不仅是同龄人，而且都来自农村，成长背景略同。我们围绕文学创作促膝长谈，感觉他对文学的精辟见解，闪烁着智慧的光芒。那天，他为我的诗集题写了书名，并为三本文集写下了《贵在坚持，烛照人生》的总序，让我感动至今，无以报答。

后来，我又多次现场聆听他的文学创作讲座以及在洛阳市众多作家新书研讨会上的发言。谈到文学，他总能驾轻就熟地结合自身文学创作实践，深入浅出讲解，事例生动感人，可操作性强，让人听后受益匪浅。

在洛阳作家作品研讨会上，他的发言总是言简意赅，少则三言两语，多则十分八分钟，从来不愿多占用大家的时间，而是把更多的发言机会和时间让给基层作家。他说："我有很多发言机会，但是对大家来说，这样的场合和机会就不是太多。因此，我想更多地倾听大家的心声。"

近来，我饱读赵克红的诗文集，走进他生活的世界，领略了他的文学创作风采，明晰了他的成功秘诀。

赵克红曾是一名普通养路工，但与其他养路工不同，他特别爱读书、爱创作。关于这一点，我们从他的书中可以读懂。他的新诗集名为《岁月列车没有终点》，他的小说集名为《多梦时节》，他的散文集名为《梦在远方》，这样一位有梦想的人，生活自然是幸福的。

19岁那年，他从工作条件艰苦的铁道养路工岗位干起；19岁，他发扬“道钉精神”，从发表一首诗开启了文学逐梦的艰辛历程。他一路跋涉、一路拼搏，一路抛洒汗水、一路激情浩歌。

你怎么对待时间，时间就怎么对待你。2013 年，成为赵克红先生春华秋实、逐梦圆梦的一年：他全票当选为新一届洛阳市作家协会主席，通过了国家二级创作员的评定……

赵克红凭借自己的勤奋和努力，一步一个脚印跋涉在文学创作的艰辛道路上，披星戴月，硕果满枝，可喜可贺。他在自己的诗作《蒲公英——飞翔的种子》里，如此抒发自己的人生逐梦情怀：

寻找，自己的梦
寻找，自己的家
天涯，浪迹
飘舞，随风
无人可以问
也无人可以答
生命本就该迎面未来

向上，向下
在阳光里穿行
驾驭七彩炫目的波涛
总会抵达彼岸
大地接纳我时
我正深入她的怀抱

赵克红用养路工的“道钉精神”，铸造了自己的文学梦！

正如年逾古稀的洛阳著名诗人冷慰怀先生在给赵克红的新诗集《岁月列车没有终点》写的序言里所说的那样：

我和克红是 20 世纪 80 年代同时起步的诗友，中途曾遭遇过同样的困惑和创作瓶颈，从业余爱好到职业变动，写作身份的转换方式也大同小异……当时他正值诗歌创作高产期，为讴歌坚守在边远地区铁道沿线的前辈，鼓舞成千上万和他一样的养路工，四年间接连出版了《燃烧的情愫》《心的祈祷》《美丽的忧郁》三部诗集……我曾这样预言：“热爱生活的赵克红，不会辜负人生的大好时光和歌手的使命。”事实证明，他的激情依然充沛，他的歌声更加炽热，而驰骋在他创作视野里的列车，也在全力以赴，频频提速！

我有感而发，为赵克红赋诗一首——《赵克红，您是一颗璀璨的文学之星》：

在建安门的雅室兰香中
聆听深情的教诲
心中文学创作的迷雾层层拨开

《燃烧的情愫》
点燃起诗坛五彩斑斓的激情火焰
温暖与感动了大江南北的读者

《梦在远方》，散文锦章频出
倡树高雅广泛的兴趣爱好
动人心弦的励志故事令人击节

《小百花》《龙门文学》饱蘸您的心血
高擎文学的火红旗帜
映红了人们求知若渴的笑脸

出资编纂《洛阳散文年选》
把河洛作家的果实
惊艳地挂上新时代的枝头

市场经济时代
每一项抉择愈显艰难
鱼与熊掌兼得，需要胆识和智慧

始终保持奋斗的姿态
坚守文学的圣洁，不容铜臭玷污的
理想信念

炉火纯青的创作技法
扎实深厚的文学素养
凝结成 15 部沉甸甸的硕果

您是一颗璀璨的文学之星
带领我们走进大缤纷的文学星空
让我们领略唯美而又独特的风景

您是一颗璀璨的文学之星
新时代，新洛阳
需要这样一位文学领路人！

哭大哥

“王屋无情也垂泪，济水有意放悲声。”

大哥生于1960年农历五月初四(属鼠)，卒于2016年8月22日(丙申年七月二十日)上午10:20，年仅56岁。

2016年8月26日(丙申年七月二十四日)中午，大哥安葬于故乡西地的泥土中，大哥永远走了……

戊戌年七月二十日，是大哥的两周年祭日。大哥辛劳一生，早早辞世，痛失幸福的晚年。天妒中年，无可奈何！呜呼哀哉！把此文送给我敬爱的大哥，把亲人们的一摞摞纸钱送给敬爱的大哥！我的大哥，请您收下祭日亲人们思念绵绵的纸钱吧！

——题　记

2016年(农历丙申年)夏末，炎炎夏日，如火炙烤。忽闻晴天霹雳，大哥驾鹤西行，顷刻兄弟两人阴阳两隔！一时泪雨滂沱，肝肠寸断！

大哥属鼠，长我三载。出生之岁，正是“三年自然灾害时期”。本就生活拮据，您和二姐又为龙凤双胞胎，家中上有爷爷、父亲、母亲和大姐。当时大田活计几乎全为人拉肩扛的重体力劳动。全家日子清苦，难以饱腹。所幸生产队里种棉，母亲善持家务，白天参加生产队劳动挣工分，夜晚纺纱织布，日夜操劳，衣尚可蔽体。

因营养不良，日子久长，身体亏空，大哥身体自小落下病根。记得您上高中时，虽然学校距家不过三五里，您却病得走不动路，被同学们好意送回来。闻讯，大惊！待我到前大街接您，弟兄相见，赶紧上前搀扶，只见您步履蹒跚，行进艰难。为弟一时眼泪潸潸，不能自已。

姊妹四人，我排行老幺，数我幸运，出生于后，吃喝渐好。更幸运的是，在咱们家中，严父慈母，辛勤劳作，又鼎力遵循“天下老，只为小”之古训。于是，家中美食，父母常常让我独吞，而繁重之体力活计，常让您和姐姐们挥汗如雨，躬耕田野。

“民以食为天。”我上有爷爷娇惯荫蔽，时常领我来到他老人家的居室，让我尽享老人家藏匿多时的“好东西”。大哥和两位姐姐，齐心协力，拼命劳作，为家里挣得不少工分，平素里也少不了对我这个“小弟”播撒恩泽，担待帮补。

勤工俭学，学校命令一下，大哥拉架子车，捡农家粪肥，一马当先。放假归门，大哥作为一名男劳力，协助年迈父亲耕耘农田，打理庄稼。走出校门，大哥更是操弄犁镰耧耙，收获扬场，样样在行，挥洒自如。旷日持久的劳动，风吹雨打的历练，终于把大哥锻造成一位农家的刚强铁汉！

改革开放，时代变迁。芝麻开花，福泽农门，百姓日子日益甘甜。

为弟的考上大学，像一条鲤鱼跃过高高龙门。因父母年迈，皆是大哥为我打点行装，接来送往，一直持续到毕业上班。曾记得上学期间，学校伙食，顿顿美餐，跌入福窝，尽享青春华年。

每遇家有喜事大事，父母都要割肉买菜，做一顿大餐。每逢此时，大哥皆要骑着自行车，来回奔波二十余里，不辞辛劳到学校接我回还。到家美餐一顿之后，再把我及时送回校园，从不耽搁一点功课时间。

之后，大哥成家立业，立地顶天。家中添丁进口，日子红火日渐。“大包干”春风和煦，全国农村春潮涌动。分田到户，致富路上，八仙过海，各显神通。展望神州大地，顷刻百舸争流，万船扬帆。大哥筹得款项，购置整套农业机械，辛勤劳作，日夜奔忙，挣得不少辛苦钱。

怎奈时光荏苒，白驹过隙。父母年老体衰，疾病上身。岁月催人，不幸离世，黄土埋人。送走双亲，擦干泪痕，大哥支撑家业，堂堂男儿，挺直腰杆，敢挑千钧重担，顶起一片天。全村父老乡亲，众口称赞！

谁知过为刚强，不知疲倦，早已积劳成疾。已是病入膏肓，还要独撑局面，自己尚不知晓。七年前，一日早晨，朝阳升天，鲜花绿树，鸟语正喧。您正为小儿修理电动车，却一头栽倒，人事不省。脑出血重疾宛如毒蛇，缠上您的强健身躯。把您火速送往医院，昏迷不醒，长达一十九天！大手术过后，终于救回一命。怎奈元气大伤，大不如前。不幸留下偏瘫之躯体，勉强还能自理生活。姊妹亲戚，无不捏了一把汗！无奈之中，众人纷纷为您庆幸。

您倒下了，两个儿子一夜之间迅速成长，早早懂得了只有勤勉奋斗，才有幸福华年。如此下去，也算平安。怎奈短暂四载，脑出血再掀狂澜！再度苦苦手术九个小时之多，大哥又昏迷整整四十五天！无计可施，无奈之际，只得植物人出院。亲人为此眼泪流干！儿子孝顺，嫂子尽心，全村父老纷纷誉赞。

大哥长卧病床，一家精心侍奉。数月之后，大哥终于睁开双眼，哼哼哈哈，欲吐真言。手伸三指，谜语一团，怎奈五音不全，意思难辨。全家长舒了一口气，嫂子有丈夫，儿子有父亲，家庭完完整整，全家五口，人人心里暖暖。

服侍大哥，全家上阵。病榻之畔，终日守护。风吹草动，赶紧求医问药，从不耽搁一点。冬有火炉，暖意融融，情暖寒冬腊月；夏有空调，凉风习习，消解赤日炎炎。美好生活，周全服务，大哥生命，得以续延。卧床过久，不停翻转。如此这般，大哥却还是身生褥疮，痛苦呻吟，刺疼亲人心肝。

大哥辛劳一生，家中盖起两栋小楼，洒下多少血汗！大哥苦苦挣扎，度日如年。怎奈天妒中年！病恹恹，喘息微弱，不满三百六十五天，大哥不幸撒手人寰……

鸣呼哀哉！鸣呼哀哉！大哥从此诀别人世，故乡长眠！

大哥掩埋于故土西地，亡人终得入土为安。不知不觉，又是整整两年！民间早有“活着不显，死后周年”之言。不知不觉，大哥远离尘世亲人，几近七百三十天！

你走之后，家中日子，越过越甜。两个儿子，遵纪守法，辛勤上班，昼夜挥汗。收入不菲，辛苦付出，赢得滚滚财源。自您离开尘世之后，家中丰衣足食，村容村貌，焕然一新。最喜家中，新近购得轿车一辆，日子大红大紫，人人心里舒坦。大嫂整日乐乐呵呵，有滋有味安享晚年。

一切安好，大哥安然！纸船明烛，寄托亲情一片。请收下小弟和众位亲人这一摞摞纸钱吧！我的大哥，我的晴天！

“柳风”和畅满目春

——拜访洛阳市老作家学会会长柳风先生

2016 年 7 月 24 日下午，五彩缤纷的紫薇花在路旁华美绽放，河堤上垂柳婀娜，在夏风的吹拂下摇曳多姿，画眉鸟、百灵鸟一展歌喉，尽情地放声歌唱……

此时，正是草木葱茏、鸟语花香、诗意盎然的盛夏时节，在洛城的大街小巷铺满了灿烂的阳光。就在这样一个好日子里，笔者专程拜访了洛阳市老作家学会会长柳风先生。

先生的人生经历颇为传奇：从千年帝都洛城走来，一路风尘，从小学民办教师，到高中从教，再到考上洛阳师专（今天的洛阳师院），直至后来成为大学教授。先生 70 余载笔耕不辍，才有了沉甸甸的三卷本《柳风文集》。

虽然先生的地位一直在提高，但是先生为人师表的情操和对文学的那份挚爱情怀却一直未变！

网上相遇：文学架起彩虹桥，人生喜迎“忘年交”

神奇的网络总能够创造文学知音相遇的奇迹！正是网络相遇的那段缘分，成就了我们今天相见的佳话。

还是让我们首先拜读一下沙草先生于今年4月28日撰写的《刘锋（柳风）三卷本文学作品集出版》一文吧：

近日，刘锋三卷本文学作品集由中国联合传媒出版社出版。三卷本文学作品集中，一卷《映日荷花别样红》，为短篇小说和评论集；二卷《万众街10号》，为诗歌散文集；三卷《为你忏悔》，为中篇小说集。三卷作品，总字数达73万字，由沙草、董振国、王天奇等人分别作序。

刘锋20世纪60年代即在报刊发表诗歌、小说，多年来业余时间笔耕不辍。此三卷本文学作品集的作品，是作者2004年以来所创作的，体裁多样、内容丰富、可读性强，较充分地反映了作者几十年的坚实的文学创作功底和尽情讴歌真善美拥抱生活的激情。此三卷本文学作品集的出版，是洛阳文学界本土作家创作的又一可喜收获。

看罢，笔者的心灵被深深地震撼了！一次出三卷本，这样的写作实力实在令人刮目相看！笔者也正想走柳风先生的路子，一次出三四本集子，倒也有点意思。

说来有缘，柳风是先生的笔名，笔者的笔名柳杨也和柳结缘，与先生不谋而合，不能不说这是一种缘分。

其实，古往今来，文人雅客均对柳树厚爱有加，情有独钟。因此，就产生了以柳为题的浩如烟海的优秀诗歌散文。让我们这些文人墨客徜徉其中，真是陶醉不已，浮想联翩。最著名的当属唐朝诗人贺知章的《咏柳》了。这首诗真可谓妇孺皆知，脍炙人口：

碧玉妆成一树高，万条垂下绿丝绦。

不知细叶谁裁出，二月春风似剪刀。

柳树也常常拨动着笔者的心弦。这不，就在昨夜，灵感突然叩击心扉，笔者伏案写就一首古风，谓之曰《寻梅问柳》：

踏雪问柳白玉妆，寻梅恰遇女红裳。

一团火热悄绽放，飘飘洒洒眼眸靓。

就是雨后的垂柳，仔细观赏，也让人诗情荡漾，灵感咸集。最近，笔者身临其境的一首现代诗《雨后垂柳》就这样产生了：

您静如处子
长发及腰
您的身躯眉宇
都写满诗意
从古到今
您的一笑一颦
醉倒无数文人墨客
从他们的魂魄中
迸发出无数
璀璨的惊艳
华章

写您的诗歌
正像您的生命力一样
顽强

今年对于柳风先生来说，真可谓捷报频传的福年。三卷本文集刚刚出版，7 月 18 日，先生又荣任洛阳市老作家学会会长！实在可喜可贺！喜讯传来，笔者挥笔写就一首古风《贺柳风、王天奇、沙草三位老师当选洛阳市老作家学会会长、副会长》：

佳音传来花正红，百家争鸣好和声。
文集巨著才出版，三师又担新使命。
清明新政暖人心，重任在肩执着行。
春好扬帆勤躬耕，贺帖频传寄深情。

洛城初识：坦诚交流，相见恨晚

笔者心中一直荡漾着激动和欢喜，因为马上就要见到心中久仰的文学前辈、洛阳市老作家学会会长柳风先生。当笔者如约而至置身于柳风先生的雅室时，只见一位意气风发、儒雅慈祥的文学前辈站在面前，他对笔者友好慈善地笑着，没有一点名人的架子。

我们的话题自然而然从电话中聊到的话题谈起。柳风先生先是友好倾听了笔者生活中酸甜苦辣的故事，询问了笔者获奖作品（《一名险些被扼杀的清华生》荣获全国第六届“苍生杯”征文三等奖）的情况和主要内容。不一会儿，我们的话题就回到了此行最重要的目的上来：拜读柳风先生刚刚出版的三卷本《柳风文集》。

柳风先生早知道笔者的来意。他十分郑重而又愉快地在自己的大作上为我写下了赠言，还盖上了鲜红的印章。此情此景，笔者内心深处不免生出几分敬意。

身为会长的柳风先生，站位高远，他深入浅出和笔者谈起了诗歌创作的体会。他主张要写群众一看就懂的诗歌。柳风先生的诗观让笔者暗暗钦佩！文艺为人民服务的写作宗旨，是我们广大作家遵循的创作规则。

正在读中学的女儿酷爱文学，有一天她和笔者探讨写作经验时，大加赞赏唐朝大诗人白居易的诗风！她说得有滋有味：白居易的诗读给老妪听，如果她们不懂，白居易是会重新修改的，直改到老妪能够听懂为止。女儿在不经意间，可能正道出了白居易的诗作流传甚广、名垂青史的奥秘。其实，生活就是一面镜子，你爱它，它才会爱你；你朦胧它，它也会朦胧你。

笔者不禁想起习近平总书记在全国文艺座谈会上的讲话来，“文艺创作方法有一百条、一千条，但最根本、最关键、最牢靠的办法是扎根人民、扎根生活。”

文艺创作的方向十分重要，方向偏离，再怎么努力拼搏，也永远不能到达目的地。笔者的诗观与柳风先生不谋而合：写诗（包括其他体裁的文艺作品也是如此）就要写群众看得懂的诗，写群众喜爱看的诗。

毋庸置疑，如果我们作家们还不如生活中的有些段子手，我们的作品走向市场后，群众不爱看。毫无疑问，这就是失败之作。

同时，柳风先生又与笔者仔细认真探讨起莫言和路遥的作品来。我们各抒己见，见仁见智，不时碰撞出火花，不时爆发出会心的笑声。

柳风先生说：马尔克斯的《百年孤独》和曹雪芹的《红楼梦》那才叫小说！根据人物形象的不同，有些粗俗的角色爆些粗口，倒是无可厚非，但是叙述的语言应该是优雅中听的。不能因为角色的粗鲁，我们叙述的语言也变得粗俗不堪了！

笔者对柳风先生的真知灼见深表赞同。

《红楼梦》之所以创造了中国小说难以逾越的高峰，除了作品鸿篇巨制的结构之外，曹雪芹在创作的时候，引用了好多乡言俚语，随着作品的问世，这些乡言俚语有了更广泛的流传，与优秀的文学作品，产生了良性互动。现实和小说就这样互相印证，万古流芳。

对于笔者的观点，柳风先生也频频颔首。

先生一脸郑重告诉笔者，我们在看现象的同时，更要看本质。先生认为，我们所处的时代，真的太好了！首先是天下太平，这就是最为难能可贵的；其次是人民安居乐业，各行各业秩序井然，这也是检验我们生活是否幸福的重要指标；第三，习总书记整治贪腐，为全国人民营造一个更加公平正义的环境；第四，中国将搭乘全球第四次工业革命的“高铁”，实现新一轮的崛起和发展，更加巍然屹立于世界强国之林！

柳风先生说：毫无疑问，我们的时代主流始终是和煦的春天。我们不能一叶障目，不见泰山。文学创作中，我们既要写人性化的真实和谐，又要弘扬主旋律，传递正能量。让我们广大作家朋友们，拿起自己手中的金笔，尽情为人民吟唱，为时代放歌吧！

我们初次见面，就相谈甚欢。不知不觉，时针已经指向了下午6:30，我们已经谈了整整3个小时！就这样，我们一见如故，很快成为文坛的“忘年交”，不由得顿生相见恨晚之感。

谦恭情怀：做人率先垂范，好客关怀备至

当笔者心怀忐忑第一次拨通柳风先生的手机，做过自我介绍后，柳风先生与笔者友好坦诚地交流。言谈之间，见仁见智。尤其是最后挂断电话的那一刻，柳风先生执意要让笔者首先挂断电话，先生才肯挂断电话。细微之处，更显示出先生为人处世的谦和之态。

在我们依依不舍地告别之际，柳风先生又执意将笔者送上车方才罢休。柳风先生不畏酷暑，与笔者一起等车，直到笔者上车坐定后，才与笔者挥手告别。

望着柳风先生渐行渐远的背影，笔者心中不禁涌出更多的敬仰之情！

柳风先生谦虚谨慎和低调为人的优秀品格，给笔者这位文学晚辈留下了深入骨髓的印象，成为笔者为人为文的典范。柳风先生广博包容的情怀，更值得笔者终生学习！

遇见乡村最美老人

王屋山下，五月，五彩缤纷的月季花这里一丛，那里一簇，甚是繁盛，笑得最为烂漫；济水河畔，立夏，夏色渐浓，绿意葱茏，到处都是生机盎然的景象。

只见南杜村有一位 78 岁的老人周林平，他沐浴着夕阳的余晖，兴冲冲地从济源市老年大学学习字画归来。老人一边骑着电动车走着，嘴里还一边哼唱着快乐的小曲——《打靶归来》！

看来，老人今天又是收获颇丰，书画技艺又有精进了！

如果能天天有收获、日日有进步，谁会不唱小曲啊！

人都说：人过三十不学艺。但周林平老人在将近耄耋之年，又开始了兴味盎然的学习书画，已经将近 4 年了。

步入老人的雅室——“雅俗斋”，只见迎面的墙上悬挂着的画作：富贵图——牡丹、出淤泥而不染——荷花、雄鸡一唱天下白……老人妙笔生花，一幅幅画作栩栩如生，呼之欲出！这样的农村老人的雅好，并且能够取得如此丰硕的成果，已经让人颇为震撼了！但是，令人更为震撼的事还在后头！

步入室内，回头再看另一面墙上，只见一幅幅隶书作品潇洒飘逸，笔走龙蛇，宛如扮相俊美的小生登台亮相就会赢得满堂喝彩！

老人领着我欣赏着一幅幅自己创作的书画作品，喜笑颜开，好不惬意！

老伴嗔怪道：你七舅这人特别自私，他去老年大学上学，就不带我去。我不爱书画，可那里还有跳舞、唱歌等好多项目，我都可以学习啊！

后经了解，不是七舅不带她去上老年大学，而是七妗子几年前得过轻微脑梗，行动不便不说，无论啥事，前说后忘，记性很差，实在无从学起。

说起上老年大学的缘由，七舅颇为健谈，并且说得头头是道。他说：现在的农村老人吃穿不愁，每次聚到一起闲聊，话题要么是东家长西家短的是是非非，要么是今年多大年龄了？像这么大的年龄，活不了多少天啦！诸如此类的话题，全是消极的，没有一点正能量的东西，很没意思。因此，早在4年前，老人就想到了到济源市区的文化城上老年大学，并且选的是自己最喜爱的绘画和书法专业。老人属于农村的知识分子，生活阅历又广。他认真听课，细心琢磨钻研，勤学苦练，不仅增添了生活情趣，陶冶了情操，而且还学会了两门文化技艺，让晚年的生活变得多姿多彩、妙趣横生。

七舅一生勤劳能干，一心为公。早年当兵入党提干，后来参与修建引沁济蟒工程、修济源军用机场。无论参加哪项工作，他都身先士卒，以上率下，管理有方。他带领的集体，年年都是先进典型。由于他办事实事求是，为人正直，人性化管理，无论是上级领导，还是普通群众，都对他赞赏有加。针对上级布置的每项工作，他都能做到既按照上级的要求保质保量完成，又能够时时关心群众诉求，最大限度保护群众利益。七舅说：人这一辈子，你无论有多高的职位，办事不能光看眼前的一点，还要虑后，谋划长远。

人在做，天在看。不行善积德，迟早会遭报应的！

七舅思路敏捷，谈笑风生，谈兴愈来愈浓。与七舅他老人家一席谈，不知不觉已是晚上9:30了。时间不早了，我起身告辞，相约明天再聊。

我没有想到，在王屋山下的农村，还有如此美好的遇见！

我与七舅七妗子谈到最后，在场的二儿子周玉峰，冷不丁说了一句：我爸还有一点玩得才搿帽哩——就是我们姊妹四人出生的时候，我爸都在忙公家的事，都不在场！

我一听，赶忙向七舅求证：这是真的吗？

七舅有点愧疚地说：是真的。

我进一步求证：当时您在哪儿？

七舅说：当兵、修渠、修机场！人啊，自古都是忠孝不能两全啊！

最后，小儿子说：因此，今后我妈嚷您，您就别吭气！

闻听此言，七舅尴尬地笑了笑，没有吱声。

魂系校园

命运总是喜欢和人开玩笑。赵玉新老师武汉出生，乳名玉汉，父亲曾在中南局工作，他本来应该有一个锦绣前程。1958年，因父亲“右派”问题，他随母亲回到济源老家。恢复高考制度后，初中一年级辍学的他刻苦复习，认真考试，虽然考上了大学，已通过体检，却因政审被刷了下来！

1978年，学校领导和村干部看到他酷爱学习，有一定文化知识，就破例让他到学校当了一位民办教师。从此，他潜心从教，硕果累累。

1990年，赵老师三喜临门：一是被评为济源市模范教师，焦作市优秀德育工作者；二是他撰写的教学论文《作文教改三题》获得省级大奖；三是获得自考汉语言文学专业大专文凭。他虽然未到不惑之年，但是，已经须发花白，疾病缠身了。在他成功的背后，又蕴藏着多少感人肺腑的故事呢？

关心学生胜过亲生骨肉

赵老师刚到承留乡东张小学从教时，包班四年级。这个班级学生基础差：写作文题目为《记一位三好学生》，不少人竟然记了四五位；数学考试，很多人竟然问：“三八二十几？”看到这种情况，赵老师的心被深深刺痛了！

高度的责任感使他马上行动起来，他早抓背诵，夜抓日记。不但用课余时间给学生补课，还主动牺牲了星期天、节假日。

蜡梅报春，大半年过去了，该班教学成绩由原来的全学区倒数第一跃至前茅。

因教学需要，赵老师要被调入初中三年级任教时，全班学生痛哭起来，惊动了整个校园。有的阻拦搬东西，有的拽住他的衣裳、胳膊，泣不成声！赵老师也热泪盈眶，非常感动，由衷感到这才是人生最大的幸福！

1989年，赵老师在南姚初中任教时，教初三语文兼班主任。当时，班里有几名学生要辍学回家，他与这些学生和家长先后谈心上百次，终于打消了他们的辍学念头。学生宋中原因患小儿麻痹症，体弱多病，学习成绩不理想。他本来就不想上学，母亲又因为家庭贫困极力阻挠。赵老师与他多次交心，用张海迪、海伦　凯勒等著名人物身残志坚的事迹鼓励他。当赵老师发现这个学生热爱写作时，就因材施教，奇迹终于出现了——宋中原的日记在全国日记大奖赛中获奖，孩子手捧奖状激动得泪流满面！

学生赵书林因父亲做生意亏本，要他弃学回家经商，帮父亲重振家业。赵老师家访10多次，终于说服了他执拗的父亲。在1989年河南省中学生作文大奖赛中，赵书林以《华为，我对你说》为题，揭示了弃学经商的严重危害性。结果，这篇作文摘得河南省中学生作文大奖赛特等奖！后来，赵书林又以优异成绩考取了省交通学校。他在给赵老师的信中说："赵老师，您是我的恩师，没有您，哪会有我的今天啊！"

十余年来，赵老师带的这些普通班的教学成绩竟然能够和乡重点班相抗衡。更为难能可贵的是，赵老师教学十余年，从未体罚过任何一个学生！班内也从未流失过一个学生！

学校喜剧一处连着一处，家庭悲剧却一幕接着一幕

1982年，当妻子看到赵老师整日为毕业班忙碌时，不忍心打扰他，就主动挑起了家务和农活的双重重担。当时，妻子已经怀孕七八个月了，并且患有心慌、气喘等病，坐不能坐，蹲不能蹲。眼看家里的3亩谷子需要赶紧间苗。可是，由于谷子苗又细又小，间起来实在太慢。于是，妻子硬是拖着身孕和病体在田间劳作，硬是蹲着、跪着、趴着、哭着把谷苗薅完。妻子害怕影响赵老师的教学，竟然只字未提，事后，还是好心的邻居们告诉了他。

教师的职业就是奉献，教师的妻子堪称是默默奉献的楷模！在赵老师的心目中，除了教学，就是学生，除了学生，就是校园。他哪有半点儿工夫帮助妻子干哪怕一丁点儿的活计，或照顾她的病体呢？赵老师又哪里知道，爱妻为了丈夫和学校的数十位学生们，竟然在燃烧着自己宝贵的生命呀！

谷苗终于间完了，但是家庭的重担已经把妻子彻底累垮，妻子的腿已肿到膝盖上面！此时此刻，一心扑在教学工作上的赵老师因带初三班，面临中招，课业太重，没有请假回家帮忙。

中招结束后，妻子即将临产，赵老师才把妻子送到了医院。令他万万没有想到的是，妻子由于过度操劳和病魔的侵袭，兼以庸医耽误，当晚，这位教师的妻子离开了人世！那一年，爱妻才25岁！

看到辞世的爱妻，面对新生儿，赵老师肝肠寸断，痛哭失声……

赵老师，您真的不愧是一位合格的人民教师！但是，您却不是一个合格的丈夫，不是一个合格的爸爸呀！

听，济水呜咽，在为教师的妻子悲叹；看，王屋山耸立，在向这位教师的妻子默默致哀！

噩耗传到学校，强烈震撼了全校师生们的心！不少师生流下眼泪，哭着劝他节哀。大家纷纷伸出援手，有的给予心灵安慰，有的帮

干农活……

赵老师始终把国家的教育事业看得比自己的家庭和生命还重！他的无私奉献精神就是顽石也为之心动，无情的草木也为之垂泪！

祸不单行，妻子病逝，已使他心如刀绞，可哪知老父亲又不幸患上了重病：先是内耳眩晕症，后是贲门癌，卧床长达三四年之久。赵老师因忙于教学，竟然未能在病榻前尽半天孝道！赵老师少年丧母，是老父亲一手把他们弟兄三个拉扯成人。虽然他与老父亲近在咫尺，却仿佛又远隔天涯。在老父亲弥留之际，他才匆匆赶到……

“自古忠孝难以两全。”赵老师竟然连一个“孝顺儿子”的美名也成全不了！

他的大儿子已读小学，由于赵老师平时忙于教学，从未关心过自己的孩子，没有教他认过一个字，算过一道题，致使孩子几乎沦为“问题儿童”……

不为名利所动，魂系校园情浓

商品经济的大潮冲击着教育，有许多民办教师嫌工资低、行业苦而纷纷改换门庭，另谋高就。可赵老师却主动放弃了一次又一次发家致富、彻底改变命运的良机。

1980 年，老父亲退休让他顶替接班，但他却宁愿拿 34 元的民师工资，也不愿离开心爱的校园和学生。

1982 年，伯父在大洋彼岸的加拿大来信，想让他去国外定居、工作。他思虑再三，为了可爱的孩子们，他再度放弃了这个天赐良机！

后来，孩子他舅看他当民办教师日子过得紧巴巴的，就劝他说：“哥，来和我一起干砖厂吧，绝对比你当‘孩子王’强？”他又一次拒绝了！孩子他舅看他不开窍的样子，生气地说：“我一年给你的收入顶你干 30 年，你都不愿意跟我干，也不知你究竟要干啥？”赵老师诙谐答道："不错，经济上一年收入确实顶我现在30年！可我拥有50名学生，我在精神上的收入一年却能抵50年呀！"遇到这个"榆木疙瘩"，孩子他舅气得拂袖而去！

金钱诱惑不了他，校园和学生却像磁石一样牢牢吸引着他！难怪背地里不少人都叫他"死不开窍的老迂先儿"！

这不，今年济源市教委和乡教办要他整理省级模范班主任材料时，他又因为忙于学生中招，再一次主动放弃了。

最近几个月来，他患了心脏早搏病，一分钟早搏多次，可他硬挺着在病中自学考完了汉语言文学大专课程，完成了作文教改论文《我如何辅导学生快速作文》，并获得了由焦作市教委和教育学术委员会联合颁发的"教育科学优秀成果一等奖"的殊荣！

（据此改编的广播纪实散文《泥土无言》，荣获1990年度河南省优秀广播节目三等奖。）

洛阳“读书时间”书店拜访高野老师

2016年4月17日早晨，我嗅着洛城牡丹花的馨香，专程到洛阳“读书时间”书店拜访高野老师。缘由是我写的书评《赏读冷慰怀诗集<寻觅清香>》一文，被高野老师主编的《野诗刊》刊发，我想一睹拙作的铅字模样，更想嗅一嗅《野诗刊》飘溢的浓浓墨香。

初识高野老师是在“中国诗歌网”。老师的佳作频频登上好诗榜，从个人简介中得知，高野老师是80后年轻实力派诗人。于是，心里一直有想拜见一下的冲动。后来，我又有幸加盟“河洛文苑”，拜读了高野老师更多的作品，也知道了高野老师的更多消息。

我很快找到了位于天津路和湖北路西200米处的书店。一进书店的门，只见一位青年人坐在电脑前正看着什么。我笑着向青年人打过招呼，告诉他我就是《赏读冷慰怀诗集<寻觅清香>》一文的作者柳杨。说明来意后，我主动掏出了自己的身份证让青年人验证。这位青年人很是热情地接待了我。

看着青年人，觉得与网上高野老师的照片很像。于是，我就冒昧问了一句：“请问您可是高野老师？”

“我正是高野。”青年人答道。

听到肯定的回答，顿时我喜出望外。真的没有想到，一次平平常常的拜访却让我实现了拜访仰慕已久的高野老师的愿望！

高野老师初见我对我特别抬爱！他首先友好地告诉我说：“冷慰怀老师在和我的交谈中，曾经提起过你。”紧接着，经过询问后，他又赠送了我《野诗刊》创刊号和其他的3本诗集，并且郑重地付给了我稿酬。我仔细地在书店里欣赏着码放整齐的一排排图书，最后选了一本教育专家尹建莉编写的新书《好妈妈胜过好老师》买下。

高野老师见我要买这本书，就善意地提醒说：“你买这本书，恐怕不合胃口。”我告诉高野老师说：“可能是我原来从教20余年，再加上姑娘目前正在读初三的缘故吧，使我养成了对教育关注的习惯！”听到这里，高野老师没有再说什么，结账时又给了我优惠价。

当我向高野老师探讨写诗的技巧时，高野老师真诚地对我说：“要写好，还需要多阅读，汲取好诗的营养。”我深表认同。中国诗坛，河南诗坛，洛阳诗坛，高手云集，天外有天。如果自己夜郎自大，急功近利，就不能取得显著进步，也难以写出名副其实的好诗来。

身为河南省作协会员、洛阳文学院签约作家的高野老师，主编《野诗刊》，作品曾发表在《诗刊》《星星》《诗歌月刊》《诗选刊》《散文诗》《诗林》《中国诗歌》《绿风》等众多国内著名诗刊上，并且30多岁已经著有诗集《最后一只纸船》《奔跑的时光》等。

真的没有想到，我所见到的高野老师，竟然是如此朴实低调，待人热情周到！顿时在我的心里，对高野老师更平添了几分敬佩之情！

辞别高野老师，我就急不可耐地开始捧读《野诗刊》创刊号。只见色调较暗的封面和封底——颜色有点像我们原来的暗色草纸，在封面的右下角，有一个艺术化的“野”字，并不显眼。

真是刊如其人！来自牡丹花都的《野诗刊》，亦如高野老师那般质朴低调，怎能不让人发自肺腑地生出几分敬意呢！

儿子从军探家记

王宣生这样讲述儿子的从军故事……

我唯一的儿子王泽源今年新春第一次从部队探家。从他探家的一言一行中，让我深切感受到儿子在部队受到的革命英雄主义教育的伟大力量！

儿子入伍前是河南大学的学生。入伍后，经过三个月新兵生活的磨砺，下到了“董存瑞连”服役，距离伟大的革命英雄更近了一步。

在他当兵的两年半时间里，我和妻子日思夜想，一直盼望着他能够早日探家，让我们看一看儿子的英俊模样。

王屋山依旧春寒料峭，玉兰花顶着凛冽的寒风开得正盛。曲阳湖的湖水荡漾着一圈圈春天的涟漪，白天鹅在湖上飞翔盘旋着。湖畔的垂柳跳着婀娜的舞蹈，青蛙在湖面上放歌。小燕子纷纷北归，啄起了春泥，在我家楼房的走廊上搭起了新窝，整日叽叽喳喳地闹个不停。

直到大年初八下午三点多，儿子才从部队归来。我们欣喜地看到，两年半的军旅生活已把儿子磨炼成为一个身体结实的壮小伙。不料当妻子拉起儿子的手时，意外发现儿子的双手竟然磨出了一层厚厚的茧子。顿时，妻子心疼得眼泪一直在眼圈里打转，险些哭出声来。当我看到这一幕时，称赞孩子更像男子汉大丈夫啦！

可惜的是，孩子这次回来只能在家待短短一周时间。当我问起孩子的打算时，他一脸郑重地告诉我：“由于时间紧，我就不走亲戚了。但是，目前我们部队正在大搞‘传承红色基因，担当强军重任’的主题教育活动，身为‘董存瑞连’的一名战士，既然我回来了，就一定得去看看那些当年保家卫国的老英雄们！慰问金您跟我妈都不用操心，从我自己的津贴里拿。这是我这位新兵对敬爱的老英雄们的一点心意。”

听了儿子的打算，我和妻子全力支持！

正月十六一大早，我和儿子开车第一站就来到了安腰村王尚凯老人的家。老人早年曾参加抗美援朝战争。儿子一进到老人家里，就紧紧握住了老英雄的手，激动地说：“爷爷，我是董存瑞部队的一名小战士，明天就要归队了，因此今天特意来看看您老人家，来看看我们最可爱的人！”听了儿子滚烫的话语，霎时，老英雄竟红着眼睛哽咽了。只听老人连声说：“不行啦，人老了，给国家添麻烦了，已经很长时间没给国家再作什么贡献了！”此时，儿子紧紧拉着老人的手久久不愿松开，以崇敬的目光注视着这位精神矍铄的老英雄，倾听老人讲述当年抗美援朝战争中的感人事迹。

“在这场保家卫国的战斗中，许多战友献出了自己年轻宝贵的生命。因为当时朝鲜的最低气温达到零下 40 摄氏度，我们有些志愿军战士为了完成任务竟被活活冻死在异国他乡的土地上……不少志愿军战士的遗骨被葬在朝鲜的国土上，包括毛主席的儿子毛岸英烈士……”

听到这里，儿子的眼睛潮湿了！儿子动情地说：“如果没有你们当年的流血牺牲，哪会有我们今天的幸福生活啊！你们这些老一辈革命军人才是我们最可爱的人啊！你们当年为国家流血牺牲的英勇事迹，必将永远载入共和国的英雄史册。”

告别老人时，儿子执意要把早已准备好的慰问金留给老人，老人却死活不收！老人说：“年轻人，你这是在让我犯错误呀！和那些在战场上死去的战友们相比，我自己今天依然能够幸福活着，看到我们的祖国富强起来，已经是我最大的人生福气了！”

告别王尚凯老人之后，一路上儿子一直在连声感叹：“像王老这样的老英雄，才是一名真正的共产党员！这位老英雄的党性觉悟可真是高啊！”

紧接着，我们又驱车来到了小寨村，拜望曾经参加解放战争的刘长福老人。听老人动情讲述早年参加淮海战役时的一个个感人至深的战斗故事，儿子再度激动了。在硝烟弥漫的战场上，英雄们常常与敌人进行着你死我活的肉搏战，一次次刺刀见红的搏杀都是招招毙敌的激战。最后，我们人民解放军凭借着英勇顽强的精神、严明的组织纪律，终于打垮了敌人。

老人越讲越起劲，儿子越听越有味。在言谈中，儿子还意外地得知 10 天之后就是老英雄的生日。儿子当即表示，自己因为要尽快归队，不能前来为老人祝寿了，但是一定要让自己的爸妈代替自己为老人送来生日蛋糕，以表达一位小战士对老英雄的深深敬意！

正月十七儿子归队的那一天，再次特意交代此事。正月廿六，就在老军人生日这一天，远在东北守卫边防的儿子，早早又给我们打来电话，催问给老英雄送生日蛋糕的事，并要求必须给他发照片作为纪念。

我和妻子不敢怠慢，即刻按照儿子的要求，驱车为刘长福老人送去了祝寿的大蛋糕，让老人兴高采烈地戴了寿星帽，并且及时拍下照片，用微信发给了儿子。儿子亲眼看到老英雄一脸喜悦地手捧生日蛋糕、头戴寿星帽的照片后，心满意足地笑了。

更让我感到欣慰的是得知儿子结束探家之旅，赶到位于东北林海雪原的部队驻地时已是当天夜里 10 点钟，就立刻开始站岗了！儿子这次探家，来得快，走得也快。对我和妻子来说，好像是一阵风，也像是一个梦！

一个崇尚英雄、爱护荣誉、继承优良革命传统的伟大民族，是永远不可战胜的！

李易农：诗坛追梦人

在豫西八百里伏牛山区的洛阳市栾川县白土镇一个小山村里，有一位真诚、质朴、善良、谦逊的中年农民。他一生钟爱文学，酷爱诗歌创作，沉醉其中，几乎忘记了日月轮回、时光流逝。为了追梦缪斯这位女神，他远离尘世的喧嚣，几乎倾其一生精力，而无怨无悔。

他叫李易农。这位农家子弟，只有初中文化程度。他从部队复员之后，靠打工、做小买卖等维持一家人的生计。尽管生活十分清苦，但他一直眷恋诗歌，始终坚韧不拔地行进在诗歌创作的道路上。从 2011 年至今，先后在《人民日报》《诗刊》《诗林》等媒体发表作品 1900 余件次，获《诗刊》社、中国作家协会等举办的全国各地诗歌大赛奖项 71 次。他的文学创作事迹一经《河南日报》《洛阳日报》、洛阳电视台等多家媒体宣传报道，蜚声文坛。他出版的“梦想三部曲”文学专集——散文集《月上高岗》、诗集《月明高岗》和《月圆高岗》，深受广大读者青睐。

因钟爱缪斯而泪别高中校园

上初中时，李易农学习刻苦，各科学习成绩优异，代课老师们几乎都认为他是一个“高考的好苗子”。不出所料，他以优异的学习成绩考上了高中。

本来，沿着刻苦学习、全面发展的路子走下去，他考上一所高校应该没有什么悬念。谁知，在高中的校园里，他的心却被缪斯牢牢俘获，思想来了一个 180 度的大转折，从而彻底改变了他顺风顺水的求学轨迹。

高中时，李易农常常痴迷于阅读文学名著《三国演义》《赵树理文集》《孙犁文集》……尤其是沉迷于诗人艾青和徐志摩的诗集之中难以自拔！他读过的诗集有《艾青选集》《彩色的诗》《愿春天早点来》《徐志摩诗选》等。同时，他还喜欢时不时比着葫芦画瓢地写一把，过一过文学创作的瘾。结果可想而知，除了语文一枝独秀外，其他各科几乎都成了“瘸腿”。他的学习成绩因此一落千丈，最后高中没毕业就卷铺盖回了家。

此后，这些活计成为李易农的生活常态：在黄土地上一滴汗水摔八瓣地耕耘播种，随着父母去集市上摆小摊，在砖厂做短工……

就这样，李易农用他那稚嫩的肩膀，扛起了严酷的生活重担。但是，无论现实多么残酷，这位农民却从来没有放弃自己当作家的人生梦想！

白天，他为了生计，忙得脚不沾地；夜晚，他仍旧埋头阅读路遥的《人生》等，埋头诗歌、散文的创作。文学创作的道路并不平坦，无数次豪情万丈地投稿，结果都是泥牛入海，心里拔凉拔凉的。一次次的投稿失败，对他的打击委实不小，但是好在内心文学信念的灯盏却从未熄灭！

一时间，李易农陷入了“高加林式”的苦闷之中……

军营成为淬火圆梦的宝地

“山重水复疑无路，柳暗花明又一村。”为了摆脱眼前的困境，为了实现心中的文学梦想，李易农只得另辟蹊径。1995 年，他告别家乡，来到陕西省渭南市武警支队华阴中队，当上了一名武警战士。他终于又迎来了一次人生成功的大转折。

机会从来垂青那些有准备的头脑。在部队里，虽然军事训练异常艰辛，但是他的“文学梦”“作家梦”却从未熄灭。每每稍有闲暇，他都会拿起手中的笔，写下一些缪斯的文字。他写的文字被大家一传十、十传百地传扬开了，于是部队领导很快发现了这位“军营才子”。

就这样，1996 年初，他被上级调入渭南市武警支队政治处做了一名新闻通讯员。这期间，他完全沉浸于写作和学习之中。每个周末，他都会揣着微薄的津贴去书店狂购古今中外的文学名著《平凡的世界》《人生》《高山下的花环》《百年孤独》《老人与海》《红楼梦》《西游记》等充电。

更难得的是，在政治处这个成才的大熔炉里，李易农时常受到张宝毓、王富强、陈景西等三位领导的呵护。

“苦心人，天不负。”缪斯终于难得地向李易农伸出了一枝橄榄枝。在这些领导的大力支持和鼓励下，很快他的处女诗作《放羊的娃娃想当兵》终于在驻地报纸《渭南日报·周末版》上刊发啦！这首处女诗作的发表，彻底打开了他在文学创作上的成功闸门！让他心潮澎湃、倍受鼓舞！此后，他更是如饥似渴地继续阅读文学名著，不停地创作诗歌、散文。

李易农在文学创作道路上从来都是“既埋头拉车，又抬头看路”。从 1996 年 4 月到 1997 年 10 月，他的每个周末几乎都是这样度过的：搜寻报纸，剪贴精彩文章。一年多时间，他剪报数万份，剪报本积累了二尺多厚……“功夫不负有心人”，有了这些在报纸上请来的“老师”指导，他的诗歌创作水平噌噌直往上升。在后来的两年时间里，他共在《渭南日报》《人民武警报》等报刊发表散文、诗歌近百篇（首）！

李易农在军营里平素为人实诚，质朴善良。在文学创作方面，他刻苦钻研，勤勉创作，取得了一系列丰硕成果！李易农的骄人成绩受到了武警部队的表彰嘉奖——他两次被部队评选为“优秀士兵”，并被部队党组织接纳为一名光荣的共产党员。

《洛阳晚报》是此生难忘的恩师

不经意间，两年多姿多彩的军营生活很快结束了。在退伍返乡之后，面对故土，李易农只好选择外出打工。他上矿山捡矿石，去洛阳市区当保安，后又在郑州等地跑业务、打零工……

2002 年，李易农回到家乡栾川县城，做了一家商场的导购员。两年后，再度辞职，在农贸市场早出晚归摆地摊。2009 年，他和姐姐开了一间米线店，店面不大，只有十几平方米，自己既是老板又是服务员，什么活儿都干。凭借质优价廉的饭菜，慢慢他的生意红火起来。

如果照此发展下去，李易农一定会发点小财。但不幸的是，在经营米线店时，他心中对文学的那份魂牵梦萦的挚爱卷土重来。这种愿望仿佛是一个被岁月按在水底的葫芦，多年后又“砰”的一声浮出了水面，强烈地撞击着他的心扉，谁也按不住。

这源自栾川县八一路天正大药店内的那份《洛阳晚报》。闲暇之时，李易农喜欢去这家药店阅读报纸打发时光。《洛阳晚报》副刊上的一篇篇文章，好似滑翔的瓦片，荡起了他内心深处藏匿多年的文学创作梦想的五彩涟漪……

午饭之后，不少人都进入了酣畅淋漓的午休模式。这一时段却是李易农创作的黄金时段，因为此时来饭店吃饭的人相对较少。这天，李易农就利用这一空隙拿起笔来，趴在饭店的桌子上写下了辍笔十余年后的第一篇文字。然后，他又赶紧跑到附近的网吧，激动地用食指一个字一个字地敲击。经过两个多小时的忙碌后，他终于将不到 800 字的稿件打完，并投给了《洛阳晚报》。

一个礼拜之后，这篇文章有幸被“百姓写手”栏目的编辑徐礼军老师选中，竟然被刊发了！

李易农说：“看着这一篇姗姗来迟的见报稿件，我的眼睛湿润了。从此，工作之余的所有空闲时间，我都把自己置身于书海和写作之中。然而，因为自己底子薄弱，基础差，在文学这条路上几乎毫无收获。和我谈了一年的女友，因为我对文学的痴迷而以胸无大志为由和我分了手。年迈的爹娘更是为此痛心疾首泪流满面，但爹娘得知我是因为文学而走上‘不归路’后，慷慨地拿出卖猪和卖鸡蛋的钱，要我买电脑。捧着爹娘积攒的这些血汗钱，我潸然泪下……”

此刻，一束文学的火苗在李易农的胸中再度熊熊燃烧了起来！一时间，久违的文学梦想又在他的脑海中汹涌澎湃起来！

“李易农，你能行！你一定行！你是一块作家的好料子！”他在心里一遍遍地念叨着。从此，李易农再次陷入极度疯狂的文学创作中，一发而不可收……

“米线哥”乐得与诗文对话

李易农白天做生意，晚上就躺在被窝里用手机写作。他经常在构思中昏昏沉沉地睡去，深更半夜时又在灵感迸发中醒来。此刻，他干脆披衣下床，打开照明灯，趁着灵感来袭，趴在床头继续不停地创作，乐在其中，难以自拔……

白天，在给顾客做饭时，一旦来了灵感，他都会不顾一切地赶忙拿起手机，一手掂着炒勺，一手拿着手机写作。由于心不在焉，给顾客做饭要么做糊了，要么忘了放盐……常被顾客指责埋怨。再加上他的心根本就不在饭店的生意上，渐渐李易农的生意就衰败下来，最后竟到了入不敷出的地步。无奈之下，在苦苦支撑了一年，赔了万余元巨款之后，他只得把饭店低价转让了事。

为了维持生计，李易农连续七年，无论是在炎炎夏日，还是寒冬腊月，都推起自己的三轮车，走街串巷叫卖凉皮、米线。因此，熟知他的人都喜欢称他“米线哥”。

即使是在这样的艰辛生活里，他仍没有放弃自己的文学梦想，依旧痴迷地追逐着缪斯女神的脚步，从没有一丝一毫的懈怠。至于这些生活中的苦难、人间的冷暖、生活的感悟……一一成为他笔下取之不尽、用之不竭的创作素材，一事、一物、一人都会成为他文学作品中的主角。他甘于用优美的文字、靓丽的诗句来和它们对话，安抚它们、拥抱它们，和它们惺惺相惜、和谐相处、终生相伴。

在 2016 年，李易农因为诗作《我家的军人故事》被选为《中国诗歌网》“每日好诗”，经专家评选，被中国作家出版集团、中国诗歌网选送到在上海大学举办的首届“网络诗人高研班”学习，成为全国诗坛 30 名佼佼者之一。著名诗人、中国作家出版集团编审杨志学博士结业时为李易农颁发结业证书。

正是春花烂漫的时节，笔者有幸收到了洛阳著名诗人李易农的两本诗集《月明高岗》和《月圆高岗》。李易农是笔者仰慕已久的诗人，他的诗作自然就是笔者的最爱了。拿到这样的宝贝，笔者自然就大快朵颐地拜读起来。

读罢诗集，我感到诗人李易农的佳作有“三气”

首先是接地气。前段时间，笔者读到一篇有名的诗评，里边特意提到：在目前的中国诗坛浩若烟海的现代诗歌里，竟然没有书写小麦的诗歌！读到此处，笔者不免为之欣喜。何哉？因为笔者生于农村，长于农村，又爱好写诗，何不大显身手，填补这个诗坛空白，获得诗歌写作的一举成功呢！

读过李易农的诗集，笔者才知道，自己来晚了！为何？因为诗人的诗作，已经覆盖了全部庄稼！写小麦，一首首诗作皆是饱含感情地精彩演绎着小麦的生命历程：诗人从小麦播种开始写起，一直写到小麦变成人们的美食,养育故乡父老乡亲！在诗人饱蘸感情的笔墨里，已经把小麦写得滴水不漏，精彩纷呈。如此众多的佳作，实在让笔者不敢下笔造次！玉米自然也是诗人不肯放过的一座富矿。在诗人的笔下，这些平平常常、人们已经熟视无睹之物，都被赋予了诗歌的灵性和崇高！顿时，这些平常之物，一时竟然有了绚烂夺目的灵魂和神采。这些诗作，我们一首首读来，的确让人感受到了故乡泥土的芬芳和温暖，令人过目难忘，疼爱有加，赞赏不已。

其次是有灵气。诗人自称写诗仅有短短 4 年光景。4 年的时光对于人生来说，的确极为短暂。但是，诗人却凭借自己的勤奋和执着、天赋和灵气，竟然屡屡登上《人民日报》和中国诗歌网、《诗刊》等大雅之堂，并且屡屡斩获大奖，实在可喜可贺，令人欣喜！

一位草根诗人，他的诗作竟然能够受到众多诗家的认可，足见诗人的写作水平已经达到了一定高度！

笔者仔细品读诗人的诗作，认为李易农的诗作，已经做到了立意新、语言新的境界。诗人的诗作，在精短中抒发唯美的诗情画意，在跳跃中展示夺目的人间风华，把诗歌的言简意赅、跳跃性、优美性诠释得淋漓尽致！

第三是有骨气。诗人出身农村的军人世家，在这一家子中，从爷爷算起，到诗人这一辈子，军人辈出。他们一个个无畏无惧，精忠报国、守护人民，写下了一个顶天立地的“人”字！即使是身处和平岁月的诗人本人，也正是在部队这座大熔炉里，淬火历练，历经风雨，才实现了自己的文学之梦！

在诗人的诗作里，充满了军人的阳刚之气，洋溢着中华民族骨血里不可战胜、不屈不挠的伟大精神！诗人创作的“每日好诗”——《我家的军人故事》，就是属于其中的精品。

在诗人的诗集中，有这样一个景观：短诗俯拾皆是，鲜有长诗出现。其实，这正是诗歌的精髓之所在。但是，诗人每每在写家国天下、军人情怀的诗作时，总是激情难抑、不惜笔墨、一泻千里，写就了一首首好诗！例如《组诗：抗战中难忘的记忆》《一位老人的英雄史诗》等，就是这样的阳刚佳作，激荡着男儿雄风，张扬着浩然正气！读之，我们不能不为之击节赞叹！

读罢诗人的创作的《月明高岗》和《月圆高岗》两部诗集，有的佳作让笔者忍不住读出声来，有的好诗让笔者情不自禁地流下泪来，有的美诗让笔者发自肺腑地笑了起来。有的让读者在诗歌编织的斑斓风景里展翅翱翔，有的让读者在人生的酸甜苦辣里斟酌品味，有的让读者回望人生，增长智慧，增长才干……

笔者对这两本诗集最深的感受是，李易农是一位从泥土中长出的“庄稼诗人”！我想，只有这样的概括最精当准确的！

当然，“金无足赤，人无完人”，诗人李易农的诗作也是如此。可能正是因为自己生活圈的制约吧，题材还是显得狭窄了一点、单纯了一点。

可以预见，未来生活的广阔疆域等待着诗人驰骋，未来的诗歌疆域也等待着诗人前往开拓创新。祝福诗人李易农先生，在实现伟大“中国梦”的伟大征程上，续写更多人生的精彩和辉煌灿烂的诗意篇章吧！

让我们翘首期盼：诗人将再一次完成自己诗意烂漫的“蝶变”，吟哦出更加流光溢彩的诗坛新唱！

月上高岗，月明高岗，月圆高岗……诗人无异已经完成了自己一轮人生的精彩铺排！

盼望着，盼望着，盼望着，诗人能够实现由“望月”到“登月步蟾宫”的人生腾飞……

从打工农民到中国作协会员

李易农，在他的追梦历程中总会遇到诚心诚意帮助他成功的贵人。在部队，他有幸遇到了张宝毓、王富强、陈景西三位助他成功的好领导；在崎岖坎坷的文学追梦路上，在有着“千年帝都、牡丹花城”之美誉的古都洛阳，他再度幸遇了此生的又一位恩师——洛阳市作协主席赵克红先生。赵克红的诗集《燃烧的情愫》《心的祈祷》《美丽的忧郁》《五弦琴音》，他分外喜爱，时常诵读。那些诗作的凝练、深刻、唯美都给李易农留下了深刻的印象。

同时，他对洛阳著名诗人高野的诗集《最后一只纸船》《奔跑的时光》和段新强的诗集《某处》《活在青山绿水间》都爱不释手。他们的诗风和诗歌表现手法，对他的诗歌创作产生了重要影响。

赵克红思贤若渴，爱才有加。他一直关注着李易农的文学创作，一直想方设法地暗暗帮助着李易农，总会助他走向成功的一臂之力。在关键时刻，赵克红和洛阳市作协的领导们力荐李易农成为中国作协会员。

2017 年的金秋，正是瓜果飘香的好时节，经过洛阳市作协和省作协的层层推荐，“中国作家网”上公布的当年拟接收的中国作协会员名单中，李易农的名字赫然在列。

公示期结束之后，李易农顺利当选中国作家协会员。41 岁的李易农，成为中国作协最年轻的会员之一。佳讯传来，李易农激动得夜不能寐，洛阳文坛为此轰动了！

好事接踵而至，着实让李易农有点应接不暇。紧接着，在洛阳市作协与洛阳市文学院的联合推荐下，李易农成为洛阳文学院的第三届签约作家。随后，他又当选为栾川县作协副主席。

如今的李易农，凭借自己的过人实力，被聘为《星星》诗刊 APP 公益编辑、《今日栾川》报副刊编辑。

知恩图报的李易农每每说起这些，对自己有知遇之恩的所有恩师们总是感激有加。

目前，已是中国作协会员的李易农在家乡栾川县开办了一家“新芽文学社”，专门辅导中小学生的作文写作。他自己一边笔耕不辍地进行着文学创作，佳作频频被报刊发表，一边教孩子们如何“我手写我心”，用自己的妙笔写就瑰丽多彩的新时代美好生活。用他自己的话说，他目前的生活状态是“痛并快乐着”。

几年来，李易农与他的“新芽文学社”声名鹊起，并已结出了累累硕果——共有100余名孩子的150多篇作文在全国各地刊物上发表！其中，有80余名孩子的佳作，在全国作文大奖赛中斩获大奖，产生了轰动效应！

李易农从打工农民到中国作协会员的辉煌逐梦历程，再度向我们昭示：作为一位新时代青年，只要心中有梦、勤于追梦、勇于圆梦，就一定会好梦成真！

京畿访衲川

一

一位寻常的农家子弟，身携王屋山与太行山的敦厚与坚毅，浸润着四渎之一——古济水的灵秀与神秘，胸怀古玉川的气息与传奇，在求学之路上自强勤奋、一路高歌，在二十世纪六十年代中期，终于龙门鱼跃金榜题名，跻身众位学子朝思暮想的全国一流名校——南开大学。

家乡这位传奇的农家子弟，名叫常志海，笔名衲川。

您的成功之路，成为家乡少年们求学路上的导向坐标，成为家乡人引以为傲的学子楷模。

南开毕业之后，您毅然从戎，立志报国。经过十七年的部队历练拼搏，练就了能文能武的过硬本领。转业之后，被分至民政部工作。

关于您成功的传奇故事，我在家乡听到了众多版本。讲述者娓娓道来，自得自信；众听者如醉如痴，浮想联翩……

尽管我对您仰慕已久，但却一直没有机会登门拜访。

二

2018年8月31日，这一天注定成为人生中又一个最快乐的日子。一个偶然的机会，我与贵村的村干部李四海一起去北京办事。脑子闪过一个念头：这是一次拜望您的好机会。但又担心您事务繁忙，无暇接待。

前一段时间，我有幸加了您的微信，我们也不时在微信上交流诗文，谈论心得，偶尔也聊天谈心，颇为投缘。您能答应见我吗？我内心一直忐忑。

时间紧迫，我只得硬着头皮给您微信留言。没想到，您竟爽快地答应了，并且及时给我发来了您的电话号码和会面地址，令我欣喜不已。我们相约薄暮时分在广西大厦相见。

站在灯火辉煌的广西大厦大厅里，我给您打去了电话。一个很是年轻的男中音，穿越神秘的无线电波，清清朗朗传入我的耳膜。我第一次聆听到您的声音，被震撼了！我知道您已年逾古稀。

我们在大厅静静恭候您。

不一会儿，一位身材魁梧、鹤发童颜、神采奕奕的老者，一身素雅合体的装束，手中提着礼物，来到大厅后四处环顾。也许是心灵感应，不用自我介绍，我们彼此思念的手就在异乡紧握在了一起。

落座之后，我们用地道的家乡话开始了心无芥蒂的畅聊。您问故乡事，我听京畿语，诉不完的乡亲乡情，道不尽的故人故事……

他乡遇故人，心情自然万分欣喜。浓郁的乡情在一张张合影里凝结成家乡的一轮月，悬挂在彼此的心空上，守望着我们这些在济水畔长大的孩子们。

美光已逝。临别，您不顾我们的阻拦，执意送我们至楼下，一直等我们坐上了出租车，才挥手离去。

倏然，想起王安石的诗句：“少年离别意非轻，老去相逢亦怆情。

草草杯盘共笑语，昏昏灯火话平生。”

我们惬意地坐在出租车里，听着的哥京腔京韵的讲述，仰视着京城一幢幢流光溢彩的摩天大楼，感受着新时代的缤纷华彩，情不自禁地一次次按下手机照相快门……

三

您的渊博学识、平易近人、雅人深致、磊落光明，让我们受益匪浅。忆起我们在微信上交往的历历往事，如冬日的阳光灿烂而温暖。

由赵宇新先生主编，我参与编纂的您的家乡村志——《东张村志》，出版前夕，家乡人知道您书法造诣颇深，村干部特意邀请您题写书名。您欣然应允，并千写百选，写就一幅隶书和一幅行楷的“东张村志”。可是，由于出版单位疏忽，最后却并未标明“书名题写：常志海”，并弃隶书未用。志书的主编赵先生和我都感到十分遗憾。

2018 年 9 月 27 日，我把这个缺憾告诉了您。您非但没生气，反而在微信上留言，鼓励我们这些编纂人员：

海岩已把《东张村志》寄来。昨晚，用了两个小时粗略阅读了一遍。感觉甚好。凝聚了你的心血。“文章千古事，得失寸心知。”你的序三，写得好，文采横溢，表达酣畅淋漓。

今人立传的多，修志的少。而立志修志乃十分艰辛之事，又是默默无闻、甘愿奉献之事，钦佩并向你们致谢致敬。

一会儿，微信的对话框里又飘过来您撰写的这样一段文字：

把我们每个自然人、社会人放在历史的长河里，都显得很小。如此，注明题写村志名称的小缺憾也就不足道了。千万不要太在意。无数先辈流血牺牲，留下的是一座无名的丰碑，他们的精神才是激励我们前进的源泉与动力。

让我们砥砺前行，再创辉煌！

收到您的留言，心海激荡。我不自禁擎起毫管给您回复：

兄长虚怀若谷，亮节高风，钦佩之至！愚弟一定向您孜孜学习！

我曾记得，您从胞弟常海岩处得知我喜欢舞诗弄文。2018年元旦后，您给我转来了天安门广场的升旗仪式视频，嘱托我赋诗一首。

我专心致志看着国庆视频，为我们强大的祖国不时击节鼓掌，诗思诗情也从心河中汩汩流出。经过几天的构思琢磨，我写就了自以为还行的诗作——《2018，中国，扬帆起航》。微信发给您，并恳请您斧正指导。

几天后，诗歌在您的润色下，经过咬文嚼字式的深入细致修改，又转发给我。我把此诗发表在中国诗歌网上，受到网友们的一致好评。此诗最后又被收录进了我付梓的诗集——《柳吟集》中。这首诗付出了您的心血，更体现出您碧血丹心的耿耿情怀。

2018年9月30日，是我们国家法定的烈士纪念日，您又给我发来如下微信：

今天是烈士纪念日。向无数革命先烈致敬。

最近，我经常翻阅《东张村志》，今天反复阅读以下段落——《中国军队伏击日军》《日军在东张所犯罪行》。文中提到的村民常正富，即我的先父；常正家，即我的亲伯父。

《东张村志》之中，《日军在东张所犯罪行》一节有如下记载：

村民常正富的哥哥常正家成婚刚三天，日军逼迫他给他们担了一夜水，次日早上，日军临走时把常正家砍成了三截……

民族的血泪史在您的文字里继续漫溢。

在东张村被日本鬼子杀害的7名第九军伤兵和近20名村民，他们若知新中国今日国富民强之风貌，若知《东张村志》有“日本兵血洗东张村”的历史记载，定会含笑九泉。不忘民族屈辱的历史，不忘争取民族独立的历史，是我们后人应该铭记的。

前两天，女儿从日本旅游回来，动员我去。我毫不犹豫地打消了去日本旅行的念头……

读着您的留言，我为日寇的累累暴行而愤慨，更为您融于血液里的爱国情怀而感动。

四

三生有幸，我与您弟海岩贵为同学，让我们的交往有了契机。在频繁的微信互动中，我每次写的诗文转发给您，您总是细心阅读，认真点评，从无搪塞敷衍。

您读了我撰写的诗评——《眼中有佛，更要心中有佛——赏读著名诗人董进奎的诗歌代表作＜佛性＞》之后，留言道：

我不知道诗人董先生如何看待这篇诗评，我是很欣赏的。

得知我的拙作散文诗《一个爱字，被五年的光阴温馨地擦拭》入选“中国作家网”封面佳作，您在微信上给我留言：

写得真好。情感真诚，文笔朴实，诗文结缘，伉俪情深。祝福你们！

寥寥数语，字字珠玑。

我的诗集《柳吟集》即将付梓，中国铁路作协副主席、洛阳市作协主席赵克红为我的诗集欣然写下《我们的生活需要诗意的装点》的序言。您读完序言，连声夸奖：赵先生文笔了得！

我也郑重告诉您：我的诗集和散文集马上要出版，希望得到您的斧正和指导！

您欣然道：《柳吟集》一定寄我几册。不仅自己看，还要与一两位诗友拜读分享。

您的真情之语给了我莫大的激励和慰藉。

您还为此写下了经典短语《偶感》留言给我：

或许生活是平庸的，郁闷的，痛苦的。

但是有了诗，就能看到光明，看到希望，看到朝阳与晚霞。

诗歌，诗人，是这个时代不可或缺的“尤物”，是埋在污秽土壤里依然不屈地伸出臂膀、探出头颅的一株嫩芽……

精深的思想内涵才会有不同凡响的文字，您对诗歌和诗人的诠释是如此妙不可言！您的才华受到数位诗人的啧啧称誉。

五

退休之后，您赋闲在家，终于有了空闲时间。每天苦练书法，潜研佛学。您的悲天悯人的博大情蕴裹在给我的留言里：

因为要置换房子，天天整理书籍与衣物，感慨油然而生：感恩之心，惭愧之心，忏悔之心，赎罪之心，内省之心，自警之心……总是一阵阵袭击心头。

永居学位，后不再造恶业的决心一天天在增长！

与您相识，得到的是快乐、温暖与感动。字不尽言，言不尽意，意不尽情。情不自禁地道一声：衲川先生，我急切地盼望着与您再度重逢……

第二辑　社会——五彩斑斓

河洛情缘

一

洛阳，您这座历史文化名城，值得人爱！

您拥有5000年的文明史、4000年的建城史和1500多年的建都史！

历史上先后有105位帝王在此定鼎。您是当之无愧的中华文明的发源地，您是当之无愧的中华民族的发祥地，您更是隋唐大运河的重要交通枢纽！

您悠久的历史，灿烂的文化，不能不令人惊叹！

您拥有三项世界文化遗产，沿洛河两岸分布着二里头遗址、偃师商城、东周王城、汉魏古城、隋唐洛阳城等遗址！河图洛书的迷幻，更是令人称奇！古往今来，称颂您的诗文流光溢彩，信手拈来！

二

洛阳，您这座牡丹华都，值得人爱！

牡丹因洛阳而闻名于世，洛阳因牡丹而大紫大红！有的城市的人因此特别不服气，曾经当着洛阳人的面这样抱怨：

“不光你们洛阳有牡丹，我们也有！大家为何少来我们这里观赏？”

睿智的洛阳人这样妙答：

“是啊，你们是有牡丹，甚至品种也不少，但是你们可有武媚娘吗？你们可有武媚娘与牡丹的传奇故事吗？你们可有卢舍那的金碧辉煌吗……”

洛阳喜欢“沐浴着浩荡春风，再秀春的万紫千红”！当第35届“中国洛阳牡丹文化节”日益临近的时候，洛阳人关于牡丹文化节的宣传已经捷足先登地上了大名鼎鼎的《人民日报》的大雅之堂！那风采分明是要向全世界昭告：牡丹花又要开了，来吧，全球五大洲四大洋爱花的人们！牡丹花又要开了，来吧，全球五大洲四大洋喜爱中华文化的人们！牡丹花又要开了，来吧，全球五大洲四大洋爱好和平的使者们！

这是牡丹花的邀约，这是洛阳的邀约，这是河南的邀约，这更是伟大中国的邀约！

35载花开花落，35岁福禄安康，洛阳人没有想到，昔日一座城市的节日，在短短数年时间内，竟然跃升至全省人民的隆重佳节！更令洛阳人没有想到的是，一个省的节日，今天竟然又跃升为一个国家的辉煌庆典！这个辉煌庆典由中国文化部和河南省政府共同主办！

牡丹是洛阳分量最重的文化名片，也是河南重磅出击的文化名片，更是我们中国邀约世界的辉煌灿烂、令世界为之倾倒的国家文化名片！

别说了，我读懂了！洛阳，您当之无愧地被誉为“千年帝都，牡丹花城”！这缘由，令人信服，不折不扣！这缘由，名副其实，举世公认！

三

洛阳这位国家“一五”的工业骄子，值得人爱！

在建国之初，在一个百废待兴的时代，我们中国人崇尚“人定胜天”的崇高信念，我们中国人崇尚“自力更生、艰苦奋斗”的坚定信念，我们中国人崇尚“一张白纸没有负担，可绘最新最美的图画”的美好信念！“不信春风唤不回，只叫光阴不负人！”

洛阳，您有幸成为我们国家“一五”计划的重工业之都。那些来自五湖四海的建设者们，那些伟大的工人阶级，他们天当房来地当床，啃着干粮，披着星光，撸起袖子加油干！在数十年时间内，硬是干出了一个又富又美的新洛阳！

洛阳，您有一个名字特别响亮的工厂把“东方”叫响！它就是“东方红拖拉机制造厂”！这个名字出自一首中国妇孺皆知、人人爱唱的红歌——《东方红》！一轮红日跃升东方，连世界上昔日叫嚣“华人与狗不得入内”的狂妄列强，也开始谦恭地高看中国这条巨龙了！这让我们站起来的中国人怎能不气宇轩昂？

“东方红拖拉机制造厂”的大门口，矗立着一代伟人毛主席奋力前行的巨型雕像！一代伟人可以欣慰地含笑九泉了，因为今天的盛世中国巍然屹立于世界东方！伟人曾精辟地这样讲：“军民团结如一人，试看天下谁能敌？”今天的盛世中国，再霸道的列强也休想在我们家门口随意指手画脚。

“东方红拖拉机制造厂”这个大企业，把中国的农业机械化进程演绎得风生水起、波澜壮阔！你瞧，新时代的新农民早已走出了白居易《观刈麦》的“五月人倍忙”！新的历史时期已经欣喜地开启了“五月人不忙，农民变市民”的激越新篇章！

“东方红拖拉机制造厂”现在虽然更名为“中国一拖集团”，但是“东方红”却与这座古城结下了不解之缘，成为这座城市繁荣发展的伟大符号，深入城市的血脉、骨髓，已经成为一座城市的精气神啦！君不见，洛阳城里，到处都有“东方红”的元素：“东方红置业”“东方医院”“东方……”

在这里，我们还不能不提到一个大厂，它就是“洛阳矿山机械厂”。

2015年9月23日，这家企业的“大工匠”工作室牢牢吸引了李克强总理欣喜的目光——轰动全国的“工匠精神”就在这里提出！洛阳大力实施“河洛工匠”计划，在洛阳，“大工匠”可享劳模待遇！于是，“工匠精神”在洛阳迅速生根，发芽，开花，结果。洛阳工人百舸争流、万花竞放，创新创造、追波逐浪！霎时，在全国率先涌现出了一批响当当的“大工匠”！他们是巧取核电站设备中的断螺栓的刘向前，为导弹装上“眼睛”的鲁宏勋，技术“多面手”杨文革，“大国重器”掌舵人谭志强……他们刻苦攻关，精益求精，只是为了国富民强！

这样的企业，在洛阳还有很多，难以尽述！这样的“大工匠”，在洛阳也还有很多，要不就请你来牡丹文化广场上看看“大工匠”们的风采！

四

洛阳这座英雄辈出的历史文化名城，值得人爱！

这里有老红军、老英雄定居；这里高校云集，有大量的专家教授，足以让人自豪！但是，这样还不够。于是，就在2016年，洛阳又出了一个轰动全球的航天英雄——陈冬。这位洛阳的航天英雄与资深航天员景海鹏一起，身手不凡，竟然在浩瀚太空遨游了33天，刷新了由中国航天人创造的世界纪录，让西方强国为之震撼！不轻易赞人的他们，此时此刻也只得竖起大拇指为中国点赞！中国人吐气扬眉，志气大涨！

洛阳这座历史文化名城，我永远爱您！

我不仅爱您位于河南西部、黄河中游，地处洛河之阳的居中的得天独厚的地理位置，而且爱您十三朝古都的深厚文化底蕴、久负盛名的雍容华贵，甚至也爱您“雒阳、豫州”等古称！

我爱您灿烂的文化、悠久的历史，也爱您美丽的传说、神奇的模样，更爱您的善良、勤劳、伟大、坚强的人民，他们繁衍生息、生活战斗在这片神奇的土地上！

这些，都是我爱上您的重要理由！

五

也许有人要问："柳杨老友，请如实交代，你是否也会因为爱上一个人而爱上一座城呢？"

我只好如实作答："洛阳的男人优秀，洛阳的女人更靓！我真的是因为爱上了洛阳靓妹，才开始更爱洛阳这座历史文化名城的！我时常在洛阳沐浴着爱的雨露阳光，尽情享受着生活的美满幸福，因此我被洛阳牡丹陶醉了，我被洛阳文化陶醉了，我被洛阳城市陶醉了，我更被有着海纳百川博大胸襟的洛阳人陶醉了！我在洛阳结交了满座高朋，与他们交流交融、思想碰撞。因此，我才会闪烁出创作的灵动之光，写出诗情画意的澎湃佳章！"

洛阳，您这座文化底蕴深厚的历史文化名城，您与我的生命再度深深交集。"我痛苦着您的痛苦，我幸福着您的幸福！"我与您点点滴滴的故事，常常都会让我备受感动！我愿意终生一一珍藏您花开花落的故事，我愿意终生一一珍藏您嬉笑怒骂的心灵鸡汤，我愿意终生一一珍藏您波澜壮阔的恢宏史诗和不朽诗章，我愿意在您的怀抱里尽情徜徉……

六

这不是尾声。

让我们拿起手中如椽的巨笔，不负历史使命，续写河图洛书的崭新篇章，续写"中国梦"的灿烂辉煌！

啊，洛阳，一个瑰丽神奇的地方！提到您的名字，为何我总会泪流两行？

诗人艾青告诉了我一个放之四海而皆准的答案：

为什么我的眼里常含泪水？因为我对这土地爱得深沉！

三月，总是写满感动

昨天傍晚，是一个春雨霏霏的阴冷日子。人们一边享受着“春雨贵如油”的惬意，一边又忍受着“倒春寒”，痛并快乐着。原来二十多度的气温，倏忽又降到了五六度。于是，俏春的人们不得不又赶紧穿起了厚厚的冬装，来和“倒春寒”较量。

春分明是用它的精彩演技又秀了一把“春捂秋冻”的祖训。

此时此刻，我正在兴高采烈地和几位文友围桌惬意小酌，女儿突然给我打来电话，听那急匆匆的语气，分明是遇到了什么急事。只听女儿焦急地问道：“爸爸，您在哪里？”

“我在和几位文友小聚。啥事？你说！”对着焦急的女儿，我急忙应道。

女儿的回答还原了事情的真相：今天下午，女儿和小孙子一道乘坐最后一班 8 路公交回家，结果把给小孙子买的食品和玩具等都遗失在公交车上。回家之后才发现这一情况，不知道车牌，不认识司机，唯一信息就是“最后一班 8 路公交车”！这可如何是好？焦灼中的女儿不敢怠慢，于是她顶着暮色，冒着春雨，身子被冻得瑟瑟发抖，赶紧骑车赶往公交总站。但是，时间已晚，工作人员已经全部下班回家。失望而又焦急的女儿只得赶紧给我打来求助电话。

公交总站我也没有熟人，于是我只得赶紧向在座的文友们求助，以求良策。听到这个消息，热心的清风兄弟就赶紧联系自己的朋友帮忙。谁知问来问去，朋友们也都没有好办法。说是每天 7:00，公交车就开始运营了，那么早咋去见司机？再说了，她下车的时候，并非终点站，车上还有别的乘客，东西一定被别人拾去了。最终的结论是东西肯定是找不到了！只能是告诉女儿，今后小心点就行了。清风这样说，其实我心里早已同样确认了，因此就没有再抱找回遗失东西的希望。

最后，我只得给女儿打去电话，告诉女儿："现在也实在没有啥好办法，找人肯定找不到。你先回家吧，路上可要小心点啊！"

回到饭桌，大家询问情况。当我和盘托出时，大家都众口一词地说道："别找了，没戏了！东西能够值多少钱？一二百元，只当买个教训吧！"大家都异口同声地这样劝解我。我也认下了这个不满意的无奈结果，正是落一个"财去人安宁"的坦然吧。我劝女儿回家的电话其实啥事都不顶，在料峭的春寒里，在黑暗之中，只是给女儿送去一个小小的精神安慰吧。

第二天早上，我已经把昨晚的事忘到九霄云外，正在单位开会的时候，意外地接到了女儿发来的短信。

"爸爸，东西找到了！天冷，您多加衣服哦！"女儿欣喜地告诉我，我也跟着欣喜起来。

收到女儿暖暖的短信，这个"倒春寒"的天气中，我心中却再度充满了温馨和温暖。

事情本来到此就该结束了，但是济源司乘人员们的高风亮节、暖人事情还有一桩，也是我的亲历，也让我难以忘怀，值得点赞！在此不妨也讲给大家。

那是三月初的一个周末，我骑着电动车去赶前往洛阳的大巴。我刚到车站，大巴正停在原地，眼看就要出发，司乘人员在催促着赶紧上车。我不敢怠慢，赶紧停好电动车，按下了智能遥控器，就匆匆忙忙地上车了。当时啥也没有感觉到。

大巴穿行在春日的美景之中，在公路上飞驰，我也顿觉心旷神怡起来。谁知，就在大巴快到洛阳之时，我才猛然想起来：大事不好，我的手提包忘在了电动车的后备箱里！更不好的是，我的电动车后备箱还没有上锁！这该如何是好？这个手提包是我花费数百元购买的“奢侈品”啊！

此时此刻，我心里顿时焦急万分！

焦急的我赶紧向车上的两位司乘人员求救。当他们听完我的叙述，也替我着急。开车的师傅是一位高大的中年男子，他在一旁不时帮着出主意想办法。售票的是一位端庄和气的中年女子，她赶紧开始打电话帮我联系找人。找了几个人，用了好大一会儿工夫，终于把事情安排妥帖。当我连声地深表谢意时，谁知，他们却淡淡地笑着说：“谢啥，这样的小事，真的不值一提！”

临别，司乘人员还不忘反复交代我：回家后，一定记得抓紧去售票处拿提包哦！

当我去拿提包时，就真诚地当面向两位女售票员致谢。谁知她们笑着说：“这些都是不值一提的小事，真的没有什么可谢的。”仿佛这些暖人的好事与她们无关一般。当我告诉她们，我要为他们写一篇感谢的短文时，被她们再度婉拒。

至今，我竟然还说不出这些“雷锋”的名字。但是，他们送给我和女儿的心里的那份温暖和感动却久久地萦绕于心怀。在生活中，我也将像他们一样，多做好事，积小善，聚大成，把更多的人间温暖传递给更多的人。我想，这肯定也是他们所愿吧！

三月，春风吹绿了沉睡多时的草芽，也吹开了缤纷而又鲜艳的百花。在这个美好的季节里，我们又开启了“学雷锋”的暖人行动。实际上，雷锋并非那么高不可攀，“学雷锋、做好事”就应该从小事做起，从你我做起。正是这一个个平凡的人、一件件平凡的小事，汇聚成春风浩荡的暖流。这股暖流，总会给人们带来许多感动，总能净化我们的心灵，让我们的社会更美好！

从今天做起，从我做起，这才是“学雷锋”的真谛！正是有了这些平凡的好人、暖人的小事，我们的生活才会更幸福，社会才会更充满希望！

厦门三题

“飞的”

虽然不是第一次来厦门，打“飞的”来厦门却是第一次。在新郑国际机场，祥鹏公司的空客直冲云霄，顷刻之间就穿破了头顶的云层，把原来高不可攀的蓝天白云踩在脚下。

今天天空作美，晴空万里。鸟瞰脚下的天空，仿佛一片蓝色的海洋，浩渺无际，白色的云朵在“大海”上卷起千堆雪。这样的奇妙景象实在让人拍手叫绝！

可能是今天天气很晴朗的缘故吧，我们虽然置身于蓝天白云之上，却仍能见得大地上的村庄城市，影影绰绰，依稀可辨。

目睹此情此景，让人不免想起电视连续剧《西游记》里孙悟空腾云驾雾、上天入地的奇妙镜头。那一个个镜头精彩绝伦，引人入胜，让人们津津乐道！一部电视剧竟然影响了几代人，足见科技带给人们的视觉冲击力！《西游记》的作者吴承恩可能做梦也没有想到，他费了九牛二虎之力创作的神魔小说，被今天的人们轻而易举、驾轻就熟地拍摄演绎，变为人们精神文化的饕餮盛宴！

与古人相比，我们生活在一个幸福而又伟大的时代！此生无憾！

不知不觉之间，两个小时的飞行已经结束，飞机徐徐降落于福建泉州国际机场，我们完成了厦门旅行的第一个行程！

厦门的蚊子太热情

入住我们下榻的酒店，窗明几净、服务暖心自不必说，没有想到厦门的蚊子却要比服务生还“热情”。

异地落脚，不免有几分兴奋，小酌两杯，倒也惬意。酒足饭饱，昏昏欲睡之际，妻子觉得酷暑难耐，又不想开启空调，于是就打开窗户通风透气，想让凉爽的海风吹拂一番。谁知那些垂涎已久的蚊子们却闻香而至。它们发现这些北方的客人又高又白又胖。这样的“美味”哪可错过？于是蜂拥而至，也不征求意见，看人家乐意不乐意，抱起我们的脸蛋儿，就来个狠狠的“热吻”。我不由得“啪啪啪”地打着，它们却前赴后继地上着，一股从来不怕死的劲头，招人烦恼！

正在无计可施、欲哭无泪之际，还是妻子聪慧，赶紧插上房间里的电蚊香，蚊子们纷纷倒毙，我们才开始一段好梦！

陈嘉庚：诚信赢得满堂彩

到了厦门，一定要听听陈嘉庚的故事；到了厦门，一定要看一看陈嘉庚建立的厦门大学，还有那座闻名中外的“燕来亭”；到了厦门，一定要参观陈嘉庚事迹展览馆……如果这些你没有做，就不算到过厦门！

到厦门旅游，能言会道的导游首先要向你隆重推介的重要人物当数陈嘉庚先生。此行的导游小林就向我们绘声绘色地讲述了陈嘉庚先生诚信赢得满堂彩的感人故事。

陈嘉庚早年背井离乡，跟随父亲下南洋闯荡。他们首次来到新加坡做生意，凭借南方人的精明能干、吃苦耐劳站稳了脚跟。日子过得安逸富足，有滋有味。

后来，由于母亲年迈体衰，父亲叮嘱年轻的陈嘉庚返乡侍奉老母。新加坡的生意由老父亲一人打理。

大孝子陈嘉庚即刻返乡，遵照父命一心一意侍奉老母。几年过后，待到把老母亲养老送终之后，他重返新加坡。“天有不测风云，人有旦夕祸福”，谁知此时其父的生意已经发生重大变故，不仅朝不保夕，濒临破产，而且还欠下了一屁股债务！但不幸中万幸的是，按照新加坡的有关法律规定，父亲欠下的债务，儿子不必偿还！

身处绝境的青年陈嘉庚始终有一身不屈不挠的傲骨，有一种不服输的精神。面对异常艰难的局面，他怀揣梦想，东挪西借最终凑足了 8000 元钱，再度投身商海打拼。他苦心经营，奋力打拼，重振家业！

陈嘉庚真不愧为商界奇才！他夙兴夜寐，屡出奇招，频频发力，生意日渐红火。由于陈嘉庚特别善于经营，几年下来，已经是身家百万的一个大富翁了。

可是，富起来的陈嘉庚却对自己显得很刻薄——在生活上，他从来都保持着富日子当穷日子过的良好习惯，时时、事事、处处俭省节约，不舍得浪费分文。但是，他却是一位深明大义之人，每逢事关国家兴衰成败的大事，他都慷慨解囊，毫不吝啬！

但是，与众不同的陈嘉庚宁肯主动“吃亏”，不愿被动“沾光”。他不顾亲朋好友们的一再善意劝阻，主动拿出自己的多年积蓄，清偿了父亲欠下的所有债务！

此举一出，东南亚华侨深受感动，对这位青年才俊赞不绝口！青年陈嘉庚由此一举成名，成为轰动东南亚侨界的风云人物！

陈嘉庚后来的故事大家都知道了。心系祖国的陈嘉庚立下“科教兴国”的宏伟抱负，投入巨资建成了全国一流的厦门大学。随后，他又把这所大学慷慨地捐献给了祖国，如今厦门大学已经成为培育中国英才的一流大学！

陈嘉庚的这一突出贡献，已经载入新中国教育发展的光辉史册中。但是陈嘉庚的最大贡献却并非在此。

为了建立新中国，他立下了汗马功劳！在东南亚侨界，他凭借诚实守信的人格魅力，总是能够一呼百应。在中国共产党危难之际，他在东南亚侨界为党募集了大量物资和现金。新中国成立之后，毛主席、周总理多次接见陈嘉庚先生。

更感人的一幕是，叶落归根的陈嘉庚先生重返厦门故土定居。先生晚年只有一个心愿，就是一心一意要在厦门大学旁边建一座“燕来亭”。可是，由于为国家捐助太多，此时他已身无分文……

但是，这是陈嘉庚先生此生的最后一个心愿！

新中国刚刚在昔日的废墟上建立起来，千疮百孔，百废待兴，用钱的地方无处不在。当周总理得知陈嘉庚老先生的最终心愿时，赶紧追问道：“不知老先生修建此亭需要多少资金？”干事业总喜欢高标准的陈嘉庚先生当即实话实说：“经过预算，需要 23 万元……”周总理大笔一挥，由国库立刻支付了这笔巨款！

不用说，这座享誉中外的“燕来亭”很快建成了，终于了却了陈嘉庚先生的最后一个心愿！

平安夜写真

2016年12月24日，本是一个平平常常的周末，但因为现在是平安夜而受人们的推崇和抬爱。

严冬的天气却不会因为是平安夜而给人们一点面子。天气老早就板起了面孔，出奇的冷。寒风在欢呼跳跃着，一直在用它那锋利的爪牙，撕扯啃噬着人们的脸、膝盖和全身，不肯停歇一会儿。路上的行色匆匆的人们不由得纷纷用羽绒服和呢子大衣裹紧了全身，生怕寒风侵害自己。早有天气预报提醒大家：明天有小雪。

与冷酷的天气形成鲜明对比的却是人们在平安夜来临时喷涌出的火热感情：

你瞧，一大早，洛城的整容美容中心就开始了人头攒动的热闹：那些爱美的女士和爱帅的男士们，实在按捺不住美丽之约的冲动，纷纷来到这里开始人生的美丽之旅，有的要隆胸，有的要美白，有的要种植睫毛，有的要除皱，有的要瘦脸，有的要垫鼻子……

来到这里的这些女士和男士们，无论提出何种要求，女的都是因为嫌自己的外表不够靓丽迷人，男的都是因为嫌自己的外表不够帅气抢眼。于是，开始烧钱吧，几千上万元不等！美容师大显身手，脸上早笑成了一朵花。那些女士和男士，花钱买美丽——自然也是笑得分外开心！

薄暮时分，一年一度的平安夜刚刚拉开帷幕，急不可耐的人们就掀起了平安夜邀约的滚烫热潮：

在洛阳的大街上，车流汇成了冬日的五彩风景，超过往日数倍；与车流相互映衬的是，在大街小巷里，川流不息的人群也在急速膨胀着。骑摩托车的，骑电动车的，或者人行道上的行人，有的要赶往教堂，有的要赶往“卡拉OK”K歌，有的要赶往酒店享受一场饕餮盛宴，有的要赶往特色小酒馆来个一醉方休……

即使再冷的天气，仿佛也挡不住人们愉快赴约的坚定脚步。平安夜，大家分明都是在赶赴一场美丽之约。在流光溢彩的霓虹灯的映照下，再看人们的脸上都写满了期望和快乐。

在涌动的人流之中，迎面走来一位个子适中、皮肤白皙、西服革履的帅男。他以最美的身姿闯入了我们的眼帘。只见小伙子双手捧着一束鲜艳夺目的红玫瑰，在正中间还正镶嵌着一个大大的红色“平安果”。小伙子一边脚下急匆匆地赶着路，一边嘴角快乐地翘起，不时嗅着沁人心脾的花香。眼看就要见到意中人了，再不失时机地为她献上一束火辣辣的红玫瑰，表达自己满满的爱慕之情，小伙子的心里像灌了蜜一样甜。于是，他的脸上就情不自禁地荡漾着满满的幸福。那幸福，特温暖，特诱人，还会急速传开来。

平安夜好冷，冷的是天气；平安夜又好热，热的是和平盛世里的满满幸福和斑斓憧憬！

父亲与茶

父亲虽然在全村是有名的脾气暴躁之人，这样的人往往命短，但父亲却独树一帜，成为一个老寿星——去世时享年 86 岁！这不能不说是与他多年喝茶有着密不可分的关系。

父亲已经仙逝多年了，但是，父亲与茶的故事却深深地印在了我的脑海里。

父亲的一生饱经沧桑，历经颠沛流离，先是逃荒到山西杏花村一带磨刀磨剪，接着又逃荒到驻马店一带，最后又到青海务工。但是，无论走到哪里，父亲总是觉得“月是故乡圆，人是故乡亲”。在新中国成立之后，无论历尽怎样的艰难，父亲最终还是回到了日思夜想的故乡的温暖怀抱，清正廉洁，终了一生。

父亲生前一直身体不好，不是这里疼就是那里痒，不时要害点小病，吃点小药。好多亲戚朋友们都曾经这样预言：你父亲平时身体不好，肯定活不过你母亲的——母亲平时身体很好，几乎没有病。事实却正好相反，很少得病的母亲后来却不幸患上了癌症。前后仅几个月的时间，71 岁的母亲就早早离开了人世，让我们悲痛欲绝。这是我人生里经历的第一次骨肉至情的生离死别。父亲因为有终生喝茶的良好习惯，虽然身体平时比母亲弱，但是寿命却比母亲多了 15 年。

因为家里穷，也许还有个人喜好习惯的原因吧，母亲在这点上却与父亲迥异，她老人家是从来不喝茶的。

父亲平生有两大爱好：一是喜欢喝茶，二是喜欢读书。这里主要说父亲终生饮茶的故事，父亲读书的故事以后另叙。

父亲终生喜欢喝浓茶。在困难的年月，父亲就买来价格低廉的茶叶和茶缸，独自享用。只见他先把茶叶放入茶缸，再用滚烫的开水冲泡，然后把茶缸盖得严丝合缝，静静地泡上一段时间，最后才掀开盖子品茗。

父亲在喝茶时，先是惬意地端起茶缸，在茶缸盖子掀开之际，只见茶水的雾气氤氲着弥散开来，一股茶叶的清香立刻弥漫了整间屋子。这时，父亲埋下头，用嘴轻轻吹开茶水表面漂浮的茶叶，将浓烈的茶水吮入口内，细细品咂，仔细斟酌着茶的味道，品味着茶的浓淡、强弱、鲜爽、醇和，喝得有滋有味，乐此不疲。那时，小小年龄的我们姊妹四人，在一旁静静地看着父亲喝茶的投入模样，闻着清香的茶味，在内心深处不由得顿时生出一阵羡慕之情。此时此刻，父亲与茶的故事，就成了我们家生活中的一幅画。这幅画，日子困难的时候，是黑白的颜色，倒也和睦温馨，暖意融融；在改革开放后的日子里，农民丰衣足食，并且实现了“楼上楼下，电灯电话”“电视进入寻常百姓家”，于是这幅画就变成了彩色的，溢着彩，流着光，彰显着富裕，洋溢着幸福，煞是好看。

由于父亲常年喝茶，他的茶缸壁上满是茶垢，那色彩让人看了特别舒心，仿佛是为茶缸镀上了一层古铜的保护色。

讲起茶来，一辈子走南闯北的父亲总会向年幼的我们津津乐道，让我们开阔了视野，懂得了更多生活的精彩。从父亲的言谈之中，我们得知：茶是山茶科，属于多年生常绿木本。它发源于云贵高原，寿命长的可以达到一百多年。野生的大茶树可以生长到几十米高，寿命可达到上千年。茶花是纯洁的白色，开在秋冬季，每年的十一月份较为繁盛。茶果浑身是宝，可以榨油，是上乘的植物油。

从父亲的口中还得知，我们平时喝的茶叶不同于其他叶子，它有三种有益的成分：茶多酚、咖啡碱和茶氨酸。茶有“万病之药”的美誉，功效颇多，有众多奇妙功效。同时，茶水还可以解酒，可以防止“三高”，并且老年人喝茶还可以减少老年痴呆症的发病，老年人的记忆力和语言组织能力相对较高。说起喝茶的种种好处来，父亲总是如数家珍。不知怎的，可能是由于过去家里贫穷的原因吧，我们姊妹四人还都没有养成喝茶的习惯，倒是挺喜欢喝白开水的。

就在 80 岁的那一年，父亲不幸检查出癌症来。医生建议立即给父亲动手术，想让父亲多享几年清福。可是，我们全家人在商量之后，果断决定不动手术，以便让老父亲活得更好！当然，不是放弃治疗，而是采用喝中药的保守疗法。我们姊妹四人为何会做出这样的选择呢？父亲毕竟年大了，动一个大手术，就是年轻人也会大伤元气、受不了的呀！年迈的父亲一旦上了手术台，下不来咋办？到那时悔之晚矣！后果不堪设想……

我们在市中医院找到一位名字叫王克淳的老中医，给父亲调配了几副中药喝了起来。为了取得更好的疗效，父亲还按照医生的叮嘱，戒掉了自己多年的烟瘾，保持了喝茶的良好习惯。

父亲一边喝着中药，一边泡着茶叶品茶。就这样，大半年时间过去了，奇迹竟然出现了：我们带父亲去人民医院检查，父亲的癌症病灶竟然基本消失！这样的结果连医生也感到吃惊！再看父亲的样子，吃饭、读书、行动，无论是哪个状态都特别好。我们全家人为此都感到特别高兴！

这样的奇迹出现之后，父亲度过了生命之中最后6年的幸福时光。在86岁那年，父亲才闭上了那双渴望生活的眼睛，安详地与世长辞。在悼念父亲的日子里，我们心里很是释然。

中国有一句谚语："天下老，只为小。"在父亲生前，我尚没有养成喝茶的习惯，但是父亲为了表示对我的爱，专门向我赠送了别人赠送他的一包好茶叶，郑重地交给我，并且千叮咛万嘱咐，让我喝茶养生，搞好教育工作和自己喜爱的文学创作……

"言犹在耳慈父驾鹤已西去，常思亲人吾辈钟茶爱铭心。"父亲，需要告慰您老人家的是，我们现在喜逢伟大盛世，生活条件更好了。我在您的熏陶之下爱上了喝茶，也爱上了读书和文学创作。我在创作时喝茶，刺激我创作的灵感，让佳言妙语在笔下奔涌，跃然纸上；我在创作时喝茶，清醒了我创作的原则——只有扎根人民，歌颂人民，才能写出广大人民喜闻乐见的佳作；我在阅读时喝茶，伟大的先贤们创立了伟大的国学经典，这不仅是中华民族的宝贵财富，更是世界文化宝库中的经典和瑰宝，让我们受益终生，福泽子孙万代！

父亲还向我们讲述了茶仙卢仝(约795—835年)的故事。卢仝为唐代诗人，汉族，是"初唐四杰"之一卢照邻的嫡系子孙，祖籍范阳(今河北省涿州市)，生于河南济源市武山镇(今思礼镇思礼村)，早年隐居少室山，自号玉川子。他刻苦读书，博览经史，工诗精文，不愿仕进。后迁居洛阳。家境贫困，仅破屋数间，但家中图书满架。卢仝性格狷介，颇类孟郊，但其狷介之性中更有一种雄豪之气，又近似韩愈，是"韩孟诗派"重要代表人物之一。

今天，我们有幸生活在"茶仙"卢仝的故乡，他写就的经典之作——《七碗茶歌》，在"茶仙"的故乡，"上到九十九，下到刚会走"，人尽皆知，耳熟能详。"茶仙"卢仝创造的中国茶文化，传遍了五大洲四大洋，成为世界人民的宝贵财富！

“茶仙”卢仝不仅为我们留下了宝贵的茶文化，还为我们留下了众多陶冶性情、流芳千古的精彩诗文，成为中国文化史上的经典篇章。这些文化经典，不仅滋养着中国，而且影响着世界……

第三辑　生活——酸甜苦辣

小城漫步

冬日的北方小城——济源市，虽然寒风刺骨，虽然冰封大地，竟然没有一丝荒凉和萧瑟。在她的眉宇之间，透着些许美丽和自信——你看，她的南北两条河流，就像精心梳妆打扮过的新娘，华丽的栏杆，秀美的小桥，生机盎然的绿色植物和河中的野鸭，水上啾鸣婉转的小鸟，构成了一幅亮丽迷人的山水画卷。再看，一栋栋拔地而起的高楼，显示出小城惊人的发展速度和迷人魅力。最后，再看小城的大街小巷，一尘不染，干净卫生。

其实，这只是美丽小城的一角，小城最美的当数她的夜景。高楼碧树互相掩映，亮化工程让高楼大厦放射出迷人的光华，让碧树和红花奏响华彩乐章，让河流和小桥流着光、溢着彩，像跳动的音符，又如动听的歌声。漫步小城，不由得会诗兴大发，经受不住诗的诱惑，吟出一首来！你听，就在小河旁，就在绿树间，就在五光十色的灯光中，有一位诗人在歌唱：

济水河畔有济源，宛如香港小九龙。
篮球城市早闻名，请来央视孙正平。
旅游城市不虚名，世界公园申报成。
卫生城市扬美名，净绿畅美赛京城。
愚公儿女多奇志，文明城市能创成。

小城的美丽不仅在硬件设施上，而且更体现在人的素质上。“红灯停，绿灯行”，不要说开轿车的司机，即使是骑三轮车的老婆婆、老汉也能自觉遵章守纪！花草树木无人损坏，垃圾纸屑果皮无人乱扔，都很自然很习惯地扔到垃圾箱中，大街小巷干干净净，让人流连忘返。对外地人来说，就算错把他乡当故乡，也是真的情有可原。

不过小城实在太小，我和几位好友谈天说地，一不小心从东走到了西；早上晨练，我独自一人一不小心又从南跑到了北。

啊，美丽动人的小城，你就是新加坡，你就是小香港，你就是小澳门，你就是一个小精品！

平心而论，有睿智的领导层，有敢于创业敢于胜利的精英团队，有高素质的市民，有文明的优秀群体，你的明天一定辉煌美丽！

济源之路

故乡的黄土曾埋没了儿时对于路的痛苦记忆。我生于20世纪60年代，那时，故乡的路况极差：清一色的黄土路，被人们戏称为晴天“洋灰路”，雨天“水泥路”。一脚下去，路上的浮土就埋住了脚踝，只要有车辆在路上驶过，霎时尘土漫天。路旁人们的头发、脸上、衣裤上都会落满尘土，甚至会长驱直入，钻进耳朵眼儿、鼻孔里……

在路的两旁，农村中的老街是曲里拐弯地蜿蜒着。农家房屋都是一些低矮的老屋土房，每座都灰头土脸、垂头丧气地耷拉着脸，不由得使人想起鲁迅笔下的贫穷荒凉的故乡模样。

那时路上绝大多数行人们的穿着都身着粗布上衣、大腰裤、土布鞋。孩童们的穿戴也好不到哪儿去。冬天，小伙伴们还时常用衣袖不时揩流出来的鼻涕，把身上粗布棉袄袖口处抹得黑明油光。由于生活条件太差，常年不能洗澡。直到家大人到河里洗衣服时，才会按着我们，把脖颈搓上两把，疼得叫唤连天。那时候，过年时去洗一次热水澡，成为一种奢侈!

人们一年到头难得有一件新衣服，谁要是买了或者家里织一件新衣服穿在身上，就会像新女婿、新媳妇一般被人们围观。大家端详上老半天，还要议论好长一段时间。即使是哪个小伙子要赶去相媳妇，也要跑遍全村才能借到一身合身的新衣裤。

有一次，去城里的姑姑家瞧亲，只见一位年龄与我相仿的姑娘，身上穿着洋布衣服，脚上穿着一双十分稀罕的皮鞋，拉着一辆架子车在路上行走。这就是我“叹为观止”的奢侈装束了，这个镜头在我的脑海里曾打下了深深的烙印！

再说说那时人们的吃食：以红薯和玉米这些粗粮为主。由于小麦生长期长、产量低，还要交“公粮”。一年到头，很难吃上几顿白面条、白馒头。平时说的白面食品，也都是三分之二是玉米面，三分之一才是白面。只有到了娶媳妇、嫁女儿和过春节时，才肯吃纯白面食物。

我 14 岁上初中时，故乡济源县城已有了稀罕的柏油路。但是路很窄，只能过一辆机动三轮车，这在当时已经可称得上是“大马路”了。

当时，农村最牛的交通工具就数马车了。用现在的时髦话说，马车其实就是架子车的“升级版”——轮胎大了，车篷大了，然后套上骡马拉动。拉套的是两至三匹骡（马），还要有一个驾辕的辕骡（马），再加上一个赶车的老车把式就行了。

我记得，老父亲每次去克井煤窑拉煤时，多数是顶着冬季凌晨凛冽的寒风，披星戴月地带着干粮（烧饼或者蒸馍）出发。他独自拉着一辆架子车走在好像是“蚯蚓找它娘”的土路上，大约 140 余里的漫漫长途，来回奔波一次往往需要一天一夜的漫长时间。

又冷又饿的老父亲要是实在走不动了，就在路边拾来庄稼杆、干树枝等柴火，聚拢一堆，燃旺篝火取暖。然后吸两袋烟，吃几口馍，喝一点河沟里的河水，再接着赶路。

当天吃过午饭之后，母亲派我牵着生产队的小毛驴赶到县城的西关村边，去接拉煤的老父亲。那时我只不过是一位十一二岁的懵懂少年，年龄小，力气少，实在走不动了，就灵机一动，想骑在小毛驴身上赶路。当时人还饿得难受，更不用说驴啦。那头小毛驴看我年龄小，还不时和我别心眼：每当我骑到它身上时，它就死活不愿意向前挪动一步，和我一直在路边的空地上原地“转磨磨”。待我实在没了招数，又翻身下驴时，它才又乖乖地“嗒嗒嗒”地开始赶路。小毛驴的举动气得我七窍生烟，这真是“驴眼看人低”啊！看来，这畜生根本就没有把我这个小孩子放在眼里！

40年前的一天，改革开放的浩荡春风席卷神州大地。有“愚公故里”之誉的济源和全国一样，发扬“愚公移山精神”，彻底放开了自己的手脚，向贫穷宣战，直奔富裕幸福的康庄大道！

但是，万事开头难。究竟应该从哪里着手，才能走向幸福的坦途呢？济源人的答案是：“要想富，先修路。修小路小富，修大路大富，修高速公路快富！”

修路没有钱咋办？头脑灵活的济源人“借鸡下蛋，借船出海”，千方百计筹措资金。就这样，一条条柏油大道竣工告成！

最初城区南北向的大道有：宣化大道、济水大道、学苑路、北海路，后来又修建了贯通城乡的黄河路、济渎路、一环路、二环路；走出市区是济洛快速通道、焦克路，济晋高速、济阳高速、二广高速、济洛高速。这些路，经纬有序交织，不仅是连通全市、全省、全国和高铁机场的通衢大道，而且还是“三季有花、四季常绿”的景观大道。人在路上走，如在画中游。驾驶着自己的家庭轿车，置身连接神州大地的快速通道、高速大道，两侧是绿树鲜花，怎不让人心花怒放呢？

全市515个行政村，虽然80%以上为山区，但即使是在深山之中，也实现了村村、组组通硬化路的目标。令人没有想到的是，这些地方竟然有一应俱全的健身场地和健身器材！我还亲眼看见一位山区的耄耋老太，竟然优哉游哉地在荡秋千呢！

随着路的延伸，在路两旁“长”出了一座座大工厂。农民上班变身工人，按月拿薪资。在机声隆隆里，流金淌银，财源滚滚，祖国的大建设一日千里。接着，在路两旁又“长”出了鳞次栉比的农家小楼，与天公试比高的高楼大厦，昔日的小县长高了、变大了、变美了。

“楼上楼下，电灯电话”已经落伍了。在家家户户装修一新的楼房里，有影视墙；家庭电脑也被闲置，智能手机成为新宠，一个家庭几乎人手一部。无线网络，联通世界，人们喜欢在手机上炒股、做生意，这才叫“生意兴隆通四海，财源茂盛达三江”啊！喜爱写作的人们也习惯于在手机上写诗撰文，陶冶性情，乐不可支。

再看人们的出行方式也为之一新，摩托车、电动车不值一提，最时髦的出行方式要么是开着家庭轿车闯世界，或者去兴办企业，或者到外地去做生意，或者直接去旅游享受品质生活；要么是节假日骑着山地车翻山越岭，锻炼身体，饱览大好风光！

吃的方面，人们已开始厌倦大鱼大肉，追求绿色、天然的食品成为新时尚；节食减肥、整容美容，成为时下女人们的新追求。昔日“人见人烦”的玉米、红薯，现在却成了“香饽饽”，身价陡增。烤红薯一斤 5 元，有时，一个大红薯就能卖上 8 元钱！一棒煮玉米平平常常就能卖个三五元！反正，人们爱吃这一口。

再说穿的方面，人们几乎天天穿的都是新衣服，有的还穿上了名牌。你瞧，中国的女人们越来越靓丽了，满大街行走着的都是美女靓妹；男人们西服革履，名牌加身，脚蹬皮鞋，人人风流倜傥，个个都成了“帅哥”。

在改革开放的火红岁月里，敢试敢闯的愚公子孙们，以开放的视野、全新的理念，再加上苦干实干科学干的干劲，他们发扬坚韧不拔的愚公移山精神，跻身全省 18 个地级市之中，写下了一个豫北边陲小城的新时代传奇！愚公儿女的动人事迹被《人民日报》、新华社、央视等众多媒体宣传报道。

现在，如果你有机会一睹济源道路的迷人风采，你一定会连连称奇的！如果昔日饱受无路之苦的老愚公能够穿越到今天，再来太行、王屋二山，目睹眼前的盛世，也该破涕为笑啦！

40 年来，济源人发扬“愚公移山，敢为人先”的城市精神，逢沟架桥，遇山凿洞，天堑变通途，沐浴着改革开放的浩荡春风，开拓出一条富裕之路、幸福之路。

这条路，通向世界，通向未来……

戏里戏外传递的正能量让人泪奔

台上的演员在哭，台下的观众在哭，就连舞台一侧的乐队工作人员也忍不住眼含热泪。9 月 22 日晚，我在济源市承留镇南勋村观看该村剧团演出的现代豫剧《梦回故乡》，当明白这是根据发生在该村的真实故事改编而成的现代豫剧后，也不禁为故事的曲折和其传递出的人间大爱、挚爱真情而深深感动。

戏里的真实故事感天动地

南勋村村主任成有江讲述了这个真实的故事。

1943 年，中原大地经受着战争、旱灾、蝗灾等灾难和饥饿的考验，不少百姓背井离乡。南勋村成怀芳、王素英夫妻拖儿带女，沿路乞讨至陕北延安，受到关怀照顾得以生存。

1945 年日寇投降后，延安八路军炮兵学校的女教员李莱茵为奔赴东北战场，将刚生下 21 天的婴儿小旦经战友陈大姐的帮助，托付给成怀芳夫妇收养。1947 年，国民党部队大举进攻延安。成怀芳一家为在战乱中保护孩子，历尽磨难，走了将近两年才回到故乡。

1950 年，在武汉军区工作的李莱茵，让陈大姐到河南寻找自己的亲生儿子。历经波折，陈大姐终于在济源南勋村找到了李莱茵的亲生子小旦。成怀芳夫妇忍痛割爱，眼含热泪将辛苦养育了6年的小旦交给了陈大姐。

陈大姐将小旦带到武汉军区时，李莱茵已被派往香港工作。陈大姐只好将小旦交给李莱茵留在武汉军区的警卫员照看，自己参加了抗美援朝战争，不幸牺牲在朝鲜战场，未能当面向李莱茵说明小旦养父母的姓名和家庭住址，造成两家人56年未能见面。

2006年，已是耄耋之年的李莱茵从不慎跌碎的相框中的一张照片背后，发现了小旦养父母的家庭地址，急令儿子赴济源南勋村寻亲。当小旦不远千里从海南来到魂牵梦绕的第二故乡时，令人遗憾的是养父养母已经去世多年。小旦来到养父母的坟前，搂着冰冷的墓碑痛哭流涕。他整整磕了56个响头，代表他离别养父母已56个年头，以祭奠养父养母在那战争年月对他的养育之恩和对二老双亲的无尽思念。

正能量在戏外无限延伸

南勋村的老少爷们素来喜欢看戏、演戏，多年来南勋村剧团以地方稀有剧种老怀梆，排演了多出古装戏在当地颇受欢迎。乡亲们商量，这真实感人的故事，咱一定得把它搬上戏台。

谁来出钱？南勋村里企业家多，好人更多，每当村里有扶危济困、筑路修渠等公益事业，他们总是乐善好施。听说要将小旦的故事搬上舞台，他们再次慷慨解囊：成全明5000元、成全芬2000元、成光明2000元、成国军2000元……短时间就捐助了1.6万元。承留镇政府得知有此好人好事好剧本，颂扬的又是正风正气正能量，当即表态投资30万元。

谁来写剧本？曾当过教师的南勋村党支部书记成振中根据主人公小旦提供的初稿《梦回故乡》，进一步走访收集、挖掘整理，写成了近万字的纪实文学。洛阳市戏曲编剧家吕作现又将其进一步改编成近2万字的同名豫剧剧本，国家戏剧一级作曲家高留彬最终谱曲定稿。高留彬只是象征性地收了一点作曲费，成振中则主动放弃了1.5万元的稿酬。

2017年7月26日，高留彬率领洛阳市的导演、演员以及济源市和南勋村的演员，开始驻村排练。时值酷暑高温，50余名演员不计个人得失，战酷暑、流大汗，精心排练，经过一个月的苦战，终于排成戏曲版的《梦回故乡》。

排练期间，成振中的中耳炎复发，他顾不得就医，结果导致耳膜穿孔，听力下降。村主任成有江的私家车完全成了演出专用的服务车，随叫随到。8月中旬，村里遭受暴风雨袭击，停水停电，村干部成小联、成小刚借来发电机供演出专用。成小联是协调员，又是演员，戏里戏外忙不停。常红琴、成永军等更多的村民放下手中的营生，为演出忙前忙后。成有江说："9名村干部，有7人在戏里担任角色。"

好剧引发好效应

9月初，《梦回故乡》在南勋村连演三场，轰动济源城。演出的3个晚上，不仅周边村镇的群众来看戏，就连市区的居民也包了几辆大巴前来观看。过去是农民进城看城里的演员唱，今天是城里人跑到乡下看农民唱。

《梦回故乡》演出时，南勋村文化广场上，人头攒动，水泄不通，台上演得如痴如醉，台下看得热泪涟涟。每次演出结束，观众都久久不愿离去。

"该剧不仅歌颂了战争年代至真至纯的人间真情，更弘扬了真善美，很有教育意义。"退休教师成根生动情地说。

专门跑来看戏的南姚村村民王四军眼含热泪看完了全剧，当他听说演出费用紧张时，当即捐助1000元以表心意。

“该剧突出体现了养子不忘养父母的养育情、中原人与革命圣地延安人的骨肉情、战争年代党与人民群众的鱼水情。”南勋村党支部书记成振中总结的“三个情”赢得了大家的掌声。

月亮湾寻梦记

要说，我算半个大峪人了，因为我大学毕业后的第一站就是在大峪乡（当时叫乡，后来改镇）朝村初中任教。弹指一挥间，三十二年过去。故地重游颇感亲切，昔日的穷山沟经过勤劳智慧的大峪人民的辛勤耕耘，已经变成为令人向往的山清水秀、花菜遍地、硕果累累、风光无限的花果山。

“绿树村边合，青山郭外斜。”在那遥远的美丽小山村，一个月朗星稀的晚上，连绵不绝的大山里，特别静谧空旷。由于山上人少的缘故吧，寂静得还有点怕人。一个偶然的机会，我就在“月亮湾”（当地人叫东沟村月洼居民组，月亮湾是我的杰作）住了下来。好久没有睡这么静的地方了，好久没有在这样优美的环境里待过。吃过晚饭，在月光洒满山坡的岭上，我和远方的朋友用手机海阔天空地聊着天，那真有“月上柳梢头，人约黄昏后”的美好意境。笑声在山间回荡，话语在月光下弥漫，那种美无以言表，只可意会，不可言传。

我特意向山上的亲戚打听，山里有狼等凶猛的动物吗？得到答案是否定的，我的心才放了下来。

晚上睡得特香，凌晨四点醒来，窗外的月光依然皎洁。何不弃睡赏月呢？当我洗漱完毕，来到二楼的平台上赏月，那种心境特别好。一首首古体诗词在脑海中奔涌，它们谁都想第一个跳出来。我在月光下用手机写，每写一首就发给好友一首，请其斧正。实在写不完，索性拿起纸和笔，在纸上写了起来。后来仔细地数了数，此日之内，竟然写诗 14 首之多!

在家里待着，何不出门赏月呢？身临其境地感受一下月光下山村的那份静谧、那份美、那份博大……

当然，还可以寻梦呢——我大学毕业教学的第一所学校。当时自己还是一个青涩的 19 岁男孩，弹指一挥间，32 年过去，我已经年过五旬了。

我背了一个“打狗棍”，在月光下独闯山沟。

曲曲弯弯的山路真有“山重水复疑无路，柳暗花明又一村”的美好意境。更有与道路相依相偎的青萝河淙淙流过，悦耳的水声给人几多甜蜜和温馨。

凌晨的山村在静静沉睡，只不时有几声犬吠，不禁想起诗人陶渊明笔下的“狗吠深巷中，鸡鸣桑树颠”的名句来。

峰回路转处时，我在明亮处停下来，写下一首诗篇。阴影处，我紧走几步，奔向光明。路上，一首写给好友的藏头诗在脑海中蹦了出来：“洛阳青山夕照明，习习晚风伴我行。柳叶秀出好风景，丽君诗韵人称颂。”

也许是在城里待的时间太长了吧，有点厌倦城里人为痕迹太重的生活——汽车尾气、嘈杂喧嚣、空调冰箱等等。山区绿色低碳的生活方式深深地吸引了我。你可知道山区人家一月的电费是多少？区区 5 元足矣！这样绿色低碳的农耕生活多好啊，这难道不是陶公笔下的田园生活画卷吗？

在山乡即将黎明时，我又深有感触地写下了《山乡黎明》这首诗篇：

公鸡鸣叫五更天，又见繁星带笑颜。

一轮明月星相伴，山村静谧人喜欢。

月儿银光洒万物，思绪纷飞到来年。

时代新貌人心暖，和谐共生民心愿。

当灿烂的朝阳普照大地，曲曲弯弯的青萝河又清晰地呈现在眼前。看到青萝河大块青石铺就的河床，河水透明清澈，鱼虾成群，哗啦啦流淌着，不觉诗兴大发，索性蹲坐在河边上，把诗作《快乐老家》写就：

我家门前唱仙乐，流水淙淙青萝河。

绿树成荫蔽天日，满目鲜花映飞鸽。

屋舍俨然桃花源，黄发垂髫欢乐着。

鸟鸣虫叫鸡儿笑，姑娘放歌小伙和。

峰回一座麦秸垛，农人扬鞭诗画贺。

人欢马叫庆丰年，希望田野奏高歌。

吟罢一首，触景生情，由情生诗，由诗生情，诗兴勃发，又一首诗脱口而出，名曰《山中听涛》：

两河汇成青萝河，碧波荡漾起波浪。

飞瀑流泉涛声急，归心如箭志气扬。

母亲最知儿之意，汇聚百川东海望。

万众一心握成拳，所向披靡斩荆莽。

黄河涛声震天响，伟大母亲人敬仰。

一曲黄河大合唱，中华儿女气轩昂。

热血男儿上前线，挥刀舞枪劈豺狼。

一路走来，有几个古色古香的原生态小山村，不时吸引着我的目光：你看，那土街土房，多年未见，倍感亲切。留个影，写首诗。与农人在打麦场上交谈，在农家小院言欢，不禁又想起孟浩然的名句来：“开轩面场圃，把酒话桑麻。”与几个山村老乡在黎明时的篝火旁聊天，聊着聊着，没想到我们都有共同认识的熟人，顿时倍感温馨。一句众所周知的谚语是：“三句话不离本行。”我们小城却有这样一句这样流传很广的名言：“三句话就成了亲戚。”

当问起我大学毕业任教的那所初中时，老乡告诉我，只有五里地，很快就会到的。我笑着调侃："我知道，我们城里说路程论的是公里，你们山区论的可是里啊！"我调侃的话一出口，就荡起了一阵笑声。

披着朝霞，我一路向西，向着目的地进发。沿途我问着当时校长的名字，当年老师的名字。校长已经去世多年，三位老师也已经阴阳两隔，其中还有一位老师年龄和我相仿！顿时我不禁感慨万千——人间沧桑，岁月催人老，一代新人换旧人。自然规律，不可抗拒！

当我到了当年教学的地方，已经物非人非——当年的土房教室和住室，已不见踪影，代替它们的是高高的、漂亮的教学楼，并且这里不是昔日的初中，只是一所普普通通的小学而已。因为是星期天，老师们都休息了。我正为找不到当年的老师而懊恼时，有好心的老乡告诉我，有一位老伙计老王在学校里——当年的老民办教师，现在是学校的保安。谁知人家一探头看到我，竟然脱口而出喊出了我的名字！三十二年不见，一听我的声音，看到我的面容，他竟然还能脱口喊出我的名字，真的太神奇了！这是否就是一篇时下最流行的暖新闻呢？说明这份情意一直记在心里，永不磨灭，一有机会，它就会自觉不自觉地跳出来！

我和老友坐在冬日的阳光下热聊，不觉得寒冷，有的只是开怀的笑声，有的只是美妙的往事回忆。当年，老王在学校是一位民办教师，身材魁梧、谈笑风生，绝对是美男子一个！今日的老王，在路上见真的不敢认他。不是我"贵人多忘事"，只是他的变化太大太大——满脸的皱纹，又瘦又小。可能是岁月的磨砺，可能是生活的负担太重的原因吧。再说，当年30多岁的老王，现在已经是60多岁的老人了，也难怪他变化这么大！

中午，我俩拿两瓶啤酒，准备两个小菜，在冬日的阳光下吃着喝着聊着，特别惬意。海阔天空，共同感慨着人生苦短……

空旷的校园，连绵的群山，倾听着我们的谈笑声，生活就是这样平淡无奇，生活就是这样温馨惬意，生活真的很美啊！

时隔不久，我又约上作家葛道吉、王明信、原聚文和来自古都洛阳的数位高朋，再游月亮湾。我们在青萝河畔漫步，在民俗村里徜徉，大家流连忘返、心神荡漾，收获颇丰。王明信分外高兴地说：“我曾经多次寻找青萝河无果，没想到今天竟然意外在这里圆梦了！青萝河竟然这样清澈、秀气、婉约、美丽……难怪唐朝边塞诗人岑参为她留下了千古不朽的名篇呢！”后来，王明信写就了一篇优美别致的散文，名曰《青萝河上话岑参》。散文别出心裁，耐人咀嚼，颇有韵味。中午时分，我们在乡村小店小酌几杯。屋外置一小桌子，青萝河水在脚下流淌，青山就在身旁，目睹无限田园风光，倾听鸟鸣鸡唱。此情此景，时时拨动着文友们的心弦，叩击着文友们的心扉。纵然你不是诗人，肯定也会开始吟唱诗篇了！

有高朋为伴，有如画美景，有唐朝大诗人岑参的诗情风骨激励，有男人酒后好诗情怀的感染，我情不自禁写下了一首诗，名曰《月亮湾的笑声》：

故地重游感觉好，弹指一挥三十秋。

阳光灿烂冬日暖，高朋满座乐悠悠。

人生苦短白驹过，月亮湾里闻鹿呦。

看到学校的操场还没有硬化，孩子们的生活条件还不是很好，我被深深地打动了。带着对学校的一份真情，我策划了一次捐助活动，为山区孩子捐助衣物。

咱是一个小人物，也叫不动别人，能叫动的是同学和知心朋友。一个周五的早上，我叫上同学和好友一同上山进行捐助活动，《河南日报》《济源日报》、济源电视台、济源电台、《河南经济报》的记者悉数到场，对这次捐助活动予以关注和报道。同学和好友们除了捐助衣物外，每人又捐助了200元钱，以表对山区孩子的一片爱心。这次捐助活动，终于圆了我的一个梦！

春天的时候，朝村小学校长和老友老王给我报了个喜讯：学校操场硬化的事解决了！我特别欣慰。

洛城寻春记

“洛阳亲友如相问，一片冰心在玉壶。”如此佳句出自唐代诗人王昌龄的名篇——《芙蓉楼送辛渐》。洛阳，作为十三朝古都，历史文化底蕴深厚，歌颂洛阳的古诗文真可谓汗牛充栋、浩如烟海。

早春二月，乍暖还寒。山岭沟壑里，大街小巷中，开花吐绿的植物少之又少，还是黑魆魆的一片，总有点让人打不起精神来。

当我和妻子来到亚洲之最的隋唐遗址植物园时，就急于寻觅春天的影踪。

爱妻一进植物园，就欢呼叫了一声！抬眼望去，只见一片“白云”已经降落人间。我猜测到，那可能是桃花开了吧！谁知待我们欢天喜地跑到近前一看，树上却挂着这样的牌子——“杏树”。在科学面前，我们只得尴尬地笑了笑。

杏花很是繁茂，笑脸灿烂着，身姿飘逸着，那清丽绝尘的样子很是唯美。她俏丽的容颜，吸引了不少帅男靓女蜂拥围观和欢快狂拍！“咔嚓”声和着欢笑声声声入耳。白色杏花喜欢呼朋引伴，就在她的身畔，还有一树树红杏，正迎着春风在绽放笑着脸呢！

这真是一步一景，春天已风度翩翩向我们走来。移步换景，正走着，妻子又是一阵惊叹：哎呀，那是谁家的白玉兰开得好繁盛哦！冰清玉洁，典雅端庄，大气秀美！

我俩恩爱地携起手来，疾跑狂欢，即刻置身一片玉兰树林中。一看牌子，真的长了不少见识。玉兰树的品种繁多：有白玉兰，有紫玉兰，还有好多闻所未闻的品种……玉兰花在一旁亭亭玉立，一直在做着佐证。

说话之间，紫玉兰已经在远处眺望着我们啦！那种红中带紫、紫中有红的颜色，娇艳欲滴，开得特别惊艳，仿佛是害怕我们高看了白玉兰一眼，厚爱了白玉兰一分，而把她忽略似的。徜徉在玉兰花树林中，还有身边的佳人陪伴，更增添了几许早春的惬意！那沉香凝远的花枝，简直让人流连忘返。

我和妻赶紧紧走几步，就来到了紫玉兰树下！偌大的花朵，那香气、那身段、那优雅，仿佛连国色天香的牡丹也比不了似的！

妻子拿起智能手机，又是一阵“咔嚓咔嚓”的狂拍，仿佛不狂拍就对不起身边的大好春光似的——那情景真的太美啦，的确让人有一种情不自禁的冲动！就这样，爱妻觉得仍不尽兴，干脆站在紫玉兰树下，笑容可掬地一阵自拍，又很快把自己的照片一一上传到微信朋友圈里。没有想到，网友们竟然点赞声一片，大家纷纷翘起了大拇指！

我家好媳妇，是我一辈子的红颜知己！既为良师，又属益友，我们志同又道合……这样的好媳妇，真的是打着灯笼也难找啊！我岂有不珍惜的道理？

穿过玉兰树林，我们就来到了“万柳园”。柳树的家族在这里团聚狂欢，垂柳正舞动着她那婀娜的身姿在欢迎着我们，把妩媚的春意书写得淋漓尽致。一看旁边竖着的牌子才知道：柳属杨柳科，品种繁多，竟然多达三千余种，遍布世界各地！我国的柳树品种也多达五十余种，尤以垂柳、河柳、旱柳、杞柳、黄花柳、长叶柳居多。自古以来，我国人民对柳树钟爱有加，在民间早有“有意栽花花不开，无意插柳柳成荫”之说。从字里行间来看，足见柳树生命力之顽强，非一般植物可以比拟。

文墨底蕴深厚的国人，喜欢借助柔美的柳树抒发自己的情怀，赞誉生活的美好，宣泄人生的百味。古往今来，以柳入诗的诗文，更是琳琅满目、流光溢彩，不知有多少美妙动人的佳篇！更有“折柳枝”挽留客人的文坛佳话。

我国古代最早的诗歌总集《诗经》，就有“昔我往矣，杨柳依依”的咏柳佳句，流芳千古，妇孺皆知，耳熟能详。最著名的咏柳诗当推唐代诗人贺知章的《咏柳》了。

毛泽东在他的著名诗篇《七律·送瘟神》中，更有“春风杨柳万千条，六亿神州尽舜尧”的名句。这样的诗句至今仍让我们感到几分自豪！真是无柳不成春呀！

置身“万柳园”中，数百种柳树在春风的吹拂之下，优雅地舞蹈着，装扮着诗意盎然、春深似海的古都洛阳。如果让万千学子来到这春天的柳园，吟诗唱文，那其中的诗意就不言自明啦。那些啰里啰唆的讲述，反倒显得多余了。目睹眼前婀娜嫩绿的柳枝，我和爱妻一边狂拍着，一边连声感叹道：“万条垂下绿丝绦的柳树，无疑是世间最绝美的风景制造者，更是早春最靓丽迷人的缩影！”

穿过“万柳园”，只见前边的一块大石头上赫然写着：“国花园”。我们近前一看，却是牡丹一个名叫“姚黄”品种的介绍。再仔细看那牡丹树，新芽正郁郁葱葱地生长着，仿佛正脚步匆匆地追赶春天欢快的脚步呢！

又走几步，一块大石头上写着：“魏紫”。只见这一树树牡丹，已经孕育出了花蕾。那花蕾，青青的、鼓鼓的，仿佛正在孕育一个新的生命一般。妻子拿出手机，留下了牡丹华美绽放前的倩影。

洛阳的春天在哪里呢？我们花了一天的时间，终于找到了她：

她在柳枝上舞蹈着，传扬着唐风宋韵的诗韵佳话；她在桃树上微笑着，描绘着桃红柳绿的唯美春色；她在杏树上灿烂着，勾勒出诗情画意；她在玉兰花丛中微笑着，用先花后叶的浪漫涂抹着春天的脸腮；她在牡丹新冒出的芽尖上张望着，在牡丹花鼓起的蓓蕾里孕育着，一旦拨动“花开时节动京城”的琴弦，就会演绎“花开洛阳，香飘五洲”的恢宏交响，让全世界为之惊艳……

暖暖父亲节，甜甜粽子香

6月13日下午，女儿给我打来电话，说是要来机关看我。我就说，你过来吧，我在办公室等你。

不一会儿，女儿来了，拎着大包小包，好像带了许多礼物。女儿刚一开门，就惊呼了一声：爸爸，没想到你办公室里有这么多人呀！

的确，当时来了几位同事，还有几位朋友。我们正在办公室说事的时候，女儿就推门进来了，我赶紧让女儿坐下。女儿一边落座一边说：爸爸，端午节要到了，父亲节也要到了，您整天忙着，我替您买来了一件T恤、一副墨色眼镜，还给您捎来了两个粽子。我说：前些日子你刚给我买了鞋子、裤子和上衣，还给我买了水果。这一次又花钱，实在没必要！我虽然嘴上这样说着，心里却像灌了蜜一般甜。

我家女儿平素非常孝顺，时常给我买衣服啥的。这不，我现在穿的鞋子、裤子、上衣就是女儿给我购买的。我自豪地在朋友们面前夸赞着女儿的孝心，让他们看我的鞋子和衣服。女儿高兴得合不拢嘴。

朋友们在一旁也随声夸奖起女儿来：人都说“女儿是父母的小棉袄”，看来这话真的不假。王老师，你有女儿多幸福呀！

收下女儿的节日礼物，女儿非要让我立刻试试T恤。说是如果不合适，可以及时到店里调换。

实在拗不过女儿，我只得试一试了。我穿上之后，让朋友们帮忙端详了一番，大家都说这T恤好！更有会说话者，当即惊呼道：王老师，我可不是奉承你，这身衣服你往身上一穿，猛地一看，至少要年轻十几岁呀！

听到这话，我很受用。顿时，我和一屋子的人都跟着笑了起来，女儿也高兴地笑了起来……满屋子荡漾着一波又一波孝老爱亲的温暖涟漪。

屋里人多，我害怕女儿有啥事不好意思当着大家的面说，就把女儿叫出屋外问她道：家里有什么事吗？

女儿说：没有呀，我和丈夫平时上班，顾不着照顾您。这不，眼看就到端午节和父亲节，丈夫在外地打工，我们两口子就在微信里商量着给您买点东西，登门看望一下您……

我执意留女儿吃晚饭。女儿却说，回家还需要为上班的妈妈做晚饭，到了晚上，自己还要上班呢。

既然如此，我也不好强留。女儿告别了我们，匆匆忙忙就走了。

女儿走后，一屋子的人都还在继续着孝老爱亲的话题。大家异口同声地说：现在的年轻人最缺乏的素质是什么呢？其实，就是这份难得的孝心！

孝心用金钱买不来，但是它的表现形式却异常简单：有时是对父母的一个笑脸，有时是对父母的几句好话，有时是对父母的一点礼物……其实，孝心的表达与金钱无关，无须更多付出，不在金钱多少，每到父亲节、中秋节、春节等节日，发个微信问候一下，回家看望一下。孝心就这么简单！

孩子的孝心究竟该怎样培养？当孩子对父母第一次表示孝心的时候，我们不仅要欣然接纳，而且还要及时点赞和褒奖！端午节又到了，父亲节又到了，这正是孩子们向长辈表达自己孝心的好时候。钱不在多少，礼物不在贵贱，关键是要及时送达！

人间有爱，孝心无价！

鸡年挥笔书桃符

“人逢盛世精神爽，花开百年万里香。”没有想到，在鸡年新春时节，由我精心琢磨、信笔书写的这副对子，竟然被书法家王工和众多文友们点赞称好，着实风光了一把。

新春时节的一个中午，我和年逾七旬的老友——河南省书画家、林果专家王献龙（朋友们习惯上都叫他王工）等三个知己小酌一番。不过，我们有言在先，“吃好喝好，一瓶最好”。为了做好限制，王工从家里只带了一瓶酒，这就断了我们想多喝酒的后路。

别人都是“人来疯”，在下却是一个“酒来疯”。我只要一喝酒，就喜欢写诗，就喜欢龙飞凤舞地练几笔毛笔字。由于我的字功夫欠佳，平时是拿不出手的，因此在书写之时，老是小心翼翼，总是放不开手脚。越是这样，越是写得难看。可是，酒后就不一样了。酒壮英雄胆，可以信马由缰，咋顺手咋写，那状态才叫尽兴惬意。

这次也不例外，小酌之后，我就强烈要求到王工家里的“追墨轩”书房，想酣畅淋漓地练几笔书法。我也不知道自己算是几级书法爱好者——有毛笔，没墨汁，目前还正在水写布上下功夫呢！不过不要紧，身边就有书法家作指导——王工。我写得不好，他不会笑话我；我写好了，他还会鼓励我。我的毛病，从来逃不过他的火眼金睛。经他一指导，我的书艺就会快速进步。我和王工一路谈笑甚欢，很快就来到了王工的“追墨轩”。只见宽阔的书案上，笔墨纸砚摆放得井然有序，现在等待的就是让我们尽情挥洒，恣意纵横地直抒胸臆了。

王工开始滚着开水，泡着绿茶，用最好的茶水款待鄙人。由于和王工平时特别谈得来，这一次也就毫不客气地把王工的宣纸拿出来，提笔蘸墨，狂草起来。当我在两张宣纸上书写出“霞光万道”的行书时，就急不可耐地让王工点评。王工仔细看后，竟然毫不吝啬地予以点赞好评！王工提着小毛笔，替我落了款——柳杨书，丙申年雪月。这样一来，就像模像样了。然后，王工拿出他的智能手机，当即把作品拍成照片发到朋友圈，果然引起大家的关注。众人询问这是哪位的作品。我和王工一商量，干脆蒙他们一下，以假乱真，就说是“中国书协会员柳杨”的书法作品，敬请大家指正云云。这样一来，几乎把他们全部忽悠晕了。

我的书法，再加上王工在一旁鼓励点赞、精心指导，妙笔生花，越写越好。小说名家田中禾老师有句名言：不懂文学的人写的书法再好也只能算是“书写匠”，只有文学家写出好书法才能成为书法家！像“书圣”王羲之的《兰亭序》被书法界誉为“天下第一行书”，既是文学精品，又是书法上品，堪称书文俱佳的典范之作！

我又写了行草“春晓”“名誉”四字，说实话，草得可以。王工在点赞的同时，又亲自示范，书写了“春晓”二字，果然是好手笔，遒劲飘逸、灵动洒脱，自愧弗如。我又写了“草”字，王工看后，声称上边太大。既然是小草，上边的草字头应该如尖尖小苗；中间的日字要丰满大气，下边一横要长些，代表千里沃野一望无际；最后的一竖要拉长，象征小草扎根泥土。这样才接地气，才能根深叶茂，也才会有美感。这样写出来的字，上中下比例适当，粗看是一幅书法作品，细看就是一幅画作。这就是中国书法作品的魅力之所在，这样的书法作品肯定会美不胜收的！

王工的一番书法宏论，让我茅塞顿开。有老师指点，分外难得，如何写好“草”字的这层窗户纸就这样被轻易捅破。老实说，咱也不是笨人。于是，拿起一张宣纸开始书写，潇潇洒洒，笔断意连，有模有样。再看我的落款小字，“柳杨书”三个行楷字，洋洋洒洒，信手拈来，浑然一体。这次请王工斧正之时，没想到王工竟然赞不绝口，连声称好。这个意外收获，是我的书法作品目前所能达到的最高境界，让我很有成就感！

当我把昨天练习书法的这一好消息告诉远在外地一所大学担任教授的特别要好的同学时，老同学频频为我点赞，让我备受感动。下边就是我们在网上的对话，照录于下：

同学：你有扎实的功底，我相信只要给你一个支点，就能撬动整个地球的！

我：新春我过去的时候，给你带几幅，让教授见证一下，您太有眼光了！（反正是挚友之间，我便毫不谦虚地开始自吹自擂起来。）

同学：好朋友，我始终相信你是最棒的！

我：老同学，不瞒你说，我的书法酒后最好！洛阳一位书法老者看后，对我的“醉书”还赞不绝口呢。我就是酒后胆大敢写，其实是半瓶子晃荡。王老爷子您可不敢小看人家，人家是省书协会员，琴棋书画诗，样样拿得起放得下。老人家更有灵气，写的字让人感到特别美！昨天我俩密切配合，他又特会教人。我写字，他落款盖章，简直到了异常默契的地步！最后，我俩把网友弄得找不到北。

同学：老朋友，我相信自己的眼光，你是最棒的！

我：我昨天用的全都是王工的宣纸哦！好纸写好字嘛！本身就水平不高，再不用好纸，那怎能写好字呢？王工昨天也是老夫聊发少年狂！我俩聊得开心，写得尽兴！王工有一句话几乎吓着我了，你猜他说啥？兄弟，咱俩今天干脆把宣纸疯狂完吧！可厚的宣纸，大约有几百张！哪能疯狂完？一下午就疯狂过去了！

同学：这样说来，你们昨天简直太畅快了！

我：我们从12点多，疯狂到下午3点多，有朋友手机招呼我，我又沉下心来，写了“撸起袖子加油干”几个字，然后才走！老朋友，我认为，才子也是夸出来的！您信不信？那个著名的对联早就闻名于世了：“说你行你就行，不行也行；说你不行就不行，行也不行。”

同学：太好了，你难得疏狂一次！

我：如果我们老说这个人怎样怎样笨，这个人真的就会越来越笨。如果像你一样，老夸我有能耐，我就会越来有本事的！你信不信？

同学：主要你就是金子，有风的抚慰后，越发熠熠生辉。你就是一位顶天立地的好男人！

我：好啦，咱俩聊得痛快，我赋诗一首，请教授斧正哦！

同学：好的，在下愿意聆听！

我：

红梅映雪精神爽，酒后挥洒醉书狂。

莫说书道多玄奥，神来之笔总倜傥。

“蝴蝶”伴我二十年

一

我是一位来自王屋山区的农家子弟。记得1976年9月9日，为了看一看那个沉痛的悼念伟大领袖毛主席去世的场面，在一个漆黑的夜晚，13岁的我跟着大人们跑了四五里路，来到邻村南姚村看电视。当时的场面是几千口人围着一台14英寸的黑白电视机看个不休。当时人头攒动，我人小个子矮，即使伸长脖颈也难以看见。只听不时有大人们叫喊着，听着这声音，更让我眼馋。当时集体尚且如此穷困，家庭就更不用说了。

父亲知我心。一生勤俭节约的父亲，一贯注重精神生活的父亲，还是狠了狠心，慷慨拿出了全家多年的积蓄，购回来一台上海制造的“蝴蝶牌”收音机。于是，这成了全家唯一的奢侈品。

父亲为了迎接这个“贵宾”的到来，还专门请来了木匠师傅为它做了一个木匣子，再油漆上枣红色，光光亮亮的。然后，才小心翼翼地将它放置其中，以免来回移动伤着了它的哪根毫毛。

说起收音机的木匣子来，还有一段有趣的故事。当时收音机这样的奢侈品在乡村究竟有多火，还是举例说明吧。据乡亲们传说，某位梁上君子在夜晚潜伏到某家偷盗收音机，竟然错偷了一个骨灰盒。

于是，这则故事在乡亲们中被传为笑谈。

二

时值1990年8月12日，我鏖战一个月，一气写下了25篇稿件——其中唯一一篇民间故事《北杜村由大变小的传说》却被《焦作日报》刊发了。这真是“歪打正着”。这实在是我没有想到的——我的本意是发表新闻稿件，当个“新闻人”，而非民间故事。从此，我就阴差阳错地与民间故事结缘，与《焦作日报》结缘。

以至于后来我们《济源日报》创建之后，社长李培献先生见了我，也不忘问一句：“广厚，你的民间故事写得不错，多给我们发点哦！”不用说，我又在家乡的报纸《济源日报》发表了不少民间故事。民间故事，简直成了我的强项。后来，又适逢省里开展非物质文化遗产搜集活动，我正好牵线这项工作，于是就顺风顺水地将这些民间故事结集出版，成为承留镇非物质文化遗产的最新成果。

三

1990年秋天，笔者又幸运地遇到钟爱文学、与我志同道合的赵玉新老师。我们互相批评，取长补短，让我在写作上如虎添翼。我心里已经隐隐约约地预感到：1991年的春天，一定会是我写作上的一个万紫千红的春天！

平时听惯了收音机的我，这些年来始终有收音机的陪伴，不离左右，使我度过了一段又一段快乐幸福的时光。以至于今天一旦离开它，我竟然没有了工作效率，陷入了无端的懊恼之中。

1991年的春天来得有点早，可能正是人勤春早的缘故吧。我决定和挚友赵玉新老师去城里买一台新收音机。挑什么牌子好呢？哦，“春来”？这牌子不错，这不正好象征着我们将拥有一个铺锦叠秀般的写作上的春天吗？哟，“蝴蝶”岂不更妙？上海名牌，更何况还有父亲与“蝴蝶”的那一段缘分在里头呢！

“春深似海，蝴蝶自来”嘛！这该是一幅多么荡人心魄的精彩画卷呀！就这样，便携式“蝴蝶”牌收音机再度飞到我的身边。

四

记得那是1991年的深秋，河南经济电台的“972”电波给我送来一条喜讯，该台将举办“一句格言给我的启示”征文比赛。我有感而发，深情写下了一篇《一句格言使我获得了意外的成功》的千字文，文中叙述了改革开放的美好生活，如何把自己从一个胆小、懦弱的男孩，熏陶历练成为性情开朗洒脱的青年的过程，历数自己的文章变成铅字、登上广播节目的酸甜苦辣，抒发了一位时代青年对新生活的赞美感激之情！

记得这篇稿子投出后没几天，秋日的夜幕又锁住了校园，我又习惯地打开了“蝴蝶”，任“972”电波在斗室中弥漫。我心里想：咱的文章如果能在这次节目中播出该有多好啊！心想事成，不错的，心一想事就成。就在我刚刚祈祷之后，忽然，真的从遥远的省会郑州飘来播音员那亲切、甜美、清丽动人的声音：现在播送“一句格言给我的启示”征文，这次广播的是王广厚朋友写来的文章，题目是《一句格言使我获得了意外的成功》……

听到这动人的声音，我真有那种“说得比唱得都好听”的感慨和喜悦！一时我激动的那颗心实在按捺不住，简直要蹦出嗓子眼啦！听着听着，无限的喜悦、无比的惬意霎时在我的身体里一点点扩散，一阵阵涌动、撞击着。激动的笑声、甜蜜的笑声、会心的笑声、不时荡漾出嘴唇的堤坝，从未有过的幸福在我的内心生成。这时，偏巧有一位同事也在一旁听得真真切切，他情不自禁地夸奖我简直成了“名人”啦！省电台能播发我的文章，并且能播这么长时间，这很让同事赞叹羡慕！

周末回家，当我把这个从天而降的特大喜讯说给年迈的父母双亲听时，他们都笑语朗朗，皱眉尽舒，高兴得简直没法说！

还有一年，我撰写的《赵玉新作文教改获佳绩》在河南电台播发之后，引起了较大反响。找赵老师探讨作文教改的人络绎不绝，通过深入交流切磋，大家都收获满满。之后，我的长篇散文《泛舟曲阳湖》《追财神》、长篇民间故事《杏花酒的传说》等众多文学作品，都陆续在河南电台播出。通过空中电波的友好传递，我还和编辑李虹老师成了“空中电波”里相熟的朋友。不过，遗憾的是至今尚未谋面。

又有一年，河南人民广播电台举办“我与河南电台”征文大奖赛，我撰写的征文——《河南电台，我的良师，我的益友》不但播发了，而且获得了征文比赛“优秀奖”。

五

正所谓“日久生情”，在友好交往中，收音机令我爱不释手：早晨跑步听，室内办公听……听得简直不亦乐乎。我虽然足不出户，但是通过听收音机，知道了天下新闻——包括政治、军事、体育、历史、天文、地理……

中国女排一次又一次激烈精彩的比赛，一次次夺冠之后直冲云霄的欢呼声，我也是从收音机里听到的。为了听一场中国女排的精彩比赛，我带着收音机，一边干农活，一边把收音机放到地上听，两不耽搁，身心愉悦。中国女排，最初就是通过空中电波走进我的生活，镶嵌进我的脑海的！

这不，“蝴蝶”又给我带来了新的喜讯：中央人民广播电台将举办“听评周”活动，让各界群众听评节目；“百姓人家”栏目发起了“回首往事”征文比赛。我原来写过一篇应征稿件——《那时我们太年轻》，稿件虽然已经投出去了，不过听了一二十天，竟然还杳无音讯。管他呢，再给中央人民广播电台写一篇《“蝴蝶”伴我二十年》稿件，反正咱要抒情，不断提高自己的写作水平，你管人家用不用呢？

六

时代波澜壮阔，生活沧桑巨变，写作由昔日的“伏案笔耕”到今朝的“掌上阅读”“掌上写作”，这是我做梦也没有想到的！可是，这已经变为灿烂的现实！正像毛泽东诗词里所写的那样：“神女应无恙，当惊世界殊！”

广播在这个日新月异、“秒变”的网络时代里，也绽放出更加璀璨夺目的时代光彩！

你看，我们钟爱有加的电脑上带有收音机，我们爱不释手、进入普通百姓家的最便捷的智能手机上也有收音机。

更让人惊喜的是，收音机的频道之多也是今非昔比，多到五彩缤纷让人目不暇接的程度。节目多得更是应有尽有，炫彩夺目！

网络时代，广播，也获得了凤凰涅槃的新生！收音机，偶然结成一生缘，此生爱你没商量！

我想寻找母亲灵魂居住的村庄

1993 年 7 月 6 日（农历五月十七日）凌晨 2:00 整，母亲永远地离开了我们！辛劳了一辈子还没有享过一天清福的妈妈去了！那年母亲才 71 岁！

不经意间，母亲离开她钟爱的这个世界已经 25 载了！但是，母亲苦多甜少、坎坷曲折的一生，总是令人唏嘘扼腕！母亲灵魂居住的村庄，与我很近，却又很远。我至今仍在苦苦寻觅着……

一

母亲生不逢时，她生在旧中国。18 岁的母亲早早出嫁了，来到一个小山村中的普通农家。没几年，就遇到了 1943 年的大饥荒。日寇的铁蹄又在肆意践踏着我神州大地！我的祖国，我的母亲，谁可以拯救您出苦海？

侥幸活下来的人们，走投无路之际，只得外出逃荒要饭，希望能够寻找到最后的一线生机。此时此刻，为了活命，实在是谁也顾不了谁。外出逃荒要饭时，母亲被外公接回家。在母亲姊妹四人中，就母亲一个姑娘，因此，母亲也是外公外婆的掌上明珠。外公外婆实在于心不忍把唯一的女儿丢下不管。如果那样，母亲必死无疑。在万般无奈之际，母亲只得撇下丈夫，远走他乡，只为捡一条活命回来。就这样，母亲离开了自己生活了数年的小山村。在家肯定是死路一条，走出去还有活下来的一缕微光，这就是残酷的现实。

还好，最难的日子终于熬过去了。万幸母亲一家人捡回了数条性命。当母亲返回家乡，再回到丈夫居住的小山村时，眼前的凄惨景象还是震撼了年轻母亲的心！一时山崩地裂，泪流成河！霎时，母亲如万箭穿心。眼前的惨景是，一家数口竟然全被活活饿死在自家的院子里！无一人幸免于难！

二

母亲回到娘家。到了 25 岁这年，经过别人介绍，母亲与父亲结为夫妻。新中国成立时，一家六口人就蜷缩在一间老屋子里度日。一直到 20 世纪 70 年代初，村里划拨了一处面积四五分大的宅基地。趁着农闲时节，父亲在吃穿比较紧张的情况下，硬撑着年迈的瘦弱身体，拉着架子车，沿着崎岖坎坷的土道山路，带着哥哥、姐姐上山打石头，到高地上起土，紧张地为盖房准备着一切。母亲管做饭和打理烦琐繁重的家务，日夜忙碌。这样艰苦而又忙碌的日子，一忙就是一两年。

房子盖好了，父母累倒了！当时民间流传一句话：“与人不睦，劝人修房盖屋。”为何这样说呢？因为修房盖屋，家里钱也花完了，力气也耗尽了！是最累人的一件事。

我们家的日子与绝大多数农村家庭一样，都是男主外女主内。父亲主要忙家外的活计，想方设法多为家里赚钱；母亲除了参加生产队里的劳动之外，还要负担织布、做饭、洒扫庭除等劳动。经过母亲的辛勤劳作做成的家织布衣服，经常是老大穿了老二穿，老二穿了老三穿。我这个家中的小不点，还经常穿大姐不穿的花衣服，由母亲把衣服改小让我再穿。家中有吃的，母亲总是先盛给年迈的爷爷，辛劳的父亲，然后才是孩子们，最后是她自己。常常剩的很少，但当看到饥肠辘辘的孩子们那副馋相时，母亲甚至放弃了自己的那份！年深日久，母亲被饿得竟然多次昏倒于故乡的街头……

三

我家的日子真正到了吃得饱、穿得暖的好时候，是在 1978 年的改革开放包产到户之后。老百姓的日子越过越有心劲，人们对未来的日子越来越有盼头。

我这个自小就爱学习的小不点更是迎来了人生上进的好时候。上高中要考试，人人平等，叫“中招”；上大学要考试，人人平等，叫“高招”。中招，我如愿以偿地考上了济源六中这所历史悠久、颇有名气的普通高中。1980 年，我参加高考时名落孙山。1981 年，在经过一年的复读之后，我终于挤过了高考的“独木桥”。这一年，全村就我一个学子金榜题名，我所在的济源六中的文科班被高校录取的只有两人！

高考，从恢复的那一刻起，就成为众乡亲们关注的焦点。因为，那时只要上了高校，就会端上了人人羡慕的“铁饭碗”。用乡亲们的话来说：你们干的是“风刮不着、雨洒不着”的好活计。我的金榜题名不胫而走，立刻轰动了十里八村。这让母亲和全家人都感到脸上很是有光。母亲终于笑了，笑得很甜很甜……

记得曾有一天，母亲扫榆钱去娘家的村庄里卖钱。收购榆钱的年轻人一眼就认出了母亲，就兴高采烈地问她：“您是王保铜（我的乳名）的母亲吧？你家孩子今年考上大学了，真有出息啊！不用说了，今个儿您拿来的榆钱全按最高价收购！”此刻，母亲的心里简直乐开了花！到家后，母亲向全家人津津乐道说起这件事，自豪之情溢于言表！

我上大学读的是师范，伙食补助比较高——每月 17.5 元。当时，这些伙食费是吃不完的，因此我每月还能往家里拿 5 元钱！

当母亲拿到这笔钱时，显得异常高兴。因为那时的 5 元钱可是非常管用的。那时买东西都是以分计算的，火柴一盒 2 分钱，鸡蛋一颗 5 分钱，大肉三毛钱一斤……5 元钱，能买多少东西！当时的农村有这样一种说法：谁家里每月能多出 5 元钱，生活改善的水平就会大不一样的。

四

再后来，我们四姊妹都结婚成家了。母亲逐渐有了孙男孙女，也喜滋滋地升做了奶奶和姥姥，整天过着儿孙绕膝、其乐融融的幸福生活。可是，这样风平浪静、平安幸福的好日子并没能持续多久。

正在我们全家日子越过越好的时候，身体一直健壮的母亲却突然身体不适，疼得难受。我们赶紧把母亲送进医院救治。一家中医院在看了一个多月之后，表示无计可施，要求母亲立刻转院。待到转到更好的人民医院时，依旧如此。当时对于一座小城的最高档次的人民医院来说，也还没有 CT，因此母亲的病不能最后得到确诊。

后来，经表姐联系来到了大城市一家能做 CT 的医院救治。经过医生仔细察看，被确诊为淋巴癌症晚期！当我们姊妹四人强烈要求医生救治辛劳一生、敬爱有加的母亲时，却被医生告知：一切都不需要了！你们如果孝顺，就赶快回家为母亲准备后事吧！这样的病是吃麦不吃秋，吃秋不吃麦的呀！你们母亲的生命顶多还有一个月左右的时间！

闻听这样的噩耗，我们姊妹四人顿时泪雨滂沱！

五

母亲吃的东西越来越少，更严重的是母亲越来越不能吃东西了！疼痛折磨着母亲，母亲的身体被病魔侵袭得越来越瘦，越来越瘦。一直到瘦骨嶙峋的地步！一个多月之后，就在麦子黄熟的时节，母亲却永远离开了我们！那一年，母亲只有 71 岁……

母亲的溘然长逝使我们第一次经历了人生的生离死别！我们姊妹四人躺倒在思念的泪河里，难以起身……

母亲，不过可以告慰您在天之灵的是，今天咱们普通农家的日子已经发生了天翻地覆的沧桑巨变！这些变化是您生前做梦也想不到的！

您生前祈盼的丰衣足食、“楼上楼下，电灯电话”的富裕幸福的好生活，早就成为普通农家好日子的新常态。价值几万元、十几万元、几十万元，甚至上百万元的家庭轿车，已经走进普通百姓家。我们姊妹四个的家庭，已经拥有了 3 部家庭轿车。您生前从未见过的电脑已经被时代淘汰了，现在的每个家里，智能手机人手一部！您老人家可别小看这个小玩意哦，这个神奇的“小家伙”，是一部“百度”的世界百科全书，可以导航外出旅游，可以当计算机……最神奇的是可以拨打“越洋可视”电话。“家祭无忘告乃媪！”母亲，我们把姊妹四人今天的幸福生活告慰您和作古多年的老父亲，请你们安眠于九泉之下！

六

母亲，您只是全中国农村千千万万个母亲的一个，普通而又伟大！您向世间播撒的永远是熠熠生辉的善良、纯洁、高尚的暖人大爱！

母亲，您的高风亮节，您向上向善的伟大精神，是我们这些做子女的终生享用不尽的宝贵财富，值得我们永远珍藏传承！

诗意旅途

一

正是春花烂漫的时节，鲜花与鸟语把我们带入醉人的伊甸园之中，难以自拔。

就在这样一个诗意满满的日子里，我从豫北的济源小城出发，要到牡丹花都、十三朝古都洛阳去会一位诗友。

我担心自己一个人旅途寂寞，就怀揣一本《柳歌诗选》路上充电。我开开心心地登上了开往小浪底水利枢纽工程的公交车。待到了小浪底景区之后，再换乘去洛阳的公交车就行了。

这样的往返线路，我已经坐过多次，轻车熟路，应该不会有什么问题的。更何况上车之前，我还特意交代了司机自己的下车地点：不在公交车的终点站，而是在小浪底公园的北门附近——这里距离终点站还有好几站呢。

济源市来往小浪底景区的班车是每 30 分钟一趟，而洛阳城来往小浪底的班车却是一小时一趟，一旦错过要再等一个小时呢！麻烦就出在这里。更何况我们有约在先——如果我一旦失约了，那可是很失面子的事呀！是不是也会被列入“不诚信一族”呢？

自从登上公交车的那一刻起，我就开始沉浸在自己分外钟爱的

《柳歌诗选》之中，分明是要与作者再来一次“心有灵犀一点通”的知音神交——这已经是我第三遍读这本诗集了！看来，好书是“不厌三遍读”的啊！

潜入春风十里，目睹万花竞放，迈步童话王国，感受诗意精彩……赏读着《柳歌诗选》，一首首精彩好诗美妙绝伦地轮番登场，让我忘记了身边人的喧哗，忘记了人间岁月的流逝……

二

当我正看得如痴如醉之时，只听一位陌生的中年农村女士用她那地地道道的济源腔在一旁高声向我说道：“我问这位帅哥，看你年龄也不小了，难道还要考大学不成？坐着车还在看书，下这么大功夫呀！你没有看看，全车上谁有你辛苦……”

她的一句话惊醒了梦中人。我抬头一看，车上的乘客已经很少了，再仔细一看，公交车已经超过我下车的地方好几个站点了……

这可如何是好？于是，我禁不住开始焦急地埋怨起了公交司机，为何没有及时提醒我下车呢？司机师傅的素质还是挺高的。听了我的埋怨之后，他却并没有气恼，而是耐心地对我说：“兄弟，你看车上那么多人，我哪能一一记得你们的下车地点呢？你现在就下车，直接从这里下台阶穿小路过去，抄近路赶开往洛阳的公交车。如果中途路线不清楚，你再问问别人就好了。”只见司机指着路旁的一个巨大台阶，友好地给我指引着该走的路线。

司机如此友好，我很释怀。我一边道谢，一边按照司机指定的路线赶路，内心很是焦急，唯恐自己再度失约洛阳，陷入尴尬的境地。

三

我一路走着问着，问着走着，生怕再次走错了路——时间实在是耽误不起了，步行毕竟速度慢，耽搁时间多啊！

霎时，我也顾不得欣赏身边如诗如画的美妙风景，也顾不得听耳畔鸟儿们的齐声大合唱了，只知道一心一意匆匆忙忙地赶路……

不过还好，路途不是很远。中途问了两次路，穿过一个红绿灯，徒步走了大约有 5 里地，总算到了目的地。

来得早不如来得巧。此时，正好有一辆开往洛阳的公交车刚刚启动，眼看就要出发了。我三步并作两步，赶紧跨上了这辆公交车。只听洛阳的司机正用他那一口标准的普通话十分友好地与车上的乘客们谈论着国家大事、生活小事，一车人都悠闲自得。

百花依旧在尽情绽放着自己的笑脸，鸟儿们还在尽情歌唱着美好的生活。我坐在自己的位置上，又掏出了心爱的宝贝——《柳歌诗选》，再度赏心悦目地读了起来……

我想亲吻神州“大地”上的这枚花朵

在我的心目中，《人民日报》是高不可攀的巅峰。要在这崇高的圣土刊发一两篇文章，几乎是不可能的事。但是，亲近的机会还是终于来了。

那是在20世纪90年代中期，酷爱新闻写作的我，一边从教，一边利用课余时间写作新闻，可总是广种薄收，心里不禁为此困惑起来。

当我正在迷茫之际，令人喜出望外的是，《人民日报》的“新闻培训中心”在全国举办新闻函授培训班，全年费用120元。我很想参加，但苦于经济太不给力：那时家里刚刚盖起楼房，欠下了近两万元（当时可是一个很大的数字）的外债，全家人还正为还债而发愁呢！这可如何是好?

那时，母亲已经过世，父亲年逾八旬，妻子没有工作，女儿还小。于是，全家的经济重担一股脑儿都压在了我的头上，真得让人透不过气来！谁知，平素有文化、有远见的父亲得知我的心思之后，大力支持我说：“债务能够慢慢还，可学习进步却一刻也不能耽搁啊！你参加吧，过了这个村可就没这个店了！”

父亲的一席话极大增强了我参加学习的信心。我赶紧凑足了学费，开始了如饥似渴的学习。没有想到，辅导老师张启华批改我的作业特别认真，每一次交上的作业，他都要从标题制作到新闻结构，从语言锤炼到标点符号的正确使用，予以一一订正，再加上培训中心所发的一本本教材都贴近新闻内涵，实用有效，读来颇受教益。

通过一年的学习与实践，我在新闻写作上取得了突飞猛进的进步。我撰写的两篇新闻《牛老板“三气”顾客》《凤栖三皇村》在《学员报》上刊发，给了我极大的鼓励。就在毕业之际，中心竟然要推荐我去北京一所大学脱产学习新闻专业。可由于已经成家立业、经济困难等原因，我最终没能成行，实为憾事。

之后，我的500余篇新闻、评论等陆续在《人民日报》《河南日报》《焦作日报》、河南电台、济源电台、《济源日报》、济源电视台、济源教育电视台等多家新闻媒体刊发，我还被聘为《河南日报》《焦作日报》《济源报》、河南电台、济源电视台等多家新闻媒体的通讯员，并且获得济源市“新闻报道特等奖”。20世纪90年代末，我也因此被调入承留镇政府专门从事宣传文化工作。

特别是2005年7月25日下午，当我来到自己所包的枣林村时，只看到该村新引进的“中华梨枣”大面积缩果、落果，求遍了当地的林果技术人员，却无人可以医治。这可急坏了老支书赵太平！他急得像热锅上的蚂蚁一般，焦急而又无奈！我当即实地采访，问清来龙去脉，立即赶回机关，在电脑上一口气敲出了《“中华梨枣”缩果落果谁能医治》一稿，并在第一时间把这篇求助的电子稿发到了《人民日报》的“读者来信”邮箱。没有想到，《人民日报》竟然于第二天就在第十三版刊登了出来！

更没有想到的是，小稿件，大反响。仅短短几天时间，老支书就接到了来自全国各地的数百个电话。有一位外地的老支书，竟一口气给他打电话打了一个多小时，细致周到地询问了枣树病情，开出了详尽的治疗方案。这一热心助人的举动，让老支书赵太平感激万分！

“众人拾柴火焰高。”在全国各地读者的真诚帮助下，“中华梨枣”缩果、落果问题最终得到了较好解决。听到这一佳音，老支书悬着的心终于落地。我又及时为《人民日报》写了一篇反馈的稿件，再度顺利发表。

在《人民日报》创刊70周年之际，在璀璨夺目的新时代里，我更读懂了“《人民日报》为人民”的深刻含义。

几十年来，我一直喜爱阅读《人民日报》。在《人民日报》的提携指导下，我的多篇新闻作品多次获得了省市级大奖。

随着年龄的增加，我不再从事宣传文化工作了。在闲暇之余，我又开始了坚持多年的文学阅读和文学创作。我也由一个新闻工作者转变为一名文学创作者。此时，《大地》副刊上的文学作品，又成了我的最爱。

特别值得一提的是，2017年4月23日，由《河南日报》的《中原风》文学副刊在洛阳市举办的“书香生活与文艺之美——京沪粤豫文艺名家对谈”的读书活动中，我又幸遇《人民日报》副刊主编周舒艺女士，当面聆听了她关于文学创作的教诲，受益匪浅。这是我第一次与《人民日报》副刊编辑面对面，不愿错过这一天赐良机，特意邀请她为我签名留念。她慨然应允，用自己娟秀的笔迹满足了我的要求，让我备受感动。

我一边阅读着《人民日报》上佳的文学作品，一边进行着自己的文学创作。我的梦想就是要在不久的将来，用自己的心血和汗水创作一篇文学作品，在《大地》副刊上发表。

笔耕不辍，勇于追梦。6年来，我在《光明日报》、中国作家网、中国诗歌网、《时代报告》《河南诗人》、河南诗人网、《龙门文学》《济源文学》等平台，发表小说、散文、散文诗、诗歌等200余万字，并且有散文诗《让“孩子”告诉世界》、散文《一名险些被扼杀的清华生》和《“柳风”和畅满目春》、组诗《南山之春》等多篇文学作品获奖。通过自己的不懈努力，终于圆了我儿时的“作家梦”。去年，我也顺利地加入了洛阳市作家协会、河南省诗歌创作研究会等。

作为平平常常的一位文学爱好者，我想说：《人民日报》，我只想亲吻您这枚神州“大地”上的花朵，实现自己“赠人玫瑰、手留余香”之夙愿！

建安门里品书香

鸡年吉年吉日，成事乐事乐文。这一年，我很喜欢用这两句话来概括我的文学创作生活。

就在今年的年终岁尾，严冬时节，我的“作家梦”在洛城圆了，我的“文学梦”在洛阳老城建安门圆了！

一

五十余载的生活和文学积累，数十年的辛苦笔耕，在众多恩师们的关注斧正指导下，我终于迎来了“十月怀胎，一朝分娩”的佳期！

鸡年岁尾，我的三本文集——散文集《成柳散章》、诗集《柳吟集》、孩子教育专集《您是爱迪生他妈》就要付梓了。

众所周知，作为身处基层的一位普通作家，出一本书该有多么不易！出书，对我来说更是“大姑娘上轿——头一回”。因此，在我的心中一直有一个渴望而难以企及的梦想：就是想请洛阳市作协主席赵克红先生为我的诗集《柳吟集》题写书名，并且为我的三本书撰写序言。

文人盼雅事，雅事彰文脉。一旦有了这个念想，就会魂牵梦萦，挥之不去。

盼望着，盼望着，盼望着！这样的好日子还真的到来了！

2017年11月27日一大早，我意外接到了洛阳市作协副秘书长赵向颖先生的电话："王老师，你今天有时间吗？赵主席今天下午有时间见你！"

我的心几乎要蹦出嗓子眼啦！

我连忙答应道："有时间，有时间！赵主席下午几点上班？"

"你抓紧把诗集名字给我发个微信过来。赵主席早上给你写，到你下午过来的时候就可以拿走了！"赵向颖先生这样热情友好地交代着我。

"这是真的吗？这是真的吗……"我的心中一遍遍问自己。心中渴盼的好事一旦到了圆梦的时刻，又觉得有点突兀了，一时竟难以置信！此刻，我欣喜若狂，很想把这个好消息告诉给我最爱的人！

我赶紧精心打扮一番，穿上最好的"行头"，乘车去洛阳老城建安门——这座文学之门、成功之门赴约！

二

下午2:00，当我手拿56页的《王广厚出书资料》落座赵向颖先生的办公室时，他很自然地向我谈起了这次见面的细节来。

"王老师，你知道赵主席答应和你见面时是咋说的吗？"赵向颖先生问道。我望着他，摇了摇头。"赵主席说，你看王老师什么时间有空？我恭候！"

"广厚哪敢如此造次？其实，我是什么时间都有空的！赵主席可就不同了。他真的是一位大忙人哟——他身为近千万人口的作协主席，全市的文学活动一个挨着一个，全国的文坛盛事不时邀约。就这还不算，他还要忙里偷闲，挤出时间采风创作，时有著述出版发行！因此，赵主席的忙碌就可想而知了。"我嘴上回应着，心里特别暖。我作为一位普普通通的业余作家，充分感知了一位来自有近千万人口的国际大都市的作协主席对我的深情关爱！

不一会儿，赵主席又打电话过来，向赵向颖先生再一次核实书名的对错，生怕有误。赵主席做事竟然如此重视细节，如此认真，实在出乎我的预料。

下午 2:00 多，就在赵向颖先生去银行办事的几分钟当口，赵克红主席一脸笑意地走了进来。我赶紧迎上前去，与赵主席紧紧握手致意。

刚进门，赵主席就问起了赵向颖的行踪来。我简单作答之后，我们就开始了落座交谈。赵主席拿出专门为我的诗集题写的书名，典雅庄重、隽秀飘逸。赵主席竟然认认真真地写了好几幅，叮嘱我从中挑选出一幅来作为封面题字！

赵主席竟如此尊重一位基层作家，这让我的心灵再次受到震动。虽时下的季节，窗外正是凛冽的严冬，但此刻我的内心世界里却是暖意融融的春日盛景。

三

要说，我和赵主席并不陌生。今年，我们在正式场合先后有两次相见。

一次是今年春天4月份，正是牡丹盛开的时节。当得知《河南日报》的《中原风》副刊在洛阳举办读书会，我准时赴约。其间，抽空让赵主席留下了签名墨宝。记得读书会快要结束时，主办方冻凤秋女士诚恳邀请赵主席做最后讲话。他一看快到中午，只是笑着三言两语就结束了自己的“压轴”讲话。赵主席给我内心的第一印象是：儒雅、大气、干练、低调！

第二次是在今年 8 月份。洛阳老作家学会主办的文学刊物《龙门文学》举办首发式，我应邀参加。20 余位作家欢聚一堂。如果说上一次的《中原风》读书会上，赵主席并非主角，不宜发表滔滔宏论。这一次却是自家的文学盛事，他理应做一个主旨演讲。没想到，他仅用10来分钟时间又结束了自己的讲话，把更多的发言时间留给了在场的各位作家。在这次活动上，我又请赵主席在《龙门文学》的首页上为我签名留念。这本书我一直珍藏着，不肯轻易示人，仿佛生怕被别人抢了去似的。

赵主席长我一岁，我们同属“60后”。我就向他回忆起了我们之前两次见面的愉快经历。

不一会儿，赵向颖先生回来了。我接着让赵主席阅示我专门为他的十首组诗《陌生人望我的眼神》撰写的诗评——《唯美诗行，余音绕梁》一文，渴盼得到他的当面斧正和指导，以期提高自己的创作水平。

哪知道，他读后竟然赞赏有加，愉快地告诉我说：“真不巧，你的稿子来得迟了点，已经有一篇诗评刊发于《牡丹》杂志，已经进入了排印程序。不过没事，别人为我的作品撰写的文学评论结集成书，最近将要出版。你的这篇评论正好赶上了这趟车！”听了赵主席的这席话，赵向颖先生也替我高兴。之后，赵主席又为我的新书一一写好了序言。读着赵主席在百忙之中撰写的这篇散发着浓郁墨香、褒奖有加的温暖文字之时，我的内心世界终于禁不住鲜花怒放起来！

赵主席告诉我：“基层作家出一本书不容易。为了提高你的知名度，扩大你作品的影响力，我将会把这篇总序在河洛文苑、洛阳作家等多个文学网站刊发！”我没有想到，广厚何德何能，竟然值得赵主席为我这位素昧平生的基层作家想得如此缜密！我在感动之余，又对赵主席生出几分敬意来！

四

“广厚，你在《光明日报》上发表的散文《故乡的中秋》我读了，很不错。你能够在《光明日报》上发表散文，不容易呀！你的散文写得的确很好！散文在我们国家有着悠久的历史，有着优良的传统，并且结出了累累硕果！唐宋八大家创造了中国散文的巅峰！近现代以来，中国散文大家频出，鲁迅、朱自清、冰心、丁玲、林清玄等等，个个都是笔意纵横、语言优美的散文大家！今后，你要在这方面继续努力，争取创作出更好的作品来！”赵主席对我写作散文的高度肯定让我既喜悦又惶恐。我自己知道，这篇散文能够在《光明日报》发表，纯属巧合。我的创作水平还亟待提高，还需要大量阅读文学名著、名家新作，仔细观察、认真体验生活，用细腻的笔触、真挚的情感、辩证的思维、优美的文笔，创作出更好的作品来！

不过，赵主席的一番话也道出了我的作品的特点来。其实，就拿这次出书来说，我本来要出一本评论集《荷楠视角》——以新闻评论为主，历经数月，已经编纂完成，但是却被真挚的文友直接“枪毙”啦！理由是“新闻评论有谁愿意读？”挚友的诤言，一语惊醒梦中人！于是，我只得忍痛割爱，放弃了编好的评论集，把主要精力很快转到了散文集《成柳散章》的出版上来。

通过整理，我的散文作品还真不少，让我信心大增！但虽经过几易其稿，有些代表作还是难以上书。例如我的代表作纪实散文——《追“财神”》《王屋魂》，这些作品在 20 世纪 90 年代，都曾经在《农村成人教育》杂志、河南电台等媒体刊发，还为我大赚了一笔稿酬呢！还有《我的新闻稿上了人民日报》也被编辑老师直接“枪毙”！

顿时，我的眼在流泪，心在滴血！在这大千世界上，谁的“孩子”谁不爱呢？赵主席的看法与挚友的看法竟不谋而合！这正是：“当局者迷，旁观者清。”赵主席的一番话，其实道出了我的创作方向——扬长避短，主攻散文。这样下去，自己还很有可能在散文界弄出点动静来呢！

五

谈罢散文创作，我们的话题又转移到了现代诗歌的创作上来。

“赵主席，在诗歌创作上我很困惑。用朋友们的话来说就是：古人创作的古诗词朗朗上口，平白如话，一读都懂，老少咸宜，越读越爱，爱不释手。现代诗却用现代语言，讲述了一个婆娑迷离的懵懂故事让人百思不得其解。正像诺奖得主莫言在他的新作——组诗《七星曜我》里，戏称诗人是酒后上树的人……”我向赵主席直截了当地讲出了积压心头多时的困惑来。

听了我的困惑，这位1990年就由长江文艺出版社出版了第一本诗集《燃烧的情愫》的赵克红主席，对目前的诗歌创作情况侃侃而谈。听罢之后，深有感触，颇受启迪。

“时下，有些诗人抱怨读者远离了诗歌。我们不能不说，实际情况却是诗歌远离了大众！”赵主席的一番话，言简意赅，生动形象，直击时弊，击中要害！

“你看古人的诗词，从诗仙李白、诗圣杜甫、诗鬼李贺，再到白居易、李清照，一首首诗词，都平白如话，却千古流芳！这种现象，不得不令人深思啊！”

“要想写好现代诗，也不能太直白，要加上时尚元素，让诗歌紧贴时代的脉搏……”赵主席的一席话，又给了我不少启发！聆听他的谈话，我进一步感悟出了诗歌创作的真谛和成功秘籍！

不知不觉之中，我们的谈话已经过去将近两个小时了！我虽谈兴未尽，但我知道赵主席还有许多事情要做。我不敢久留，只得依依不舍起身告辞！

六

鸡年，吉年！我在文学创作上的好事接踵而至！

2017 年 11 月 28 日下午，对我来说是一个值得永远铭记的时刻！赵向颖先生及时给我发来一个微信，在刚刚闭会的洛阳市作家协会贯彻十九大精神会议上，通过了《洛阳市作家协会 2017 年新入会市级会员名单》，我的名字赫然在列！至此，我的“作家梦”终于圆了！

我失眠了！我感动得失眠了！我幸福得失眠了！我竟然为此连续整整失眠了两个夜晚！这样的夜晚，倍感幸福！这样的夜晚，此生渴盼再遇见，仍想让失眠陪伴，幸福到永远！

洛城，乐城！我成功的福地，我文学人生的辉煌起点！

古时的洛阳建安门，出现了由“建安七子”创造的文学高峰。对此，曹丕所著的《典论·论文》有记：“今之文人，鲁国孔融文举，广陵陈琳孔璋，山阳王粲仲宣，北海徐干伟长，陈留阮瑀元瑜，汝南应玚德琏，东平刘桢公干。斯七子者，于学无所遗，于辞无所假，咸以自骋骥騄于千里，仰齐足而并驰。”因曾同居魏都邺（今河北临漳县西），又号“邺中七子”。曹魏时代，与“建安七子”齐名的曹氏父子，更是创造了诗坛的奇迹，留下了文坛的佳话，令人仰视！

今日的洛阳老城建安门，俨然是一座活力四射的文创之区，文学艺术的殿堂！洛阳市作协、洛阳书画院、洛阳文艺创作中心等多家文学艺术部门纷纷入驻，他们正在呕心沥血地精心锻造今天的文学艺术精品！

七

临别建安门，我又幸运求得了赵克红主席的一本新书《梦在远方》。静卧床头，时常夜品其中的一篇篇美文，常常停不住阅读的眼眸，常感美不胜收，过目难忘，堪称“我手写我心”的上品。

在《聆听自然的心跳》一文中，我们跟着作家的脚步，走进自然，融入自然，心嗅花香，感受自然之美。看似信手拈来，却能酣畅淋漓地表情达意，不愧为大家手笔。《文人与酒》一文也是如此，说古论今，畅叙文人与酒的未了情怀。尽情抒怀，心有灵犀，不禁让人捧腹！再看作家在《古都洛阳诗歌传统现状与未来》一文中，在娓娓道来之间，彰显出作家的内心世界里对洛阳厚重文化的有效掌控，彰显出了作家对文字的高超驾驭能力！篇幅长，读来感到厚重稳健、笔力不凡，耐人品咂。读完全书，掩卷沉思，收获满满，受益多多。

“把盏邀月，临风问花，暗香浮动，萍踪剪影……”这是一个文人的江湖，这是赵克红先生在其散文集《梦在远方》里的句子。

“一位从郑州铁路局洛阳工务段走出来的养路工，在基层工作 8 年，艰苦的铁路生涯不仅没有消磨他的锐气，反而磨砺出他文学的锋芒。他常说，铁路是催生其文学创作的沃土，是其创作的永恒母题，是潋滟的灵感之泉。”作家林止月、孟庆玲在《读赵克红的 < 梦在远方 >》一文里这样深情写道。

从铁路战线走来的赵克红先生，一步一个脚印，直至走到今天的中国铁路作协副主席、洛阳市作协主席的重要岗位上，并且成为中国作协会员。他向来奋发有为，朝气勃发，笔耕不辍，迄今为止已经出版著述 10 余部！今年，他更是荣幸地成为到北戴河疗养的全国屈指可数的作家之一。但是，无论岗位如何变化，成就如何斐然，他始终就像一束田野里的麦穗：面朝大地，为人低调谦恭，为文质朴内敛。正像他自己所说：要想写好文章，必先塑造好人品。

建安门里品书香，品书、品文、品人、品古……每次光临洛阳建安门，我都会有新的收获、新的提升！

让我们在品味中提升自己的人品文品，创作出更多更好的文学佳作来，以不辜负我们身处的这个斑斓五彩的伟大时代！

我的梦也在远方绽放着，灿烂着，等待着……

第四辑　散文诗——心中美歌

走成铁道线上的大美风景

2018 年 8 月 10 日，一则喜讯不胫而走：中国铁路作协副主席、洛阳市作协主席赵克红先生，当选（兼任）郑州铁路作协主席！自此，他是全国铁路系统唯一一名在地方任职作协主席的员工，还成为一人任职两个单位作协主席的好人才！由此成散文诗一首。

——题　记

七月葱茏的风华滑过洛水柔媚的面颊，八月娇艳的秋色闪亮起龙门的眸子。在这风光旖旎的季节里，几乎所有的植物都缄默垂首，向云月星辰致意。风，凝聚力量，为大地上的耕耘者弹奏颂歌。

您，这位来自贫瘠山村的有志少年，巡视在祖国万里铁道线上的工人子弟，数十年来，手握火红的诗笔，以阳光向上的勃发心态，在一座心碑上镌刻着感恩之情。

儿时，您和小伙伴们吹奏着故乡的柳笛，绽放那一声声的悠扬旋律，唤醒了故乡的十里春风，让贫瘠的土地荡漾起快乐奢华的梦想涟漪。

瑰丽的梦，一直激荡在您的心海深处，犹如一列列疾驰的列车，沿着春天芬芳的道轨奔涌……

八年艰辛的铁道养路工生活历程，这是铁路工人所有岗位上最艰辛的工种，似乎与文学不搭界。要说，八年艰辛的生活光阴，足以磨掉一个人的意志和棱角，足以泯灭一个人对文学的激情与梦想。可是，您为了攀登心中的那座神山——珠穆朗玛，却自我加压，激流勇进，矢志不渝地追求着成功的梦想！让蓝色的文学火焰，迈着坚实的时代脚步,跋涉在希望的田野上！让成功的希望之光,在心田上璀璨！

寒来暑往，四季更迭。灰暗的屋檐下，拂晓的晨曦里，煤油灯瘦弱的光线也挪不开您求知的渴望！在缺少书香的时日里，您多少次在断墨残楮的唐诗宋词里徜徉，忘记窗外风花雪月的妖娆。面对中外文学名著的声声召唤，您深切地不忍释卷，一缕缕浸润着时代风韵的墨香，趁着浩荡的春风在心空上漫绣风华。

这些足量丰厚的知识储备，为您抵达文学成功的彼岸，默默铺设下承载成功列车奋力前行重荷碾压的坚实根基。

1990年的春天，一只大鹏鸟，冲开低矮的窗牖，一冲九霄，起伏在白云之上，翱翔于苍茫天际。蕴含着您北国体温的第一部诗集《燃烧的情愫》，绽开新枝，在地处江南水乡的长江文艺出版社芬芳四溢！

山峦微雾，盛夏未央。您，执子之手，携扶爱人，受长江文艺出版社社长周百义先生之邀，满怀深情，从文化底蕴厚重的千年帝都，走向荆楚大地，引得社长啧啧赞誉。你们夫妇第一次徜徉于国际大都市武汉街头，饱览了神州四大名楼之一的黄鹤楼等众多名胜古迹，第一次聆听青山依旧、滚滚长江的波言涛语。

江畔，初升的太阳跃入眼眸，满江闪闪的粼光像一片瓦在心海里掠过，您的梦想随着跳动的心摇橹奋楫！

“寒窗磨一剑，今朝试锋芒。”正是您对文学苦苦的追索与坚韧，才使得您在广阔的文学世界里找到了游刃有余、纵横驰骋的力量，也必然会为您痴爱一生的文学迎来出彩开花的欣喜局面，永远值得同仁们借鉴、学习和褒奖。

三十载追梦圆梦，五十六岁砥砺奋进。您的美文妙律登上《诗刊》

《中国作家》《人民日报》《文艺报》《中国艺术报》等百余家全国重要报刊，您的佳作多次入选《中国年度优秀诗歌》《中国当代诗歌导读》《中国年度诗歌精选》等选本。这些佳作，熏陶着读者的心灵，频受专家称赞。您的散文和散文诗多次入选《中国优秀散文诗选》《中小学生每日一读》《散文选刊》《中国年度精短散文》《作家文摘》，您的佳作数十次在全国、省、总公司摘金夺银；您的散文《洛阳风韵》获中国散文学会、河南省作协举办的全国作家写洛阳大奖赛一等奖殊荣；您的散文集《心韵如歌》更是斩获了第八届中国铁路文学奖……

戊戌新岁，凯歌高奏。您用蘸满真情的笔墨洋洋洒洒撰写的两万余字、由十二篇散文组成的系列散文《回望故乡》，更是获得全国第八届冰心散文大奖殊荣！这呕心沥血之作更是您对故乡这片滚烫的热土崇拜感恩的一种最深沉、最真挚的诗意表达！

一路深深浅浅跋涉奋斗的光辉足迹，印证着您的文学创作水平已渐至高深之佳境。您当之无愧地荣膺中山文学院客座教授、洛阳市优秀专家等荣誉称号。

2015年，春林初盛，喜鹊登枝，您荣任洛阳市作协主席一职！值得一提的是，您是全国铁路战线上唯一一名在地方任职作协主席的铁路员工！为此，《人民铁道》报的“汽笛”专栏，用了一个整版的篇幅，讲述了您筑梦文学的精彩人生。

2016年的金秋，您从光阴的眉额上轻嗅着馥郁的果香。惠风和畅，您光荣地参加了中国作协第九次作家代表大会，亲耳聆听了习近平总书记的谆谆教诲，领受了他语重心长的文学嘱托！这一辉煌的历史性时刻，令您备感荣耀，终生难忘！

祖国的一山一水、一草一木、一景一物，时刻牵动着您炽热的赤子情怀，皆在您的笔下流淌着诗意和神韵。您的美文一篇接着一篇，您的好诗一首连着一首。您的诗作凝练空灵、唯美雅致，您的散文新颖晓畅、意蕴深刻。继第一部诗集之后，您的小说集《多梦时节》呱呱坠地，您的散文集《梦在远方》悄然问世……

屈指算来，至今您已出版诗集、散文集、中短篇小说集、短信文学集等文学专著达15部之多！

您从来不愿辜负作家和文学爱好者们的殷切希望，不愿辜负新时代的万千重托。2015年，由冰心题写刊名的《小百花》，在您的手上复刊。为了让这朵香溢神州的《小百花》开得更为耀眼迷人，您力排众议，屡出奇招，广受好评。

五载跋涉，公益讲座季季举办，年年出新，春风化雨，在学生和家长的心田里播撒下对未来的美好憧憬。在您的精心指导下，孩子们的一篇篇（首首）妙文好诗，在《小百花》的怀抱里破土发芽。至今，有的《小百花》作者甚至已经长成参天大树，惊艳神州！

今年是《小百花》的四十岁华诞，来自天南地北“小作家”们，在牡丹花都、龙门圣地、伊洛河畔成了最美好的时代风景……

新时代的高铁，承载着硕果累累的金秋，风驰电掣行进在流光溢彩的神州大地上。您深孚众望，再度凭借自己的踏实勤勉和过硬实力，问鼎郑州铁路作协主席岗位！面对如此盛事，您发出铿锵誓言：愿以绵薄之力，高擎文学之圣火，奖掖后进，拔擢新秀，托举起更多文坛骄子的五彩梦想！

时代总会眷顾奋进者！在新时代文学的火红旗帜引领下，在您的言传身教下，广大作家和文学爱好者将会以更加坚定的理想信念，以更加执着前行的不屈不挠精神，奋力耕耘时代沃土，激情播撒缤纷的梦想火种，让诗歌、散文、小说、童话等各类文学体裁在读者的心田上根深叶茂，倾吐芳华！

此情此景，不禁使人想起《诗经·卫风·淇澳》中的精言妙句：“瞻彼淇奥，绿竹猗猗。有匪君子，如切如磋，如琢如磨。瑟兮僩兮！赫兮咺兮！有匪君子，终不可谖兮！”

烟雨郝堂几多美

丙申年四月，我和好友第一次踏上河南信阳市郝堂村的水乡沃土，观赏这里的美丽乡村建设。迎接我们的是绵绵不绝的夏雨，当我们置身这烟雨笼罩的多情郝堂村，但见雨水淅淅沥沥不时亲吻着这方土地，目之所及，只见水塘一个紧挨一个，一幅江南水乡的美丽画卷映入眼帘。

真的没有想到，河南省还有这么好的“江南水乡”！我内心里不禁生发出几分自豪和惊喜。

信阳与南国的湖北省接壤。虽然地属中原，但是因为地理位置与江南毗连的缘故，于是郝堂村就出落成了一位“亭亭玉立的江南水乡女”模样了！

这里的水之多、水之美，实在令人眼界大开，让我们这些来自北方的“旱鸭子”，畅快领略了水乡的迷人魅力。尤其是他们因地制宜、错落有致的美丽乡村建设的别样手笔，更是可圈可点、亮点频出。

郝堂村的美，美在整洁有序上。在当代人的心目中，只有干净卫生的村庄才是最美的。村路依山沿河，路面是瓷实平整的碎石，雨水直接渗入地下。目之所及，沿途所见，村里村外不见一星一点的垃圾。村里没有蚊蝇飞舞，家里家外真是一尘不染。环境的净化美化，带来的是人心的凝聚和生活方式的彻底改变。如果是外来的驴友一不小心随手丢弃了垃圾，村民们不会大声训斥，而是默默上前主动捡拾，弄得那些不讲卫生的人面红耳赤，很是羞愧。净，赋予了郝堂村美的神韵！

郝堂村的美，美在绿树掩映的旧时风貌中。行走在郝堂村的角角落落，都有遮天蔽日的大树，把整个村庄笼罩在惬意醉人的绿色之下，让人整天尽情地呼吸氧气，聆听清脆的鸟鸣。这样的环境实在是怡情养性、美不胜收的好环境哦。更美的是，郝堂村一年中多有鲜花盛开，花香沁人心脾——春天，有骄人的映山红、紫云英迎着春风争奇斗艳；夏天，有“接天莲叶无穷碧”的荷花头顶烈日，倾吐芬芳；秋天，有“战地黄花分外香”的秋菊点燃季节，生机盎然；冬天，一棵棵百年老树伫立守候美丽村庄，郁郁葱葱，生机勃勃……

大家可以想见，其实，在好多年前，我们的乡村不就是这个样子嘛——远远望去，哪里是一片森林，哪里就是一个村庄，森林为每个村庄都穿上了一身绿意可人的衣裳，尽情地呼吸着人们倾吐出的二氧化碳；每个村庄都尽情舒展于绿树掩映的森林之中，拼命地吸吮着森林倾吐出的绿色氧气。这样的村庄模样，远远望去，颇具桃花源的淳朴诗意，引起人们无尽的美好遐想！更为难得的是，夏日，孩子们不出家门，就可以听到知了的叫声；晚上，还可以在家门口的树上，摸到“泥牛儿（知了的幼虫）”哦！

郝堂村的美，美在古色古香的村容村貌上。村子改造时，聪明的郝堂人没有一味地以新代旧，而是注意了对美的发掘与保留。村庄细致入微地美，都得到了应有的尊重。人们深知，千百年的漫长时日，祖先精心打造的村落布局，凝固了历史沧桑和邻里关系。石砌矮墙，草搭长亭，体现着村庄的肌理。雨水冲刷，让砖石变得温润，留下了时间的痕迹。置身郝堂村，我们不时会触碰到多年前温润的乡村记忆——你看，村里自然分布的民居房屋，随高就低，因势而建，显得错落有致，具有天然去雕饰的自然美神韵。更让人惊喜的是，豫南的狗头门楼、清水墙、用木头垛起的柴扉，依水而建的小桥，精心修葺的土坯房，一个比一个质朴，一个比一个有趣，古色古香，令人沉醉……

郝堂村的美，美在诗情画意的意境里。不信，你瞧，人在小院之中，就可以惬意地观赏到掩映农家小楼的青青翠竹。只见翠竹青翠欲滴，节节攀升，蓬勃向上，不禁使人想起苏东坡“宁可食无肉，不可居无竹”的诗句来。还可以尽情聆听环绕而过的淙淙溪流声，又使人想起毛泽东“到处莺歌燕舞，更有潺潺流水”的诗词名句来……

郝堂村，好美的乡村农家！你这样富有诗意，你这样质朴。

郝堂，好美……

故乡的中秋

我出生于二十世纪六十年代的豫西北农村，父母都是地道的农民。那时，由于物质的匮乏，中秋节是孩子们的奢望。

乡亲们常说："宁穷一年，不穷一节。"因为中秋节我们可以有五仁、枣泥的月饼香香甜甜，吃象征平安吉祥的苹果。还要再吃上一顿团圆的酸汤肉饺子，奢侈的还放上香油。能讲究的家还要炸油条、油角、麻糖等油食……这些美食都是孩子们盼望的稀罕物，是款待贵客的美味佳肴啊！在故乡，这些美好的吃食一律被孩子们称作"好东西"。同时，在中秋节这天，我们还可以停下手中的农活，早早收了工，歇上大半晌。当明月升上天空的时候，吃饱喝足的我们围坐在爷爷奶奶、父母身旁，开始听老人们讲述嫦娥奔月、吴刚伐桂的动人故事……这真是人间最美的享受啊！

在故乡还有这样一个习俗：每到中秋节前夕，都是娘瞧出门（嫁出去）闺女的好日子。娘家都要早早地买上月饼、苹果等美食，由母亲或者儿子送到闺女门上，期盼闺女在婆家能幸福美满。

我现居洛阳这座国际大都市，则过起了"中秋民俗文化节"！只可惜："人为过客，花是主人。"今年中秋节，月圆人难圆。就在我尽情徜徉之时，蓦然回首，父母双亲和大哥却都已经化为一抔黄土了！

洛阳美，牡丹香

“洛阳牡丹甲天下！”这是世间极致的华彩！

四月，季节被洛阳牡丹点燃！世界因洛阳牡丹的华美绽放而靓丽迷人、流光溢彩！

牡丹花都——大美洛阳因牡丹的风姿而享誉全球！引得人们蜂拥而至，趋之若骛！牡丹的亲和力、感染力、向心力充分彰显！

古代诗人咏叹牡丹的佳作俯拾皆是，今天的墨客歌颂牡丹的诗文更像牡丹一样，美不胜收！

四月伊始，牡丹以最靓丽迷人的身姿惊艳亮相；一时五月来临，牡丹展示最完美的形象后谢幕。那些铁杆粉丝们的心情，也由开始的惊喜连连，到最后的落寞哀叹，有些难以适应的。

2016 年 5 月 1 日早晨，柳杨置身西苑公园和牡丹广场，再赏牡丹芳容。激情难抑，禁不住一次次按下相机快门，把牡丹最后的倩影与风姿，定格成永恒的宫阙风景！

花开花落，浑然天成。牡丹闪亮登场固然可喜可贺，牡丹凋谢也大可不必感怀悲伤。因为牡丹的谢幕是为了积蓄更多的力量，为了明年更璀璨的美丽绽放！

让我们翘首以待：牡丹，明年春天，洛城再相会！

赏牡丹

——“东方诗词论坛·大河之南（河南）”各位版主之“一网打尽”

四月牡丹香，洛城荡诗情。

峻青待佳客，诗韵芳菁英！

我们何不来一次说走就走的旅行，去千年帝都一睹牡丹的芳容呢？

你问我是谁？我会悄悄告诉你，我的名字吗，可是大名鼎鼎的。不卖关子了，我叫“王国钦”，目前担任河南省诗词学会副会长。

走起吧！让我们来一次浪漫的诗意旅行。

我们打点行囊，“漫步长江”，沐浴着“晓柳春风来”，唱一曲“北地梅香”，把自己装扮成唐诗宋韵里的“邺下访客”吧！

我们谈笑风生地穿越“刘豫州”的“红暑地”，“含羞草”正对我们绽放着笑脸，让我们惬意地过一段诗意飘飞的慢时光吧！

“赤龙居士”妙趣横生地说起了自己昨晚做的“南柯一梦”，梦中他和诗人“桐荫居士”“恕堂宽夫”吟诗作对。他们闻着醉人的“淡淡梅花香”，站在“琴台望月”，看到“一朵祥云”携着“虚云子”，漂浮在蔚蓝的天际。“宛西风”荡漾心神，空中有“玉蝶”翩翩“快乐飞武（舞）”，诗人“卫宏胤”看到“紫薇”盛开。于是，他“闲庭漫步”，激情难抑，不禁唱起动人的“心歌”……

正在陶醉之时，“黄池樵客”突然慨叹一声：“真怪！本是人间四月天，怎么天气突然飘起了‘柳下雪’！”

只见人间四月天，突然“冰小曼”来袭！难怪有人慨叹，一半是海水，一半是火焰！这日子过得真叫是诗意满满哦！

谈笑间，不觉已到洛州地界。只见“花开洛阳，香飘五洲”的盛况实在动人心魄、精彩无限！国色天香名不虚传！在“花中之王”盛开的花丛中，不时闻听唐风宋韵秀出华彩来！

“郸下访客”（我们原来的首席版主哦）诗笔雄健，当即吟唱一首《浣溪沙·我家牡丹花开》：

仙子抱春柴院临，风摇云鬓入香襟。轻轻抖落一怀忱。

燕雀啾啾窥笑靥，露珠滴滴润芳心。飞来蝴蝶艳中寻。

那是谁家花容月貌的靓丽才女（乃我们的首席版主“玉蝶”诗姐是也）在吟唱七律——《贺“大河之南”版主洛阳之旅圆满结束》

身带余香意未休，回思兴处话萦楼。

王城贵客情融艳，洛水青山影带柔。

倚月席间吟妙句，扬歌春蚁润清喉。

钟声响彻天将晚，折柳相约在孟州。

又是哪位帅哥（那分明是“峻青”版主）在雅和“玉蝶”：

雅君寓目暗香稠，才女仙姿舞步悠。

阆苑娇春千色碧，牡丹丰韵百芳羞。

傍花随柳情融艳，倚月挟风影带柔。

梦锁蕃华牵浪漫，吟怀酒润把卿留。

最后一位出场的是风骨清奇的老者（那分明是“大河之南”顾问“晓柳春风来”）压轴吟唱:《西江月·依韵雅——和“郸下访客”》:

谁忆姚黄厄命，我思魏紫重生。

雄红华夏醉芳名，独立花群夸胜。

可醉鼠姑倾景，当悲花后衰情。

莫嫌富贵也凋零，转换春秋隽永！

这次春天相逢的牡丹之旅，吟唱着盛世的浩歌，激荡着古朴的唐风宋韵，一路走来，心旌摇曳，收获颇丰！

众人连声感叹：不虚此行！不虚此行……

（注：加双引号的均为“东方诗词论坛·大河之南（河南）”各位版主网名。）

清明，怀念我的二舅周林涛先生

人间的时光就是这样鬼使神差！二舅，您可曾想到，就在您去世多年之后的丁酉清明，天空飘落着泪雨，我却翻到了27年前为您创作的诗行。读着它，泪水再度涌出我的眼眶，再度打湿我的面庞……

您生在旧中国兵荒马乱的日子里，那颗幼小的心仿佛被油炸水煎，颠沛流离、度日如年，生活过得尤其艰难……

小时候为求学躲避战乱，您东奔西走，频忍饥寒。无论处境多么艰难，您都会如饥似渴地学习知识技能，掌握为人民服务的本领。后来，您应征成为人民空军的一员，驾驶战鹰在祖国的蓝天白云翱翔，逐梦人民当家做主的辉煌灿烂。

“打过长江去，解放全中国！”您和人民解放军战士一道，随大军南下。面对反动势力，勇敢亮剑，一往无前！

新中国诞生的喜庆礼炮，让您告别了军旅生涯，转业西北重镇兰州，加入了伟大祖国大建设的火热行列，续写人民富裕幸福的崭新诗篇！

当厂长您夙兴夜寐，脚踏实地，常常问良策于工人。为攻克生产难题，您常常从夜半熬到天亮。日夜操劳，积劳成疾，谁知刚过退休之年，您身体就每况愈下。有一天，竟轰然倒下，永远长眠于兰州这片您生活战斗的热土之上！

任凭儿女和至亲流着热泪千万声呼唤，却听不见您一句应答之言！

二妗子为您的离去捶胸顿足，儿女们为您的英年早逝哭红了双眸。亲人们的一声声挽留，却怎么也唤不回您老人家的暖人笑颜……

二舅建国后第一次重回故园小忆

老母亲时常向孩子们一遍遍地夸奖：二舅和二妗子那俩人可好哩！他们对家里人总是实实在在地好，从不掺半点水分……老父亲紧跟着在一旁竖起大拇指做着佐证。

二舅，作为您的外甥，我也感到无比自豪！因为，我们家竟然还出了这样一位“大人物”！当了空军，时常在蓝天翱翔。儿时的我每次在向小伙伴们吹嘘时，都要把您搬出。您仿佛就是我打败小伙伴们的“撒手锏”

可我想呀想，我是多么想见您一面！看一看我的二舅——看您的魁梧豪迈、您的英俊洒脱，您威震敌胆的模样。

终于，那是1980年的一个春天，春风和煦，喜鹊登枝。妈妈一大早就抽到了三根筷子。按照老家的习俗，妈妈预测道：今天咱们家要有贵人来！

果然，半晌时刻，阳光灿烂着，喜鹊叫着，春风奔跑着。忽然，有一位体态魁梧、神采奕奕、面带微笑的老人跨进了我家的篱笆院门。

我一时惊呆了！您是谁？

您没有回答，只是望着我笑！我心里特暖。

猛然，我突然开悟，激动地猜测道：您可是我日思夜念的二舅？您微笑着向我点点头……当我认定自己的判断无误时，就面对陌生而又亲切的您，激动地喊了一声：“二舅！”

您没有应答，依旧暖暖地对着我笑，笑得好甜好甜，笑得好暖好暖……此时此刻，阳光在笑，喜鹊在笑，春风在笑，故乡也在笑。这是我的人生最快乐的时刻哟，这是我的心灵最温暖的时刻！

我不敢怠慢，赶紧拔腿跑出门去。我要把这个从天而降的特大喜讯在第一时间告诉在大田做活的年迈的父母双亲！

听到您回乡的佳音，霎时间，母亲的脸笑成了一朵花；顷刻间，父亲的眼笑成了一条缝。只听父母双亲的嘴里禁不住喜声连连：太好了，太好了！这可是解放后你二舅第一次探家啊！

母亲喜不自禁地奔回家中，一见面就叫着您的小名，拉着您的手，左右端详，上下打量。你们坐下来，幸福地回忆起儿时的点点滴滴，说不尽左邻右舍的家长里短。你们亲密无间，促膝长谈，聊个没完……

阳光听醉了，喜鹊听醉了，春风听醉了，故乡听醉了——醉卧不起，酣畅淋漓！

您在家住了一个月光景，每天早上喜欢跑步打拳，完全不像年过六旬的老翁，仿佛还是意气风发的热血青年！

1981年的夏天，我考上了大学，您寄来一笔款，叮嘱我好好学习，孝敬父母，报效国家！

后来，您离休之后，再度回到老家。可是，不知何时，无情的病魔已经把您紧盯。也许您不太适应河南老家的水土，因为兰州那片土地早已渗入您的生命里。

忽然之间，您病得好重好重，赶紧住进了医院。在医院康复之后，您匆匆忙忙回到您倾洒过心血和汗水的兰州城。可是，有谁知道，您还没有操办完两个女儿的婚事，竟溘然长逝……

世事无常，哪知道这次别离故乡亲人，会成为您和我生命之中的永诀！

您去了！噩耗传来，全家人都沉浸在万分悲痛之中！谁敢相信这个突然降临的残酷现实……

二舅，你可知道？在党的十一届三中全会之后，母亲已不再贫穷！

家里不仅实现了“楼上楼下，电灯电话”的夙愿，在令人难熬的酷暑盛夏，还有“荷花”牌电风扇送来醉人的习习凉风。啤酒、汽水这些昔日的奢侈品，也成了常喝的饮料。父亲在一旁忍不住连声夸赞：改革开放的富民政策就是好！

不过，母亲和父亲又开始连声叹息：只可惜你二舅不在了，不能够亲眼看到咱家过上这样富裕幸福的好日子了……

二舅，您饱尝了旧社会的苦难辛酸，在五个儿女长大成人，日子日益红火的时候，您却悄然离开了人间……

为何世间竟会有这么多的缺憾？二舅，您走了！顷刻，二妗子的心已破碎，亲人们谁也不能温暖！因为二妗子实在承受不了这样没有您陪伴的日子！这突如其来的打击让二妗子天旋地转……

几十年患难与共的恩爱伴侣，霎时就这样活生生阴阳两隔！

二舅，请听您家外甥的最后一次呼唤！您这位37年的“老兰州”，最后长眠在了您付出汗水和生命的热土之上，您可以含笑九泉了！

您的小女儿，已经出落成了一位俊俏的大姑娘。在她回乡的日子，她又把兰州五姊妹富裕安康的福音带给了我们。

小文红的那一阵阵欢声笑语，温暖着故园的山山水水。故乡人那一声声亲切问候，荡漾着春天的感动与温暖……

让烂漫的文学梦想尽情奔流

——为《奔流》文学期刊60华诞而作

60年前，您的第一声啼哭，卷起了母亲河的滚滚波浪。一个大中原关于文学的梦想开始勾画放飞！

60载华彩岁月，您一如母亲河的模样，汩汩流淌，生生不息。流淌成散文之河、小说之河，五彩斑斓的诗歌之河……

奔流的河水，仿佛是一头头灵性十足的小鹿，冲撞着千万个钟爱您的儿女的心房！

您以母亲的宽广情怀，时刻以自己的心血浇灌着一棵棵渴盼成长的幼小禾苗，哺育着一代又一代的文人墨客追梦逐梦，成就光荣与梦想。

您以母亲永远慈爱的目光，注视着钟情有加的孩子们在七彩阳光下茁壮成长。让他们在中原文化厚重积淀的黄土地上汲取营养，扎根，发芽，生长，直至长成一棵棵浓荫蔽日的参天大树！只有倾听他们吟唱的心中之歌，您才会绽放出欣喜的笑颜！

20世纪60年代，我降生于王屋山这片土地之上。在那个物资匮乏的年代，幸运地拥有您的温馨陪伴，才让我枯燥的童年、少年溢满墨香。尽情徜徉在您精心营造的文学王国里，吸吮您甘甜的乳汁，文学的甘霖让我干涸的心田生长出梦想的花朵——“作家梦”的七彩憧憬，在我这位年幼农家子弟的心田里滋长！

您的生命曾遭遇寒流挫折，但您却从未停止梦想的追逐。您屏住呼吸，静观纷繁的社会世事，蓄积前行的伟大力量。

在读者们无限期盼的目光中，在作者们千呼万唤的呐喊里，就在习近平总书记全国文艺座谈会重要讲话发表的那一刻起，一缕晨光，打破了黎明前的暗。一群文学追梦人以超前的目光，挥动着时代的有力手臂，断然开启演绎文学激情梦想的闸门。于是，您又重新绽放出耀眼的光芒，璀璨夺目地在大中原精彩亮相！

您挟着激流涌动的黄河涛声，再度奏响《奔流》交响，演绎文学精彩！您的此次横空出世，再度聚焦了火热目光！在中国文坛，再度引发了一阵点赞的狂潮，刷爆了“朋友圈”。

您肩负时代责任，成就灿烂辉煌，无刻不在弘扬起时代的主旋律，无处不在传递着满满的社会正能量！

没有想到，真的没有想到，有缘总会再聚首！

那是 2016 年 10 月，喜从天降，我迎来一段堪称诗意芬芳的人生最快乐时光！

您和我在一个叫鹿鸣的地方相约。我近距离仰望您流光溢彩的模样，聆听您文学创作的教诲，领略您睿智深邃的目光，感悟文学的真谛，开掘文学的富矿，感受文学的磅礴力量！

从此，我打通了实现“作家梦”的最后一公里梗阻！

回到洛城，我创作的第一首诗作《2013 年，那一场燃烧的雪》，在国家一类文学网站——洛阳作家网的“河洛文苑”一经发表，立刻产生了轰动！文友们一阵阵惊呼：“柳杨先生的诗风大变样啦！这样的诗作新颖别致，读起来更有味道啦……”我知道，在这些褒奖的背后，是您教诲的强劲力量！

在您的精心哺育下，我的文学创作之路走得顺风顺水。此后，我的诗作《月季与红梅的对望》登上“中国诗歌网·河南频道”每日好诗榜单，并有 80 余首诗作入选“中国诗歌网”“河南诗人网”网络好诗，多篇诗文多次在全国斩获大奖！

尤其是我蘸着故乡的几缕月光写就的那篇散文——《故乡的中秋》，有幸被《光明日报》微信公众号于2017年10月6日向全国推送！喜讯传来，即刻受到洛阳市作协主席赵克红先生、洛阳市作协副秘书长赵向颖和众文友们的一致点赞和褒奖！

2017年，在文学创作的路上，我收获满满，捷报频传——在《济源日报》上，刊发两个专版，广受好评。

我的作家梦终于圆了！我有幸加入了洛阳市作家协会、洛阳诗词学会、河南省诗歌创作研究会等。

但是，我知道，艺无止境。文学创作没有最好，只有更好。文学创作永远在路上！

我深深懂得，自己在文学创作上的成绩只不过是一个新的起点，还有更精彩的文学梦想在远方等待着我去冲击、挑战、成就……

作精散文，写出彩诗歌，尝试小说写作，畅享快乐童话……让笔下的文学之花在河洛大地竞相绽放！我的《奔流》，我的导师！依靠您的鼎力相助，我才成就了作家梦想。我的《奔流》，我的导师！在以后的岁月里，有了您的陪伴，我的文学梦想之路将会走得更顺畅、更快捷、更精彩，更诗意流芳！

盼望着，盼望着，哪一天，我将再度投身您宽广而又温馨的怀抱，再演绎一段更烂漫的激情文学梦想……让烂漫的文学梦想尽情《奔流》，让灿烂的诗意之花再度绽放吧！

我相信，在未来的日子里，您会凝聚起更多颗文心，形成文坛上更加强劲的磅礴进取力量！

第五辑　艺文——佳作鉴赏

唯美诗行余音绕梁
——赵克红组诗《陌生人望我的眼神》赏析

2017年9月08日，洛阳《牡丹》文学杂志推出了洛阳市作协主席赵克红先生的组诗十首——《陌生人望我的眼神》。这组诗同时被《牡丹》文学杂志微信公众号第214期“牡丹诗歌”推送。

这组诗歌，每首都短小精悍，惜墨如金，但却首首都做到了意蕴深刻、醍醐灌顶，实属难得。有些句子让人禁不住热泪摇落，感人肺腑。现在，我们不妨来仔细欣赏一下。

一、《黄昏片断》赏析

在诗作《黄昏片断》里，诗人在第一小节写道：

这一定是最新的夕阳
那镶上天边的金丝带，也一定是
装饰技艺中最难解的细节
它们将会执意延伸至我接下来的
梦里。就在此刻——

古人早有“夕阳无限好，只是近黄昏”的惆怅和叹息。诗人别出心裁，伫立黄昏下，映入眼眸的是一轮美丽绝伦的夕阳，字里行间，彰显出诗人的雄心壮志——面对夕阳，面对黄昏，诗人没有半点懊丧之意，始终保持着那颗“奋发上进”的心！此情此景，激发出干事创业的豪情壮志！委实难能可贵，值得点赞！

紧接着，诗人又用了几个精心打造的词语，描摹了夕阳华美绽放的瑰丽色彩，没有一丝悲凉，反而充满了无限憧憬和无限诗意！真可谓字字珠玑，令人过目难忘。

在第二小节，诗人接着写道：

时光的快刀手，一再挥舞
但总有一些事物，因为迎接令人惊心的黑暗
而获得另外多出来的生命
看啊！大地上
受检阅的群山、树林，被饮入地平线的
悲壮的河流

这一小节，道出了时间的残酷无情。人们在岁月里纷纷老去，一个个生命悄然而逝。可是，诗人却没有停留在这个悲凉的层面上，而是笔锋一转，写出了“但总有一些事物／因为迎接令人惊心的黑暗／而获得另外多出来的生命”的一组警句！漫漫人生长路，有的人一生庸庸碌碌，百无聊赖；有人却华美绽放，书写精彩！毫无疑问，诗人就属于后者！我们不能不说，这些精短深邃的诗句，异常励志，令人激奋，是非常难得的佳句！

诗作的最后三句，写出了无论白天多么壮观的景物，也都会如“被饮入地平线的／悲壮的河流”不再光鲜。大自然尚且如此，更何况我们短暂的人生呢！暗喻在短暂的生命里，我们不应该碌碌无为，而应该奋发有为，书写人生的精彩华章，演奏出短暂生命的最美交响！

二、《走进书斋》赏析

在《走进书斋》里，诗人在第一小节里这样写道：

缩小的人
沉默的人
脆弱的人
都让他感到陌生
暗淡的灯光
摇曳的灯光
苍白的灯光，也都一样令灯台
自惭形秽
一切华丽的，都在
以灰暗的形态
隐匿于幽深的书本

名人说："书籍是人类进步的阶梯。"诗人用富有诗意的语言，对此做了有益的解读。人生状态，林林总总，形象各异；人生百味，苦辣酸甜，在所难免。在孤独的人生之旅上，如果有了书籍的陪伴，我们的生命就会增加厚重的底蕴，绽放出耀眼夺目的光华来！

历史的面孔，未来的路径
永远由一些文字掩饰着
像是一张药方里的
一粒粒相互对抗的力量——
"这些让我知道珍惜生命的东西"
总是不到最后时刻，没有人
能够识破

在诗歌的第二小节，诗人用富有哲理的语言，深入浅出地道出了生存的哲理和人生的奥秘。短暂的生命该怎样度过才能活出与众不同的精彩？

生命的奥秘，实在太过奇异！在“舍”与“得”之间，人人都不得不做出自己的人生抉择。但是，要做出正确的抉择，却并非易事！那么，在扑朔迷离的生命旅途上，我们究竟应该做出何种抉择呢？纵观古今中外的风流人物，他们的生存之道总是：

低调，低调，再低调些吧！奋斗、奋斗、再奋斗吧！

其实，这又何尝不是诗人自己的为人为文之道呢？此种人生境界，实属难得！

在历史的长河中，有不少曾经引人瞩目的“明星”，黯然陨落。也有众多的风流人物却写下了“病树前头万木春”的壮歌，令人击节赞赏，肃然起敬！此情此景，不能不引起我们的深思！

三、《浣衣女》赏析

在诗作《浣衣女》里，诗人这样写道：

面目清秀的倒影
让湖水终于平复了
一个夏天的浮躁。垂柳还是
老样子，被风一吹
心事就荡进那些酸诗软词中去了
河岸更是弯弯曲曲的老套，长满了
唐宋元明清的绿苔和水锈
只有细腻白皙的手，不停撩起
二十一世纪的水声
哗哗，哗哗
修饰着一个从不示人的，梦

纵观全诗，虽然只有寥寥数语，却是诗意满满，流光溢彩！

诗人用自己最清丽的诗意笔触，生动形象地刻画出了在乡村河边洗衣的一位靓丽女子的光彩和神韵，实在不能不令人拍案叫绝！你看，她“面目清秀的倒影／让湖水终于平复了／一个夏天的浮躁”。三言两语，就勾勒出了这位乡村浣衣女的清丽脱俗之态，令人过目难忘。

为了不落俗套，不步前人后尘，诗人凭借过人的实力和超人的眼光，大胆出新，竟然写出了垂柳“被风一吹／心事就荡进那些酸诗软词中去了”！在众人心目中美不胜收的柳树，此时却黯然失色。其实，这是诗人写诗的一个技巧，是在用柳树反衬浣衣女之美。不能不说，这是灵感迸发的一处妙笔！

接下来，诗人对河岸并没有过多着墨，而是笔锋一转，说它“长满了／唐宋元明清的绿苔和水锈”。诗人巧妙避开了对河岸风景的描摹，而是集中笔力，描摹浣衣女的美丽动人：“只有细腻白皙的手／不停撩起／二十一世纪的水声／哗哗／哗哗／修饰着一个从不示人的／梦”。

“绿苔和水锈”是唐宋元明清的，一位农家女的“梦”却是21世纪的！诗人用生动形象的笔触，不染风尘、清丽婉约、富有诗意地道出了我们这个伟大时代的伟大之处：人人皆有梦，人人皆能逐梦，只要好学上进，勤奋努力，人人皆可圆梦！

因为，我们遇到了实现中华民族伟大复兴的好时代，有梦能圆的好时代！

四、《洛阳四月》赏析

在《洛阳四月》里，诗人写道：

弃车步行，进王城大道

过唐宫路

一座城市的日子已太过拥挤

在四月，歌声跨不过隋唐城
牡丹，翻找着最惊艳的语言
在百姓的眼睛里，翻译
千百年过往的悲喜
骑在骆驼背上的岁月，掉着唐三彩的土渣，
而时光之手
不住擦拭周天子的车驾
伊河一到龙门，念佛经的石头就醉了
一片树叶的灵魂
轮回青翠在福王府门前
我与远来的朋友，手执“洛阳铲”
早出晚归，淘不尽故土洛阳的风华

贵为十三朝帝都的洛阳究竟有多么丰厚的文化底蕴啊，要在一首诗里写尽几乎是不可能的！要在15行的短章予以高度概括，更不可能！但是,诗人却用他那娴熟的笔法,对此做出了完全相反的回答！

诗人以自己对洛阳文化熟稔的特长，以自己对诗歌的驾驭能力，仅用15句，就对洛阳的风华做了最为精准、精当的概括，并且此中不乏动人的佳句。

读罢诗人的佳章，我们不仅连连赞叹：洛阳，真美！您不仅古朴沧桑，有着世人赞不绝口的“绝代风华”，而且今天的古都洛阳，已经插上了一双腾飞的翅膀！我们的人民,正在追逐梦想！可以预见，这个梦想近在咫尺，已经触手可及、呼之欲出啦！

如果不是这样，诗人怎会写出这样的妙章呢？

五、《梦里故乡》赏析

在《梦里故乡》里，诗人在第一小节里写道：

“一步即成乡愁”

而我远离你，已不知

多少山水

古人吟诗讲究炼字炼句，诗人又何尝不是如此呢？从诗作的字里行间，在诗人的真情吟唱中，我们已经深深体味到，在诗人的灵魂深处，一直隐藏着一个暖人的故乡，给诗人以向上的力量，给诗人以美好的人生憧憬！读着诗人笔下《洛阳四月》里的遥远深情的故乡，笔者流下了滚烫的热泪！

你看，在第一小节，诗人三言两语，惜墨如金，却是句句触动了思乡人“月是故乡明，人是故乡亲”的真挚情怀！

笔者曾经记得，有一首诗这样写道：距离越远，思念愈切。诗人笔底生情，情真意切，情情相连，动人心弦！并且诗人别出心裁，欲扬先抑。这样的笔法，更能衬托出诗人对故乡浓烈的思念之情，颇具那首流行歌曲《我的中国心》之神韵！

田野在一张张宣纸上

凝固成了愈加浓郁的墨色

而梦里亲切的村庄，则都

消融在越来越凉的

月光里

在诗作的第二小节里，诗人用他那饱蘸感情的浓重笔墨，进一步渲染了对故乡的浓烈思念之情！故乡那备感亲切的田野，只能画在雪白的宣纸上，却不能时常亲近，多少无奈尽在不言之中！“梦里亲切的村庄”，也只能“消融在越来越凉的 / 月光里”。故乡，那里有我们儿时的玩伴,那里有我们儿时在田野上和村庄里洒下的欢声笑语，那里更有我们儿时的五彩憧憬和斑斓梦想！

可是，人生总是这样，在逐梦圆梦的路上，往往有尴尬和遗憾。于是，故乡就成了我们人生旅途上最美好的牵挂！

遥想燕子返乡，再也寻不到
当初窗下读书的少年
只有一支柳笛，挂在泥墙上
回味着青涩的旋律

诗人在第三小节，用清丽暖人的笔触，用燕子这一熟悉而又美好的诗歌意象，用富有诗意的浪漫语言，刻画出了一位栩栩如生的农家少年。只见他站在故乡的春风里，吹着刚刚从柳树上折下来的柳笛，奏响着美好的生活，放飞着心中那个五彩的遥远梦想！这一动人惬意时刻，该是多么美妙呀！

笔者与诗人属于同龄人，并且都来自农村，都曾经品尝过生活的酸甜苦辣。我们儿时的生活，虽然有几分清贫，但是更有梦想在心中激荡！

诗人在故乡的少年时光，虽然有着清贫的底色，但同时也写满了浪漫的诗意，也放飞着少年五彩斑斓的梦想！那段流光溢彩的岁月，是少年的一个梦境，是一段惬意可人的幸福时光，多么荡人心魄、暖人肺腑，是多么令人留恋回望呀！

可能正是唯美故乡的时时激励，可能正是清纯童年的憧憬和向往，才成就了诗人的今天，成就了诗人的梦想！

六、《白天鹅》赏析

让我们再来拜读一下诗人笔下的《白天鹅》吧：

一朵白云的灵魂
出窍了。一朵
生了凡心的白云，它想要
栖息于
我的胸口——

那里，正有微波荡起

白天鹅唯美而高雅、高贵的形象，在诗人三言两语的描绘中，跃然纸上，美到极致！

你看，白天鹅是“白云的灵魂”。蓝天白云历来是人们称颂的对象，那是美的化身，那是美的意象。白天鹅却成了她的“灵魂”，是白云之美浓缩的精华，是不是已经美到了极致？这样的大美、唯美神韵，怎不令人击节赞赏呢！

诗人在最后几句里，用充满诗意的笔触，近一步继续刻画白天鹅的唯美形象。夸赞它是“生了凡心的白云，它想要/栖息于/我的胸口”。诗人只用寥寥数语，就刻画出了白天鹅的神圣高洁之美！遇到如此大美的“神物”，只可远观而不可亵玩，哪位诗人能不发自肺腑地引吭高歌呢？于是，就有了结束句：“那里，正有微波荡起。”

“言已尽而意无穷。”在诗歌的结尾，诗人依旧惜墨如金，仅用一句点睛之语，就刻画出了白天鹅的大美之态！

可谓余音绕梁，令人难忘！

七、《无名花》赏析

诗人在诗作《无名花》里写道：

无名花，开在小溪边
开在大道旁，开在
远离小区门口的地方

无名花，蒙着
一层无名的碎屑
不知是花粉，还是
微尘

不知它们是什么时候

长出的叶片，什么时候开的花

不知什么时候，它们

对自己的美，有了如此动人的概括

每一次，它们望我的眼神

都仿佛陌生人望我的眼神

这组诗诗人以《陌生人望我的眼神》命题，可谓用心良苦。诗人笔下这些“无名花”的意象，其实就是我们生活中的芸芸众生。在茫茫人海里，偶然相遇，却转瞬即逝，再也难以寻觅到他（她）的踪影。但是，在他们身上，却都闪烁着自己的人生光华！这种美，悄然绽放，由于少人关注，无人赞赏，却又悄然隐匿在岁月的泥土里！

其实，人生就是如此。在生命长河中，绝大多数人本来都是一朵普通的浪花，并不引人注目。对此，我们不必埋怨生活的不公，我们不必指责生活的冷酷，我们只需要竭心尽力做最好的自己，绽放出自己生命旅途上最烂漫的花朵即可！

致敬！无名花！

致敬，那些可爱的芸芸众生！

正是你们的存在，正是你们绽放的无尽之美，才让我们的社会变得五光十色、充满活力，才让我们感受到了“春深似海”的精彩世界！

八、《丰碑》赏析

诗人在《丰碑》里这样写道：

用巨椽之笔，蘸

清白交融的墨

挥洒汉代的云
蘸金火的语言，渲染
唐朝的霞

用清风推动，人间真情
饱满的颗粒
天地铺设，千百年来
人类最丰盛的宴席

用万众一心的功力
用沙砾，用砖坯
用钢筋水泥
用历史回首的意味
齐步迈向地平线的士气

垫高一块基石
提纯一丝希望的绿
摇动高粱酒里祖传的月亮
抡一条名曰华夏的胳膊
雕塑理想的形状

在这首诗里，诗人用高超的写诗技巧，用华美的诗歌语言，提纯了“中国梦”的精髓。

可不是吗？在实现“中国梦”的路上，我们不能忘记“中国从何处来”的文化血脉和大树之根。我们应该呵护自己的家园里的文化珍宝——经典国粹，从中不断汲取前进的力量，以便激发我们披荆斩棘、勇往直前的豪情壮志！

当然，我们也应该以开放的眼光、兼容并蓄的胸怀、团结一心的力量，“垫高一块基石 / 提纯一丝希望的绿 / 摇动高粱酒里祖传的月亮 / 抡一条名曰华夏的胳膊 / 雕塑理想的形状”。

在实现辉煌灿烂“中国梦”这个波澜壮阔的伟大征程上，我们无疑要付出常人难以想象的心血、汗水和艰辛，更需要汇聚起万众团结一心的磅礴力量，同舟共济，凝心聚力，写下实现中华民族伟大复兴的瑰丽华章！

九、《霸王泪》赏析

诗人在《霸王泪》里这样写道：

泪，从一个英雄的眼角
被死命剔出来
泪，从乌江无边的波浪里站起
成为四面楚歌里最后的韵律
泪，是一名叫虞姬的女子，在琴弦的
崩裂里
香消玉殒
泪，冲洗着江东父老，冲洗着
楚人的灵魂
泪，在忠义侍从的面前
被饮入，历史之刃

历史上曾经有一位“力拔山兮气盖世”的盖世英雄，发生了“四面楚歌”的悲壮故事。这一故事在中国几乎是妇孺皆知、耳熟能详的。这个故事流传至今还为人们所津津乐道。这位盖世英雄，就是大名鼎鼎的楚霸王——项羽。

古代词人李清照曾经写下了这样的诗作名句：“至今思项羽，不肯过江东！”简简单单的两句话却胜过千言万语，刻画出了楚霸王宁折不弯的英雄气概，令人唏嘘慨叹至今！

就是这样一位英雄，在今天该如何用一首诗作来刻画？诗人以自己独特的眼光、独特的思考、独特的诗歌语言，别出心裁写出了与众不同的《霸王泪》这首优秀佳作！

在诗作的字里行间，诗人充满了对楚霸王英雄豪气的赞美。在用心提炼的诗句中，总是言简意赅、用语精准。纵观全诗，不落古人窠臼，不落今人俗套。此种创作态度和技巧，难能可贵，令人赞赏！

十、《焚信》赏析

诗人在《焚信》里这样写道：

曾经环绕两个身影的柳树
此刻，长满那么多
讥讽的眼睛
曾经为热吻亲切鼓掌的
树叶，此刻不停交头接耳
发出嘲弄的笑声

耳边的风，重复着
一些词语
重复着一些词语边缘上
分岔的光
脚下的路，重复着
生活的线条
重复着生活清晰的
指示箭头

而纸张上的白色
多么容易
染上烟尘
纸张里的过往
也会在一朵火焰上化为乌有

如果不是看诗歌的标题《焚信》，还很难读出这是一首爱情诗。诗作里用两棵柳树作为诗歌的意象，写的是一对生活中的夫妻由于感情不和黯然分手的故事。话题未免有些沉重，诗人却用自己的看法，通过诗歌的语言，进行了富有生活哲理地深刻阐释。

相爱（无论何种原因），总是难分难舍，“一日不见如隔三秋。”结婚后，由于生活的交集，由于对各种问题看法的不一致，也由于各种各样的因素，爱的感情逐渐退潮。此时此刻，可能看到的更多的是对方的缺点和不足，于是婚姻就走到了“天涯海角”。

婚姻可以结束，爱情可以终了，但是我们不能把仇怨留在人间，更不应该把仇怨留给无辜的儿女和亲人们。分手了，让我们对对方道一句希望“你过得比我好”的真心祝福！

让我们每一个人都用自己的一颗善良的心，为我们本就不易的人生着一抹亮色，着一抹希望！正如一首歌里唱的那样：“只要人人都献出一点爱，世界将变成美好的人间。”朋友，为了我们曾经山盟海誓的爱情誓言，为了我们曾经有过的生命交集，为了我们的孩子和亲人们，即使分手了，也应该向对方道一声真诚的祝福！

广而言之，在漫漫的生命历程中，让我们忘记那些曾经给自己折磨的人和事，多记得别人的好，多做些“滴水之恩当涌泉相报”的和善之事！让有限的生命过得更加轻松愉悦！这样，生命岂不更美？人生岂不更加精彩？

在赵克红先生的这十首诗里，涉及题材非常广泛，包括自然、风物、读书、生活、故乡、爱情、历史等各个方面，直接触及了“中国梦”这一重大的时代主题。但是，无论何种题材，诗人却总是能够驾轻就熟、游刃有余地予以刻画，惜墨如金、充满哲思，耐人咀嚼、令人回味。同时，每首都能够做到诗味十足，流溢美感，达到陶冶情操、抚慰心灵的目的。

从中，我们也读懂了现代诗的写作技巧：凝练简短的语言特色，跳跃性的诗歌架构、新颖别致的立意和诗意语言。现代诗忌冗长，忌老套、忌枯燥、忌空洞！

赏读赵克红先生的组诗《陌生人望我的眼神》，仍是唇齿含香，余音绕梁，真有相见恨晚之感动！

情之真，心之静，笔之翘，梦之远

——品读洛阳市作协主席赵克红先生的散文集《梦在远方》

一

今年春天，笔者有幸得到了洛阳市作协主席赵克红先生赠阅的新作——散文集《梦在远方》，就开始了如饥似渴的阅读——在市内公交车上，在远行的大巴上、火车上……更多的是华灯亮起之时，或者是凌晨醒来之际，放一杯热开水，静卧床头，开启一段名副其实的美好夜读时光。夜深人静，有月光的朗照，有星星的陪伴，让静静的时光在优美的散文中穿越，走进作者广阔而又斑斓的文学世界，感受作者对美好生活的炽热情怀，倾听他睿智友好的人生忠告，受到不少人生启迪和文学教益。同时，作为一位热爱文学的基层作者，在一篇篇佳作的诵读中，笔者也领略到了写作成功之奥秘。

一气品读之后，书中那一篇篇美文，宛如杜康窖藏佳酿启封，酒香扑鼻，饮之则陶醉其中，难以自拔。

不禁感叹：一篇篇散文，一篇篇生活的积淀、人生的感悟，无不流溢着精彩之光，洋溢着真性情，彰显出大情怀！深厚的文化积淀、精深的文学底蕴，纵横捭阖，不愧为大家手笔！大有美不胜收、过目难忘之感。

赵克红先生的情之真、心之静、笔之翘、梦之远，都令人击节赞赏。作者凭借这本集子中的散文《回望故乡》斩获了“2017年度冰心散文单篇大奖”，成为获此奖的洛阳文坛第一人！

二

情之真。读罢赵克红先生的散文集，更坚定了笔者这样的写作信念：如果没有一腔真情，是写不出读者爱读的好作品的！让脚步自由行走，让思想自由翱翔，让文笔自由挥洒。在赵克红先生笔下，一篇篇佳作，说古论今，徜徉自然，畅叙文人与酒的未了情怀，畅叙人与自然和谐相处的美妙之趣，畅叙人间真性情。歌吟人生的大情怀，字里行间，尽情抒怀！心有灵犀，有时让人捧腹，酣畅大笑；有时令人拍案，佳作妙语笔底流出；有时让人会心一笑，打通彼此的心灵通道；有时笔底波澜，震撼人心，惊叹世事多艰！生活总是处于崎岖回环之中难以取直，关键时刻，还是看我们如何定夺，怎样抉择！

在《回望故乡》与《何处是故乡》等十数篇有关故乡的暖人文字中，作者以真挚的情感、诗意的笔触，勾画了故乡儿时的大美，表达了作者对故园的深深眷恋，对父老乡亲的一往情深。作者这样写道：

故乡，对浪迹天涯的游子来说，是用来怀念的。尽管这些人中不乏春风得意、风光无限者，但仍禁不住会回望故乡，回望过去那些或青涩晦暗或甜蜜忧伤的童年；回望以往那段魂牵梦萦却永远无法回归的岁月；回望那片山水，那块安宁的土地，以及土地上生活着的人们。这抑或也是对于心灵的一种慰藉，即便不能站在故乡的土地上，也要让心灵以另一种方式回归故土。或许，这就是中国人自古以来就根深蒂固的乡土情结吧！

故乡，是我成长的摇篮，漂泊的终点，在记忆中永远不会褪色的地方，而如今，我却只有靠回忆的方式才能抵达童年时的故乡。儿时，记忆最深的是村庄夏日的黄昏。每年放暑假，队里便会安排我和另一个同学，去村西边照料那片一眼望不到边的谷子地，其目的是为了防止成群的麻雀来偷食。起初，我们制作了不少稻草人之类的东西插在地里，可时间一长，便被麻雀识破了。因此一见到麻雀朝谷子地里飞来，我们便会扯开嗓子呼喊，或是拉开弹弓，去驱逐麻雀的侵扰。直到落日熔金时分，我们才会回到村里。

记忆犹新的总是那一次次在黄昏中的行走，夕阳的光芒洒满了村庄的每个罅隙，彩霞像熔化了的黄金一般从天上缓慢而粘稠地滴落，奇异而灿烂的光芒笼罩着村庄里低矮的屋顶，仿佛在给村庄镶一层金边。在我的家乡，只要你放慢脚步留意身边，那情景几乎在每个夏日的晴天都能见到。

一天天，我曾无数次目睹过村庄的黄昏，那耀眼的云霞，那种金色交织着橙色、红色、紫色种种色彩的云霞，像彩帛承托并缭绕着火球般的落日，急速地向暮色中的树林坠去，使我每每感到大自然的神奇魅力。

在作者的笔下，儿时的故园已经美到了极致！鸟雀狡黠，落日熔金，村庄的每个角落都洒满晚霞的光芒。于是，祖祖辈辈居住的村庄就有了几分神圣和庄严、唯美和多情，几分热爱和眷恋。

仔细想来，的确如此。作者的童年时期正是农业生产时代，环境是没有工业污染的。因此，那时的广袤田园，正是天蓝水碧、风轻云淡、小溪奔腾、鸟儿欢歌，人与自然和谐相处。放眼望去，一片希望的田野上，到处都是田园牧歌式的天然美景，云卷云舒——“稻花香里说丰年，听取蛙声一片”，无论走到哪里，都是绿水青山。

再拿《诗人与酒》一文为例，赵克红以男子汉的真性情，历数古往今来爱酒的文人墨客的种种趣事。他们之中，不少才子佳人嗜酒如命，酒后写诗，诗中有酒，诗酒浑然一体。这些杰出的诗人们以卓越的诗词创作成就，确立了自己在中国文学史上光彩夺目的地位，佳作汗牛充栋，因而青史留名，代代相传。

“李白斗酒诗百篇”的故事妇孺皆知。他常常酒后赋诗，诗中带着酒香，备受人们喜爱。诗作常常不愿接受平仄格律的束缚，喜好天马行空，诗意驰骋天地之间。无人不称颂，流传千古，博得“诗仙”之雅号，名扬中外，受人仰视！

杜甫常常也是饮酒写好诗，为子孙后代留下不少名篇佳作。杜子美更是与李白因诗结缘，因酒成友。忧国忧民，为民请命。诗歌创作成就，众人莫不称赞！诗歌创作秘诀，一言以蔽之——“语不惊人死不休”！此言一出，迅即成为诗歌创作的经典语录，至今仍被人们沿用和称道！

连大名鼎鼎的北宋女词人李清照也爱时常喝上两杯，让红晕飞上面颊，让小舟误入荷塘，为诗情插上飞翔的翅膀。“兴尽晚回舟，误入藕花深处。争渡，争渡，惊起一滩鸥鹭。”撰写靓丽佳词，可谓信手拈来、浑然天成、妙趣横生，流芳至今。

赵克红先生的真性情，并不是只表现在对别人的议论上。即使说起自己来，也是直言相告，毫不避讳的。此情此景，实在令人心生敬佩！文中讲述，他自己也是一位爱酒之士，常与文坛高朋雅聚小酌，饮上两口，畅聊神侃，倒也生出无限情趣。对作者来说，可谓是爱酒与爱诗、爱文并驾齐驱，诗文与美酒相映生辉，相得益彰。

说起喝酒，我亦如此，常爱喝上两口，放飞心情，飞扬文笔。灵感不期而至，心底之美文好诗汩汩涌出。

如此说来，美酒美诗美文，历来因酒而生，与酒结下不解之缘。诗酒辉映成趣，传世佳作频频诞生。

这样不染一丝尘埃的率真性情，一直在赵克红的文集里流淌着，时时叩击着读者的心扉。作者以春风化雨式的娴静，悄悄点燃了我们对生活的火热情愫。作者的第一部诗集之所以取名《燃烧的情愫》，想必与此有关吧！

三

心之静。时下，面对滚滚红尘，面对诸多诱惑，赵克红却能放下名利困扰，心静如水，依然保持那颗不染尘埃的心，从来不愿被裹挟绑架，不做流俗之人。融入自然，皈依山水，心有灵韵，笔蕴真情，伏案描摹，一泻千里。

作者不仅感悟生活，而且还崇尚真情，向广大读者传递出更多的人生正能量，让广大读者从中感受到了生活的摇曳多姿、缤纷多彩。

集子的首篇佳作《在聆听自然的心跳》，就表达了作者的心之静。心静的程度出乎意料——竟然静到了能够聆听大自然心跳的地步：

高山流水、草木植被、风霜雨雪、日月星辰……这些自然万物在人们眼中看似平常却独具魅力。大自然的气息，有一种沁人心脾的芳香，充溢着一种浓浓的生命气息，当你静静地走进自然，你将会发现你与自然的交流是那么亲切、那么融洽、那么默契、那么心有灵犀。此刻，你皲裂干渴的心，便会在与自然的交流中得到一种净化、一种滋润。

早在先秦时期，大自然即成为人类无可替代的精神载体和吟诵对象，“美人如诗，草木如织。”《诗经》中，植物、河流、牛羊这些题材和物象占据着大量篇幅，走进《诗经》，便会一步步沉浸到诗性和生灵自然的对话与交融当中……陶渊明、王维、李白、苏轼等历代诗人，他们俱游于名山大川，相伴于禽鸟鱼石，乐趣于理荒种豆，深深地融入自然万物的怀抱。大自然成为激发他们创作的源泉，他们的作品无不充盈着自然的鲜活气息。

赵克红先生分外钟情旅游，或行走于大漠风沙，或行走于草原云雨，或行走于山地幽谷，或行走于名胜古迹。无论身处何地，他总能用心性去叩问花草的诗语，用灵魂去阅读云朵的浪漫舒展，用睿智的目光去审视每一串脚印的来龙去脉，用思维的灵光去思考每一次远足的意义。在游走之中，他除了对风花雪月的吟咏之外，更有对自然之美的激赏；有山水的闲适，更有对人性物理对应关系、因果互化的深刻诠释。于是，在他的笔下，旅游就有了哲学的深度，就有了生命的意义。“他笔下的花草，就有了带芽的思想，有了含春的蓬勃。他在游走中看到的风景，就成为飘梦的云朵、诵禅的风语。”（郭瑞民语）

在《会飞的花朵》一文中，作者别出心裁地写道：

早听说栾川县境内有个蝴蝶谷，谷内蝴蝶翩翩，秀丽迷人，因此便期盼着有一天能投入梁祝爱的天地，领略化蝶后爱的温馨与凄美。

蝴蝶，是一种移动的花朵……在这里，一不留神你便会深陷在蝴蝶编织的梦幻里。成群结队的蝴蝶舞姿优美，它们是天生的舞蹈家，让你眼花缭乱，目不暇接，不知道该去欣赏其中的哪一只了。每一只蝴蝶都是会飞的花朵，在我的眼前美丽地绽放着、摇曳着，那单薄的翼，如透明的心事在阳光下闪烁着……

作者静心观察，仔细描摹，笔底闪烁灵光。霎时，蝴蝶俨然成了会飞的花朵。与蝴蝶对视，融入自然，放牧疲惫的身心，怎能不令人沉醉，忘记归途？

这样的山水佳作，俯拾皆是。我们跟随作者的脚步，徜徉于大自然的山山水水之间，《聆听自然的心跳》，感受尊重自然、天人合一的重要和可贵。迈步西塘古镇，内敛而又不张扬的内在美跃然纸上；登临千古鹳雀楼，兀自默然不语深邃思考，独具哲人的神采；徜徉于栾川鸡冠洞内，流光溢彩的“北国第一洞”令人沉醉，这里的岩石内蕴着一颗奔突的心，竟然道出了惊人之妙语……在作者优美灵动的文字里，读者充分感受到了人与大自然和谐相处的真谛与奥妙。

事实证明，只有尊重大自然、热爱大自然，我们才会拥有更加美好的世界；我们才能避免呼吸不适之苦，时常享有吸氧洗肺之幸。让我们以及后代子孙们可徜徉于青山绿水之间，活得健康而又愉悦，心情舒展而又舒畅，精神自由奔放而又酣畅淋漓。人生就应该做自己最想做的事，成就最好的自己！

作者静心静意演绎着静能生慧的优美故事，传递着唯美安静的人生画面。一篇篇文字在娓娓道来之间，缓缓流淌，让我们感受到了安静之美。曾有一句与安静有关的名言，铭刻于心："你若安好，便是晴天。"安好，就是人们追求的一种人生境界。

四

笔之翘。赵克红先生的文笔不愧是大家手笔！钟情他的散文，揣度他的思想，常会情不自禁地从心底生出这样的感慨！你看，赵克红先生的一支秀笔，写尽了自然之美，让我们感受到了祖国江山之华彩；赵克红先生的一支秀笔，写尽了人性之美，让我们感受到了社会的温暖之爱；赵克红先生的一支秀笔，品评书画名家名作，探秘成功之路，缤纷五彩、可圈可点。

作者在《是真名士自风流》一文中写道：

画，乃一人之本真，是画家内心精神和文化的表达载体。而一位优秀的画家就像一座高山，在艺术的风景线上高高矗立。索铁生先生就是这样一位令人仰慕的画家。

索铁生先生自由酷爱绘画，在他成长的道路上布满了艰辛，也洒满了他的心血和汗水。他用这心血和汗水，浇灌出了璀璨夺目的艺术之花。他艺术素养很高，创作成果颇丰，曾在各种大赛中摘金夺银。他主攻花鸟，工写兼善，同时书法、篆刻也颇见功底，这在画家中是极为罕见的。他广取博纳，虚心向学，遍访名师，曾得到霍春阳、刘保申等名家的真传。这为他日后驰骋画坛打下了坚实基础。

作者开门见山，向读者勾画出了一位成功画家的辛勤付出和成功之道。古往今来，文学艺术创作的成功之路向来没有捷径可走。如不挥洒汗水付出心血，就不会收获丰硕的成果！此种观点再次在著名画家索铁生先生的身上得到了证明。

赵克红先生的佳作《古都洛阳诗歌传统现状与未来》一文，厚重稳健的笔力、耐人品咂的学养，娓娓道出洛阳作为中国唯一的十三朝古都有着厚重的文化积淀，曹氏父子流传千古的诗作和“建安七子”的建安风骨都属此列。斯人已去，但是他们留下的文学遗产散发出的馥郁芬芳的气息历久弥香，宛若窖藏杜康，醉了多少文人墨客的诗笔，荡涤了多少尘埃喧嚣！

“问渠哪得清如许，为有源头活水来。”这个源头不是别处，就是我们中华民族源远流长的国学文化经典，就是生他养他的洛阳这文韵深厚的千年帝都。我们的伟大祖先创立的文化经典，才是我们的文化根脉之所在，才是我们的生存血脉之所系。

在《玉在心中》《茶缘》《品茶与养壶》《说“酒”》等篇章中，一篇篇优美深邃的散文佳作扑面而来。作者通过优美的文笔、炽热的情怀，向我们灵魂深处播撒了关于玉石、茶、酒等的深厚而又广博的文化知识。让我们在工作之余拥有了更加多彩健康的业余爱好，窥见了人生更多的美妙雅趣，足见作者平素兴趣爱好的多样和广泛。

赵克红用他手中的那支翘笔，绘出了自然之美的画卷、生活之美的画卷、崇德向善的画卷。在赵克红先生的诗意跌宕的笔下，我们的生活活色生香、流光溢彩。

五

梦之远。赵克红先生出身书香门第，生于农村。父亲是一位设计铁道的高级工程师，却远在他乡，一年才能回家一趟，母亲是一位知识女性，为了养育子女，主动辞去工作。在20世纪60年代，物质匮乏，文化生活单调。但是，年幼的作者却唯独钟情于那支挂在墙头的柳笛。在繁重体力劳动后的闲暇里，邀几位儿时的伙伴，在田间地头，在农舍小屋，时常吹奏。倾听着那管柳笛里流出的悠扬可人的美妙声音，这位农家子弟幼小的心灵生长出翅膀……

于是，在一位乡村孩童的心底，生成了一个绮丽的梦想。这个梦就是“作家梦”“文学梦”——瑰丽多彩的人生之梦。从生成的那一刻起，这个梦就开始展翅飞翔，越飞越高，飞向远方……

在赵克红的笔下，不仅展示了瑰丽多彩的生活，而且向广大读者展示了有梦的人是幸福的，追梦的人生是精彩的。只有好梦能圆，才是人生的最大成就！

回首往事，其实人生有梦就很幸福。追梦的历程本已精彩，即使实现不了，也无怨无悔，值得称道。

在这个实现伟大“中国梦”的崭新时代，对于我们每个人来说，精彩的梦想在等待着我们去追逐！中华民族伟大复兴的“中国梦”已是母腹中躁动的婴儿，惊喜可期；已是浩渺无际的海洋上那艘巨轮上矗立的桅杆，从天边一路驶来，渐行渐近，触手可及。一艘光芒四射的中华巨轮，承载着我们对美好幸福生活的憧憬，劈波斩浪，汽笛长鸣，躲过暗礁，正向新时代器宇轩昂地驶来！

作者在《人生因梦想而精彩》一文中深刻阐释了对“中国梦”的深刻见解，书写了梦想对人生的重要影响，抒发了自己未了的逐梦情怀！作者这样写道：

“梦想”承载着人们的希望，虽然它看不见摸不着，却能在人们的心中产生巨大的力量！“中国梦”，是最近在各大媒体出现较多的一个词，它承载着中华民族实现伟大复兴的远大理想，契合了当今人们的心愿，让人振奋、令人鼓舞、催人奋进！梦想，是人飞翔的翅膀；梦想，是最温暖的光芒，即使是阴雨的黑夜也能把前方照亮……因为，梦永远走在现实的前面，永远是人们内心深处最强烈的渴望，是种挥之不去的感觉和潜意识，也是人们走向成功的原动力。

赵克红先生怀揣梦想，逐梦不止，奋斗不息。他在跋山涉水、逐梦文学的路上，付出了常人难以想象的艰辛，战胜了人生的重重困难——更多的是战胜自我！

一位哲人曾经这样告诫我们："我们要想取得人生的成功，就需要时常与自己过不去，战胜自己的懦弱与懒惰，而不是总与别人较劲，无益地空耗自己有限的时间和精力。"只有如此，我们才能以最快的速度、最优的质量，抵达梦想的高度！

你或许以为，赵克红先生的成功人生太过幸运，一定是顺风顺水。要不，他怎会在近天命之年，就走上了洛阳市作协主席的重要岗位？

其实，事实并非如此简单。赵克红先生拿到的第一份工作是铁路养路工。他无怨无悔，工作之余，博览群书，通晓古今，酷爱音乐，放飞梦想。赵克红始终注重用高雅的兴趣爱好陶冶灵魂，愉悦身心，以便积攒工作的强劲动力，不断走向梦的远方。在养路工的工作岗位上，他一干就是八度春秋寒暑，历尽艰辛！

赵克红的成功人生肯定与众不同，在他成功的奥秘里，有许多我们可以借鉴的瑰宝。他的不同之处就是心中有梦，酷爱读书，不时书写生活百味。那颗向上向善的心灵从未停止思索，逐梦的脚步无论遇到怎样的坎坷，皆未停息艰难跋涉的脚步！

生活历来钟情勤勉有备之人。就在1990年那个春天，赵克红的第一部诗集《燃烧的情愫》被长江文艺出版社隆重推出，轰动一时。他凭借着过人的勤奋和努力，迈出了逐梦文学、逐梦成功的坚实一步！

你可知道，在那个年代，每一个出版社在出书之时，对书籍的质量把关都是积为严苛的！因为在那个年代，正是谁出书谁能扬名，并且有丰厚稿酬收入囊中的好时候——可以毫不夸张地说，一般人要是想出书，真的是比登天还难！

赵克红向来都保持着奋发有为、朝气勃发、笔耕不辍的可贵劲头。他迄今为止已出版诗集、散文集《心韵如歌》《倾听桃花》《聆听自然的心跳》等15部著述！这一辉煌的高度非一般人所能企及。

更为可贵的是，无论岗位如何变化，无论成就如何，赵克红从来都勤于耕耘、乐于奉献，他的人品文品不言自高！

远方有梦情自安。路在脚下，梦在远方。追逐梦想，日日精进！赵克红给我树立了为文和为人的好榜样！

笔者本以为，像赵克红这样立足河洛大地的文坛名师，拥有中国铁路作协副主席、洛阳市作协主席等众多头衔，并且被聘为中山大学客座教授，他在写作时肯定是不费吹灰之力、信手而得的。

其实，这只是笔者的一种错觉。正像赵克红先生《梦在远方》的后记里所写的那样：那是2005年，他不慎骨折，卧养在床。他并没有唉声叹气，而是利用这一时光，静静思索，认真整理，“专注于这本散文集子，并且安心地重新翻阅梳理，甚至做了一些大幅度的删改”。

由此看来，好文章是改出来的，好书是用作者的心血创作出来的。这是亘古不变的成功王道。世界上从来就没有轻易成功的人，精彩的人生只钟情于勤勉者！

纵观全书，视角独特，笔力雄健，娓娓道来，精彩连连，令人击节！徜徉于赵克红营造的“文字山水，心灵氧吧”之中，总会让我们流连忘返，品悟生活的酸甜苦辣，汲取顽强奋进的不竭动力！

“汪国真诗歌热”的冷思考

真是天妒英才。今天，当59岁的汪国真老师不幸溘然长逝之时，笔者经过翻箱倒柜半天寻觅，终于找到了这篇文字。

这是笔者1997年5月7日创作的一篇汪国真的诗评，写作之后，把稿件投向了《人民日报》“金台随感”栏目，结果石沉大海。这是当年的原创诗评，照录于下，以此祭奠汪国真老师的英灵，寄托我的哀思。

真令人意想不到，初出茅庐的年轻诗人汪国真的诗歌在全国很是热销，竟然独领风骚整整十年！此情此景，实在令许多资深诗人作家眼馋。同时，引起了青少年对汪国真诗作的狂热崇拜。狂热消退后，一些评论者，包括一些原来的崇拜者，竟然将汪国真的诗作称为无味的“白开水”，甚至给予贬斥。退一步讲，如果我们真的硬要把“汪诗”比作“下里巴人的白开水”的话，“白开水”却是健健康康、天天不能少的饮品。如果我们将那些自诩为“阳春白雪”的“高雅”诗作，喻为“烈性白酒”，又有几人愿意痛饮，并且能品尝出个中滋味呢？

笔者以为，在当下诗词作品难销之时，而“汪诗”热销，其他作者是否想到了自己的创作问题——诗作或无病呻吟，或无关痛痒，自视高雅得实在有点幼稚可笑。“汪诗”正是反其道而行之，他的许多诗作都能解决一些实际问题，于是自然就会不胫而走、广为传诵。

因此，引起一片喝彩之声也就在情理之中了。我们应该对“汪诗”的热销做一番冷思考，这颇有必要。

以下是笔者的几点亲身感受，仅作佐证：

至今我还能够脱口背出《热爱生命》一诗的内容：

我不去想是否能够成功 / 既然选择了远方 / 便只顾风雨兼程 // 我不去想能否赢得爱情 / 既然钟情于玫瑰 / 就勇敢地吐露真诚 // 我不去想身后会不会袭来寒风冷雨 / 既然目标是地平线 / 留给世界的只能是背影 // 我不去想未来是平坦还是泥泞 / 只要热爱生命 / 一切，都在意料中……

当时，看到这首诗时，笔者正是一位男大当婚的小伙子。但是笔者见了女的未说话脸先红，话一出口就是磕嘴磕牙惹人笑话。尤其是在公众场合，只要有妙龄女郎往咱的身旁一站，咱如坐针毡，说咋不舒服就咋不舒服。就咱这副德行，怎敢对心上人说出“爱情”二字？当笔者读到这首诗时，竟然对它一见钟情，读个不停，很快就可以成诵了。并且学以致用，终于鼓足勇气，当即向心上人送上一朵红玫瑰，这就成了我爱情历程中最闪亮的一朵浪花。也许，这就是诗歌神奇的力量吧。“汪诗”优点甚多：富有哲理，通俗易懂，朗朗上口。既然能家喻户晓、妇孺皆知，又岂能用“白开水”等词语轻易予以贬斥？

汪国真倒也真有主见，宁折不弯——公然开价一首诗 80 元人民币，姜太公钓鱼——愿者上钩。

在人们对“纯文学作品”冷淡的年代，“汪诗”竟然是潇洒走一回！“汪诗”依然让人爱不释手、情有独钟！

“汪国真诗歌热”的确发人深思，令人警醒！

濯洗灵魂污垢，呈现真实路遥

——含泪赏读“苍生杯”佳作《路遥故居行》

6月26日，冷慰怀老师“河洛文苑”的热帖引发了我的关注：本届“苍生杯”来稿发出八篇，供大家欣赏品评。

我异常珍惜这次学习良机，迫不及待地赏读起了冷老师遴选的这篇佳作。由许曙明撰写的《路遥故居行》，引发了我的格外关注，可能是路遥这位文学巨匠也是我内心深处一直崇拜的偶像的缘故吧！

跟随着作者的脚步，一起参观故居。真实鲜活的路遥和他的父母、兄弟姐妹，向我们走来。真情质朴的文字，戳中了我的泪腺，热泪止不住地滚落下来。

再没有比这个家庭更艰难、更困苦的人家了：路遥兄妹8个，一个姐姐上山砍柴时摔成残废27岁病死，弟弟王卫军、王天乐先后患肝癌去世，弟弟王天云、王天笑，妹妹王英、王萍是无一例外地患了肝病。更悲惨的是，年迈的父母是在送走自己的几个儿女后才离世的。路遥的英名并没有改变父母和弟弟妹妹的生存状态，父母是在贫病交加中去世的，尚活在人间的几个弟妹至今仍在贫病中挣扎……

质朴深沉的叙述，我们知晓了大师和全家人生活的艰难，同时也领略了他们高尚纯洁的伟大灵魂和崇高的人格魅力！原来，史诗巨著《平凡的世界》《人生》就是在这样艰苦的环境中锻造出来的！

我们每个人在干事创业的路途中，可以寻找林林总总的不成功借口，为自己狡辩开脱。但在大师面前，我们的种种借口都会显得苍白无力，羞愧难当！

事实正是如此。《人生》一炮走红全国之时，大师创作环境和条件捉襟见肘。窘迫程度之深，出乎意料，令人心碎！

1983 年 3 月，路遥的小说《人生》获第二届全国中篇小说奖。他告诉弟弟王天乐说，到北京领奖的路费凑不够，急需帮忙想办法。天乐借了 500 元，赶到西安火车站将路遥送上了去北京的火车。

我的青春岁月，是读着路遥的中篇小说《人生》成长的，是看着同名电影成长的。可以毫不夸张地说，路遥的《人生》风靡多年，引起了社会的广泛热议，炸响了中国新一轮改革的滚滚春雷！

当年，我只是一位做着作家梦的文学青年，只知道《人生》是十分难得、令人过目不忘的佳作，不仅给了我们丰富多彩的精神享受，作用之大堪称轰动社会、振聋发聩！

没曾想，《人生》获奖后，大师日子的窘迫不仅没有改观，竟然反而日益加重！八年时间，《平凡的世界》斩获第三届“茅盾文学奖”！这本是天大的好事,没曾想却让路遥再次陷入更为尴尬的境地！读者的眼前竟然出现了这样一幅令人心碎、让人不忍目睹的窘迫画面：路遥将消息告诉弟弟时，电话两端的兄弟很长时间没有说话，心情都很复杂。接着路遥说他钱不够，需要弟弟为他想法筹借一笔钱去北京用以领奖买书等事……

让我们感谢冯文德先生，在大师走投无路之际，是他慷慨伸出了温暖的援手，雪中送炭，解了燃眉之急！天乐对哥哥路遥的劝慰更是让人心碎：你今后再不要获什么奖了！人民币怎么都好说，如果你拿了诺贝尔文学奖，去那里是要外汇的，我可搞不到！

读到这里，我在流泪，心在滴血！来自亲弟弟的深切劝慰竟然是劝哥哥的作品千万别获诺奖！

众所周知，一个没有文学巨匠的民族，一个不阅读的民族，是没有力量的民族，是没有希望、没有未来的民族！

遇到如此尴尬的局面，我们的文学大师实在忍无可忍，他真的被彻底激怒了！他一改儒雅的语言风格，痛骂了一声："日他妈的文学！"

这声痛骂，是大俗，又是大雅！

骂得真的太好了！在这声痛骂里，有多少辛酸，有多少无奈，更有多少社会良知和社会责任！实在是百味杂陈……

从作者的文章中我们得知：在家里，路遥是一位感恩父母、弟妹的孝子和大哥！在社会上，路遥是一位有责任、有担当、有良知的文学大师！他的伟大品性是我们广大文友难以逾越的道德高峰！

父亲王玉宽以区区一米五的身躯挑起了一家十口的生活重担，靠牛马一样的劳作养大了八个儿女。母亲马芝兰目不识丁，却以自身的榜样在儿女们的心田播下了正直、善良、顽强、坚韧的种子。弟弟王天乐、王天笑、王卫军，殚精竭虑，倾其所有，促成了路遥纪念馆的建设，完成了八集电视剧《路遥》的拍摄……

路遥一家人品若兰花，他们全家的宽容和善良更让人钦佩，令人潸然泪下！

路遥在临去世的前一天与妻子林达签了离婚协议。去世后，家人认为离婚协议还没生效，林达仍是路遥的合法妻子，后事必须由林达做主。当天，王天乐主持召开家庭会议，宣布路遥的一切财产包括著作权都归林达和路遥的女儿路远所有，而路遥生前的一切欠账都由路遥的弟妹偿还。路遥去世二十多年了，他的父母、弟妹没有一个说过一句林达的不是……

看到这里，我们有再多的优美词句也难以形容路遥家人的崇高人格，对我们的灵魂产生的强烈震慑和巨大冲击波始料未及！这无疑是对唯利是图者的一记重锤，更是对广大读者灵魂的一次感召和濯洗！

《路遥故居行》实在是一篇濯洗读者灵魂、不可多得的佳作！

诗心不老，青春常在

——赏读冷慰怀老师的诗集《寻觅清香》

与冷慰怀老师的相识颇具诗意。2015 年 7 月，中国作家协会刚刚创办的中国诗歌网上线，他创作的朗诵诗《工人》，深深拨动了我的心弦！于是，我挥笔写下了这样真挚的诗评：拜读老师大作，热血奔涌，写得太棒了！

在网上，他的诗歌空间名曰：渭淮。由他领衔创办的“草阁”诗社，名列诗社前茅！接着，冷老师在网上给予我这样的回复：

非常感谢，能引起您的共鸣，我很高兴！创作就是说出心里话，这种句子也只有对工人的艰辛有所理解的人才会读进去。我曾在工厂当工人 20 多年，工友们的奉献精神让我不敢懈怠，更不敢忘怀。再次感谢您的共鸣。

在简介中得知，冷老师古稀之年成为中国作家协会会员，并且发表各类作品 300 余万字，出版新诗、散文、评论、纪实文学等著作 9 部。于是，在我的内心深处，不禁涌出对冷老师的深深崇敬之情！

我酷爱文学，读了不少文学名著，后来有幸从事文化和新闻工作 20 余年，一直想结交文坛高手、文学前辈。可是，我只能望着冷老师的诗歌空间发叹，因为这里没有冷老师的联系方式。在网上直接问冷老师又有点唐突，两个人毕竟只是初识的网友，网络是一个公开的场合，但手机肯定属于个人隐私。

幸好，有一天冷老师给我发来一条短信，因为在网上我的注册账号是手机号。收到短信后，我兴冲冲地把电话打了过去，与冷老师进行了第一次通话。言谈之间，没有陌生人之间的设防，有的是诗人文友之间的坦诚交流。接着，我们又在QQ上多次深入交流，我多次被他对文学的执着感动。从交流中得知，凝聚着他毕生心血的诗歌集《寻觅清香》马上付梓了！登上冷老师名为“迟来的拾贝者”的文学博客，我先睹为快地赏读了诗集的序言和后记，非常有感触。因此，在网上我又给冷老师留言：

今天听君一席话，与您走得更近，了解更深。仔细阅读了您博客中大作的序言，对您的作品也有了更多了解。没有丰富的工人阅历，是写不出这样的好诗的！一位年届古稀之人，竟然有洋洋洒洒9部大作，真的很了不起！拜读学习为盼！

我在衷心祝贺冷老师两本新书同时出版双喜临门的同时，也非常渴望第一时间拜读诗歌集《寻觅清香》。面对异地文友的真诚渴望，冷老师愉快答应了我的请求。很快，冷老师赠阅了新书。

诗集由著名诗歌评论家朱先树，西南大学中国诗学研究中心副主任、中国新诗研究所教授、博导蒋登科作序。

诗集分五部分，每一部分的名字都颇具诗意，“人生·梅花三弄”“爱情·平沙落雁”“劳动·渔舟唱晚”“社会·大浪淘沙”“苍生·苏武牧羊”。

“人生·梅花三弄”这一部分，诗作谈人生，沉甸甸地探究人生真谛，又向人们展示出生活的美好憧憬和多彩希望。你听诗作《孕育》：

不是每个心愿/都能如期开花……枝叶摇响是夏季的语言/果实坠落是秋天的步履/岁月/喜欢用不同的方式/向世界表述自己//阴雨连绵时/明媚的阳光/将会从另一个角度照亮生命//漫长的等

待 / 其实是享用一种宠爱 / 就像种子越冬 / 依在田野怀抱 / 盖着松软的雪毯 / 让渴望 / 不知不觉长成胚芽。

诗作含蓄深沉地表述出了诗人这样的人生态度：人生就像轮回的四季，有春花烂漫的季节，也会有冰天雪地的严冬；有阳光明媚的日子，也会有雨雪飞舞的时节。人生就像一杯白酒，酸甜苦辣俱全。无论遇到顺境还是逆境，都是在孕育生命，升华境界，让你获得更好更快的成长！

让我们再度聆听诗人刊发于《人民日报》的诗作《跋涉》中的吟哦：

真想成为一首诗 / 让每个日子都读出韵律 / 春雨霏霏时 / 邀几个朋友走入意境 / 与那个年过千岁的牧童 / 共访杏花村沉醉的旧址 // 而命运专爱同我们作对 / 失望如魔鬼纠缠不休 / 一封信盼望了很久 / 捧在手里却不敢启封 / 生怕退稿签又来板着面孔 / 重复那些冰冷的训词。

诗作里既有对文学创作的礼赞和快感，也有对费尽心血的作品被退稿的无奈和揪心。文学创作的路上，总是布满荆棘、充满坎坷。可能正是艰难创作的历练，才使得诗人在诗歌创作上精益求精，随后才会有多首诗作在《人民日报》《诗刊》《中国青年报》《光明日报》等报刊刊发，并在全国多次问鼎大奖！

发表于《中国青年报》的诗作《漂泊路上》，字里行间依旧蕴含着创作的艰辛：

一方书案 / 能界定人的一生 / 它逼我们用脑袋在字行里摩擦 / 千遍万遍 / 终有火花微微一闪 // 我在亮光中奔跑 / 奋力捕捉无垠的空旷 / 年复一年直至两鬓斑白 / 而灵感仍不肯朝我微笑 // 我庆幸有一间小屋 / 可以把风雨关在门外 / 殊不知那些被拒绝的日子 / 阳光是何等灿烂 // 锁孔锈蚀钥匙折断 / 握紧的拳头慢慢松开 / 足不出户的心歌 / 缠在阴森潮湿的蛛网里 / 绿毛渐生。

“爱情 · 平沙落雁”这一部分，既有青涩含羞初恋的心跳，又有对美好爱情的热烈追逐，咀嚼回味悠长。诗人在《飞天》上刊发的诗作《胆小的男子汉》中，就展示了男女初见时，那种既想大胆热烈地表示爱慕又欲语还休的青涩含羞情怀。诗人用拟人的手法——“还记得那条石凳吗/那条与我们一起表示缄默的石凳/还记得那颗雪松吗/是它伸出善意的手臂/捂住了漫天眨巴的眼睛……草丛里/蟋蟀们在高唱情歌/我暗暗咒骂自己/——竟不如小小昆虫”。赏读全诗，心理描写形象准确，用语生动贴切，写出了初恋男女微妙的外在表现和心理活动。

发表于《中国青年报》的诗作《熔》，以象征爱情的玫瑰为写作意象，以白描手法，展示了爱情伟大严肃而又高尚纯洁的真谛：“路边/一丛玫瑰举着尖刺/一只只手/伸过来，又缩了回去……尖刺扎疼了许多手——/有轻佻的/也有真诚的/滴血殷殷/红得和花瓣一样惊心//美丽的玫瑰举着忧郁/忧郁不是它的本意/是少女未曾衰老的等待/渴望有一双炽热的手/能融化所有尖刺”。诗作最后点题，诗意隽永耐读，令人击节！

冷老师的诗集名为《寻觅清香》，与诗集同名的诗作《寻觅清香》肯定是老师的代表作了。诗人在这首诗作里这样写道：“我一生都在寻觅清香，寻觅/孕育智慧，滋养血脉的气息/手执微弱星光/溶进沉重夜色/带着顽童的任性和撒娇/满身伤痕/穿行在荆棘丛中”。这一小节，既可以看作是诗人创作路上历尽艰辛和磨难，也可以看作诗人为了追逐人生的那份珍贵挚爱，终生苦苦寻觅，不停跋涉。

诗人在第二小节，写出了寻觅清香的人生感悟：“即使我困倦之极/睡梦中也要枕着鲜花/枕着阳光和蜂翅/还有水声四溅的鸟鸣”。诗人张开想象的翅膀，表达了自己虽然历经生活的苦难，但是，却从未停下追逐梦想的脚步。尤其是最后一句特别精彩——“水声四溅的鸟鸣！”一句佳句，把鸟鸣的婉转动听，刻画得淋漓尽致！

诗人在第三小节，写出了寻觅清香的真谛！读者不禁要问：清香在哪里？诗人的回答是："清香来自唯一的心蕊／远隔万水千山／我的耳孔里／已经挤满嫩绿的呢喃／字字句句，一如岩浆翻滚"。生活会毫不客气地给我们带来各种磨难，我们是屹立不倒，主动出击去勇敢迎接暴风骤雨的到来？还是自暴自弃，做困难的逃兵，缴械投降？其实，生活中我们遇到的最大敌人不是别人而是自己！无论是谁，都打不垮你！唯有自己，才能把自己打倒！

诗人接着写道："一旦中途倒下／我将把窖藏了一生的热吻／托付给化冰的春风"。多么深情的诗句！多么淋漓尽致的表达！诗人坚定的意志、不屈不挠的执着人生信念跃然纸上，撼人心魄！

诗人在第五小节写道："我循着蝴蝶的脚印前行／看大雁列队飞去飞回／辞别桃红梨白／叩问夏荷秋菊／顶满头碎霜且吟且舞／听雪中寒梅唤醒早春"。充满诗意的苦苦寻觅，耗费了毕生精力，终于得到了人生的那份诗意！那抹清香！诗人一声长叹，自诩为"珠玑满箱的乞丐／一贫如洗的富翁"，道出了多少心声！诗人在最后写道："清香远在天涯……花园里万紫千红／我苦苦寻觅的只有一朵／为了她不惜耗尽生命！"诗歌在最后点题，让读者充分领略了诗人那份寻觅真爱的决心和执着！

在"劳动·渔舟唱晚"这一部分，展示出了工人阶级紧密团结、分秒必争为祖国创造出财富的精神美，彰显了劳动的伟大和光荣！刊发于《诗刊》并且斩获"金鹰杯"全国朗诵诗大赛三等奖的诗作《齿轮》是其中的代表作。诗作构思巧妙，语言凝练，感情真挚动人。在诗作《齿轮》斩获全国诗歌大奖的背后，是诗人历时一年反复锤炼润色呕心沥血的艰苦付出！现在不妨让我们来共同欣赏一下：

齿轮绕着轴心旋转／我们绕着信仰旋转／／一个小组是一扇齿轮／一排车间是一组齿轮／一座工厂是一台机床／我是齿轮上忙碌的一牙／咬紧分分秒秒／／交班时／我总要同前来接班的工友握一握手／有如齿轮与齿轮瞬间的啮合／热血在掌心交汇／这无言的叮咛／传递

着梦想和祝福 // 齿轮在原地旋转 / 似乎一步也没有挪动 / 就像我和工友们，年复一年 / 每天下班又上班 / 风风火火，老是在同一条路上循环往复 // 齿轮是一座桥 / 力量从桥上源源通过 / 而光阴，却被我们沉稳的脚步 / 丈量成寸寸黄金。

刊发于《光明日报》的诗作《标本——夏元贞教授写意》，记述了一位令人心生无比崇敬的医学教授夏元贞的感人事迹！在他离开人世时，毫无保留地把遗体捐献给了医学事业，206 块遗骨被制成标本，让学生摸着他的骨骼走向医学的神圣殿堂！诗人用犀利的诗笔，唤醒人们的良知，敬仰教授的人格！诗人在诗作的开头写道：“206 块遗骨 /206 个惊叹号 / 令庸碌者汗颜 / 催萎靡者振奋 / 逼贪婪者警醒”。

“社会 · 大浪淘沙”这一部分，诗人为不屈的灵魂放歌，让一个个血肉丰满、生动鲜活、刚强耿直的伟人和凡人走进广大读者的内心世界，催生出一朵朵艳丽的人生之花！

诗人的诗歌佳作《钳工邓小平》，斩获全国诗歌学会等单位联办的“延华杯”诗歌大奖赛二等奖！并被《中国出了个邓小平》《心系中华》等诗文集收录。诗人从工人的视角，以真诚感人的笔触，用富有诗意的语言，展示了改革开放总设计师邓小平在伟大历史进程中披荆斩棘、敢打必胜的光辉形象。在诗歌的结尾，诗人深情地写道：“1997 年 2 月 19 日 / 九十二岁的老钳工 / 工人阶级的一员 / 用最后一次心跳 / 锤响了世纪的绝唱 / 给相距 131 天的盛典 / 留下一个永久的遗憾！”读到此处，不禁让人热泪长流！就在香港即将回归的时刻，这位伟人却永远闭上了那双睿智双眸，遗憾没能参加这一历史盛典！

描写诗人艾青的诗作《炼魂者——致艾青先生》，也是不可多得的佳作！这首描写诗人艾青的佳作，面呈之后，受到嘉许。并且，从此之后，诗人与艾青一家结下了不解之缘，传下了一段文坛佳话！诗作这样写道：“亮出浑身棱角 / 踩着闪电霹雳 / 辞别大堰河温存的

臂弯 / 匆匆走进了历史风雨 / 为撕碎阴霾 / 将意志锻打成一副利齿 / 为托举航标 / 将躯体矗立成一块礁石……我敬佩你——/ 山的性格 / 海的胸襟 / 心韵伴鸥群颉颃 / 诗情如涨潮湍急 / 岁月的刃口 / 只能砍伤你的皮肉 / 而你的锋芒 / 却穿透了岁月悠长的记忆”。

“苍生 · 苏武牧羊”这一部分，道出了芸芸众生的酸甜苦辣，展示了生命的五彩缤纷。诗作《旅途》就描写了人在旅途的酸甜苦辣："当初 / 赤条条来到世上 / 不知何故放声啼哭 // 童心老于贪婪 / 爱情毁于嫉妒 / 沉醉片刻 / 胜似终日清醒 / 纯真的笑 / 纷纷从梦的裂缝中渗出……”

总之，赏读洛阳著名诗人冷慰怀老师的诗集《寻觅清香》，给人清风扑面、诗香诱人之感！佳作佳句俯拾皆是，给人启迪，催人奋进，彰显出诗人低调严谨、棱角分明的质朴形象！值得我们各位诗友揣摩学习。

（冷慰怀，笔名渭淮，中国作协会员。从 1983 年开始，共发表各类体裁作品 300 余万字，获得过各类文学奖 30 余项。已出版诗文集 9 部，主编六届“苍生杯”全国征文选集《苍生录》约 160 万字。）

沐浴大美人性的璀璨光辉，采撷唯美生活的哲意浪花

——浅评柳风先生的中短篇小说集

柳风先生在古稀之年，一连推出三部大作：短篇小说、评论集《映日荷花别样红》，中篇小说集《为你忏悔》，诗歌散文集《万众街10号》，轰动洛阳文坛！柳风老师凭借自己的文学实力，当之无愧地当选洛阳市老作家学会会长，可喜可贺！

在老师的笔下，无论是短篇小说《快乐的佳木斯》《应聘》（以下简称《快》）等，还是中篇小说《为你忏悔》（以下简称《悔》）等，笔者都情不自禁地为老师传递的人生正能量而倾心点赞，为一波三折、跌宕起伏的故事情节而陶醉，为在主人公身上闪烁的大美人性光辉而击节赞叹！

我们整天在呼吸着自由的空气，欣赏着满眼的绿树鲜花，倾听着醉人的鸟语，沐浴着大自然的阳光雨露，享受着文明和谐幸福的美好生活。这才是我们生活的主色调！因此，我们应该主要对准时代的阳光雨露。

首先，柳风老师的文学作品正是向我们传递了满满的人生正能量的优秀佳作；其次，在小说展开曲折动人的情节时，在主人公身上折射出的大美人性光辉实在令人动容！

老师的每一篇佳作，无不感人至深。在此，由于篇幅所限，仅

以《快》和《悔》为例，予以赏析。

在《快》中，男主人公林浩杰大夫，是名校毕业的骨科硕士研究生。在学校里，他与一位秀外慧中的美丽姑娘相识相知相恋。更难能可贵的是，由于两人学业优异，还拥有留校任教的良好人生机遇。

是选择留在大都市拿高薪，与女友恩爱缠绵，还是选择回到较贫穷落后的故乡，为父老乡亲们医治疾病？在去与留的艰难抉择中，经过一番痛苦挣扎，为改变家乡缺医少药的困境，林浩杰毅然选择了后者，只得与女友痛苦分手！

正在品尝着失恋的痛苦，有一天，他正在故乡的广场边，倾听着《快乐的佳木斯》舞曲，观看人们的翩翩舞姿。突然，眼前一亮，邂逅一位酷似前女友的姑娘——郑玉倩。后来得知，郑玉倩虽然没结婚，但已经有了可意男友。不幸的是，郑玉倩后遭车祸，面临截肢。男友却选择漠视，眼看两人就要分道扬镳。此时，林浩杰请教名家，查阅资料，绞尽脑汁，终于制定了一套完美的治疗方案——保住了郑玉倩的双腿，还原了姑娘优雅完美的舞姿！在林浩杰无微不至的关怀中，郑玉倩病愈出院。林浩杰通知其男友接走了郑玉倩，把爱的痛苦留给了自己……

人性是善还是恶，不是听人们怎么说，而是看我们怎样做，尤其是在事关自己切身利益的时候。在《悔》中，也是如此。女主人公卢育英在的“文革”中，因为碍于情面抱着侥幸心理作了伪证，几乎毁了初恋情人常青林的一生。常青林的人生江河日下，而卢育英的人生却峰回路转——先是被推荐上了大学，后来被分配到一所高中任教，并且一路顺风顺水当上了高中校长，还找到了如意的局长老公，并且膝下儿女双全，事业、家庭、爱情三丰收，人生幸福美满。

但是，卢育英却在心里一直在为自己当年为了一己之私作的伪证而深深忏悔！她多少次想主动公开这个秘密，在自己的私欲面前，却又一次次地选择了隐瞒真相的自私做法。最后，在自己退休安度晚年之际，在初恋情人常青林溘然长逝之后，她毅然不顾儿女和朋友们的阻拦，勇敢地选择了到公安机关坦白自首！此刻，人性的光辉战胜了人性的阴暗，人性的大美战胜了人性的自私！此情此景，时下难觅，令人感动！

读着老师的一篇篇小说，感受着人生的那份暖暖真情，感受着生活中的种种美好惬意，让我们对美的人性产生了发自心底的礼赞，让我们对社会和时代充满了美好的希冀和挚爱的憧憬！

毫无疑问，中华民族前程似锦，我们的社会必将更加公平正义，更加文明和谐，更加幸福美满！

作者以一双发现美的慧眼，“采撷唯美生活的哲意浪花”，让我们的灵魂再度“沐浴大美人性的璀璨光辉”，折射出我们伟大时代的进步和文明、法制和忠诚！

柳风老师的小说我们读完了，但是作品却在读者的灵魂深处散发温暖，让广大读者在咀嚼回味之中，濯洗和升华自己的灵魂……

一曲平凡生命的伟大颂歌，一次灵魂污垢的虔诚濯洗

——再读路遥《平凡的世界》

毫不夸张地说，著名作家路遥继创作轰动全国的中篇小说《人生》之后，1990年，又倾其毕生精力，推出气势恢宏的史诗性长篇巨著——《平凡的世界》，再度轰动了大江南北、长城内外！

1991年3月，《平凡的世界》实至名归地斩获中国第三届茅盾文学大奖。不幸的是，在路遥完成他的扛鼎之作后，1992年11月17日上午8时20分，因肝病医治无效在陕西西安英年早逝，年仅42岁。

笔者坚信，凡是读过路遥的长篇力作《平凡的世界》的读者，无不会发自肺腑地对路遥竖起大拇指，赞誉有加！读者们纷纷向世人绘声绘色讲起路遥笔下刻画的一个个血肉丰满、感人至深、令人泪奔的苍生故事！笔者更不例外。

首先，《平凡的世界》对性爱的描写点到为止，分外干净。这部百余万字的小说，全景式地表现中国当代城乡社会生活，以中国20世纪70年代中期到80年代中期的10年时间为背景，通过复杂的矛盾纠葛，以孙少安和孙少平两兄弟为中心，刻画了当时社会中众多普通人的形象。劳动与爱情、挫折与追求、痛苦与欢乐、日常生活与巨大社会冲突交织在一起，深刻地展示了普通人在大时代的历史进程中所走过的艰难曲折的道路。

这部路遥用生命写成的百余万字的鸿篇巨制，无处不透着厚重耐读的生活气息。他采用直击现实、振聋发聩的白描手法，鲜活地描摹了一群血肉丰满、来自中国城乡（尤其是广大农村）的芸芸众生。

以笔者之见，从作品的创作水准来说，简直可以与世界文学名著《红楼梦》相媲美。这样的文学作品没有获得举世闻名的诺奖实在是亏大了！

毋庸置疑，《平凡的世界》给我们的文学创作吹来了清新之风，提供了最好的创作范例！ 2015 年高考之后，《平凡的世界》首次被清华大学校长隆重推荐给入学的新生们阅读！

其次，《平凡的世界》处处散发着人性的光辉，放射出道德的光华。在孙少安与田润叶的爱情中，在孙少平与田晓霞的爱情中，在郝红梅与田润生的爱情中，处处体现着这种人性美、道德美！

小说的主人公孙少安、孙少平兄弟，这两位农家子弟，他们背负着生活的沉重十字架，不愿随波逐流、游戏人生。他们一旦锁定自己的人生梦想，就会咬定青山不放松，奋然前行！因为，在他们的心目中，他们就是要过一种父辈们没有过过的崭新生活，过上一种富裕、幸福、文明的新生活！这样的生活他们不寄希望于别人的赐予，而是要经过自己的辛勤劳动获得！

他们的祖辈世代务农，家庭一贫如洗。身处这样的生活困境，两位农家子弟在谈恋爱时，面对送上门来的爱情，他们竟然一直在为自己的心爱之人考虑。更为难能可贵是，他们宁愿委屈自己，也不肯让心上人跟着自己受委屈！

再说说小说的主人公孙少平，当自己最心爱的人田晓霞一夜之间竟然被洪水卷走的时候，这位男子汉悲痛欲绝！他和小霞恋爱的点点滴滴，魂牵梦萦，挥之不去！在悲伤绝望之际，他又遇到了好邻居、大学生金秀。但是，孙少平又时时处处为金秀考虑，婉言谢绝了这份美好的感情，选择了与师傅的遗孀，一个心地善良却没有文化的好女人结为夫妻！

《平凡的世界》描写的男女主人公，无论生活再穷困，他们总能在绝望中看到希望，在黑暗中看到光明。

最后，基层党支部书记的女儿——田润叶、中高级干部的子女——李向前和田晓霞，在他们的内心世界里，从来没有依仗父辈的思想，而是凭借自己的努力开辟生活的新天地。对女主人公田晓霞，我们也要多说几句。她作为一名风华正茂、才气横溢的省报记者，在洪魔肆虐的时候，她竟然和省委书记一道冲到了抗洪抢险的第一线，没有丝毫退缩。最后，她为了救一位小女孩而献出了自己宝贵的生命，实现了自己的人生价值！

她的逝去给父亲田福军和恋人孙少平留下的却是无尽的痛苦！

田晓霞——一位大学刚刚毕业的花季少女，又是一位出色的省报记者， 未来美好的前程，田晓霞不会不知道。但是，在大灾大难来临之际，她更知道在关键时刻的社会责任，并勇敢担当！此刻，也许会更能看到一个人品质的高与下！

岁月已经远去，岁月留给我们的无尽思索却是弥足珍贵的！

其实，我们每一个人，都是《平凡的世界》里的芸芸众生。让我们不仅用自己的嘴巴和手中的笔写下自己，更要用自己的实际行动书写自己的历史，书写我们民族的历史！

图文并茂，童趣横生，新风扑面
——读《小百花·冬之卷》有感

在2018年元旦这天，一个阳光灿烂的好日子，我终于拿到了渴盼已久的《小百花·冬之卷》。作为《小百花》的忠实读者，我不敢怠慢，一一仔细读来，顿感图文并茂、童趣横生、新风扑面，让人眼前一亮，仿佛步入了一个斑斓多彩的童话王国，心底顿生妙不可言之感。

图文并茂，引人入胜。《小百花》面对的是初中生和小学生，这正是孩子的童年和少年期。在这个时期，孩子们喜欢图文并茂的诗文。文字像是流淌着的清澈见底的小溪，溪水旁有绿树、鲜花、鸟语，溪水中有小鱼、小虾，还有“长虫吸蛤蟆”的童真和新奇……一样也不能少。这也许就是图文并茂的妙处吧。如果没有这些美图，就难以吸引孩子们忽闪着对只是渴望的那双眼睛。

童趣横生，爱惜童心。你看，在“小小作家”栏目，头题作文竟然是小学三年级的娄祥熙小朋友撰写的《美丽的天鹅湖》，文章不仅写出了天鹅湖之美，而且向读者传播了湿地在生态保护中作用的科学知识；还有小女孩陈夏撰写的童话味十足、妙趣横生的《一次传奇经历》，这篇文章同时被“河洛小百花”微信公众号推送，影响颇大；《观察日记》《仓鼠小黑》《反思》《我们的雷老师》等一篇篇风格迥异的佳作，读来都令人耳目一新，频频点赞。在“诗路花语”栏目，推出了孩子们创作的《妈妈真唠叨》《假如我有一支魔法棒》等诗歌佳作，诗意满满，佳句连连。在自由奔放的格调中，让我们感受到了浓郁的生活气息、满满的童真童趣。

在《小百花》这个孩子成长的百花园里，无论是小学生，还是初中生，无论是女孩，还是少年，他们都成为“我手写我心”的写作高手。在他们的笔下，有八面来风的美妙风景，有栩栩如生的精彩人物，有形态各异的动物植物，有生活的哲思，有未来的憧憬……

近百页的《小百花》何以办得如此出彩、可圈可点之处颇多呢？谈到个中奥秘，编辑老师李艳霞女士一语道破：孩子的每篇作文，我们全体编辑从来不做伤筋动骨的“大手术”，只做“蜻蜓点水”式的必要纠正。为何这样做呢？就是为了保留孩子们文章中的那份童真童趣，还原孩子们自身的童言童语，避免过度成人化，陷入成人模式的窠臼。

别让孩子们带着镣铐跳舞，要让孩子们自由舒展舒心地跳出自己心中最美的舞姿！我们成年人对孩子的作文、做事、做人等方方面面，一定要多点赞少批评，多指导少指责，多倾听少教导，多平视少俯视，让孩子们在快乐、自由、幸福、和谐、文明的环境中茁壮成长。

新风扑面，质朴厚重。从赵克红先生的卷首语《书写和阅读当与人类同在》，到执行主编梁蕾蕾女士的改版寄语《小花吐新蕊，永盛河洛间》，再到“名家作品赏析”“古诗词鉴赏”“域外少年”“小百花国学课堂”“小百花荐书”等栏目，都让我们感受到了《小百花》的新风扑面和浓郁韵味。

赵克红先生在卷首语中指出：在当下的网络时代，手机给生活带来便捷的同时，“碎片化阅读”对孩子们健康成长也产生严重冲击和不良影响。赵克红先生语重心长地向师长们发问：如果没有系统化、高端化的有效阅读，没有有品质、有品位的有效写作，我们的孩子们将如何担当起实现中华民族伟大复兴的时代重任呢？这片卷首语引人深思，发人深省。

其余栏目则彰显出了《小百花》的高雅与厚重、新奇与时尚。既有名人名家的谆谆教诲，对生活酸甜苦辣的真诚书写，又有古人留下的国学经典，让孩子们能够汲取营养，更快更好地成长。

“小百花荐书”也是一个非常难得的栏目。时下，许多家长因忙于在事业，常常对孩子读什么书，要么无暇顾及，要么心生迷茫，此栏目帮家长们做出了最好的选择。

一朵奇葩，芬芳万家。《小百花》刊载的佳作如清冽的甘泉，润人肺腑，由于篇幅所限，只能点到为止。

我们不能不说，《小百花》的全新改版彰显出洛阳市儿童文学学会会长赵克红先生的战略眼光和远见卓识，必将高擎起发展壮大儿童文学事业的大旗，为孩子们搭建起一座通向成功彼岸的彩虹桥！

采撷百花共芬芳

——简评吴文奇散文随笔集《人生的曼妙时光——我在鲁院的日子》

一

得知吴文奇先生出版了一本书，叫《人生的曼妙时光——我在鲁院的日子》，主要描述和记录他在中国作协鲁迅文学院青年作家高级研讨班学习的情况。我喜出望外，因为鲁迅文学院被称为中国作家的“黄埔军校”“文学殿堂”，是我和众多作者的向往之地，大家都非常渴望了解鲁院。因此，我也希望能够得到这本书来赏读和学习。于是，就在洛阳市作协会员的微信群里，大着胆子向其留言，直截了当提出了索书的要求。一直等到文奇先生看到微信慷慨应允，我才放心下来。

吴文奇，河南省洛阳市吉利区人，在中国石化洛阳石化公司工作。中国作协会员，鲁迅文学院第29届高研班学员，洛阳市作协副秘书长。多篇作品在中国石化文学大赛中获得大奖，著有小说集《我的红灯记》和散文随笔集《人生的曼妙时光》等。

我和吴文奇副秘书长相识于2018年春天，当时我们共同参加了由洛阳市作协和新安县联合组织的“全国作家看新安”采风活动。其实，在这次采风之前，他的大名我已多次听到。特别是近两年，他被中国作协鲁迅文学院高研班录取和被中国作家协会吸收为会员之事，在洛阳文坛多有影响。

在这次采风活动中，洛阳市作协赵克红主席亲自点将，要我写一篇新闻稿，报道这次采风活动。稿件由我写出初稿，由文奇副秘书长负责修改编辑，最后交洛阳市作协李国英副秘书长发表。当天晚上，我们三人一直为此忙活到凌晨一点多钟。就是在这个晚上，通过稿件的写作和修改，我和文奇快速地熟络起来。或是年龄相仿，或是同样热爱文学，或是同样朴实善良，也可能三者皆有，那晚我们一见如故，很能谈得来，彼此约定要再次见面，再叙文学。

没过多长时间，我们便在洛阳市作协、汝阳县宣传部、汝阳作协联合组织的“全国百名作家走进汝阳”的采风活动中再次相遇。当时，文奇副秘书长还是此次活动的主要负责人之一。事前，我特意打电话给他，请他一定把自己的大作带上，我对他讲我已急不可耐地要早日拜读!

当我们在去往汝阳采风大巴上相遇时，我便急切地问他要书。他说：“广厚兄，别着急，到了咱们下榻的宾馆我一定兑现诺言。”他没有立即给我，弄得一路上我都心心念念的。后来我想，可能是那天他带的行李多，在大巴中不愿当着众多作家之面拿书的缘故吧。

到了晚上十点，有些犯困的我正要准备上床睡觉时，只听文奇敲我房门，并叫了一声我的名字。我赶紧下床开门，心里还咯噔一下，嘀咕是不是赵主席又下达采风报道写作的任务了？

谁知道，文奇一见我面，就笑眯眯、十分郑重地把《人生的曼妙时光》这本书递给了我。我双手接起这本书，并捧了起来，随着书的名字跃入眼帘，一下子睡意全无。

回到床上，我迫不及待地打开书，只见在扉页上一行清秀的钢笔行草写着：请广厚兄雅正。落款是：文奇二〇一八年四月。

我心中一喜，便开始仔细读了起来。

二

从洛阳市作协副秘书长赵向颖先生口中得知，文奇出身书香门第。他父亲是洛阳石化子弟中学的语文老师、校长，文学功底深厚，特别是在诗词歌赋方面有很深的造诣。向颖还告诉我，文奇的父亲之所以为他起名“文奇”，也是希望儿子在文学创作的道路上有所建树。文奇不负老父亲的殷切期望，在文学创作上果然硕果累累，跻身鲁院学习，加入中国作协，成为洛阳市 24 名中国作协会员之一！

利用采风的间隙，我如饥似渴地读起文奇的这本书来。读着读着，越读越有情趣，越读越入迷。何故？因为这本书不仅是一本难得的文学佳作，而且以独到的眼光，采用日记体的纪实手法，发扬吃苦耐劳的勤勉精神，带领广大钟爱文学的读者走进了鲁院这座高雅的文学殿堂！

步入这座圣洁的殿堂，聆听大师们的金玉之声，是多少文学爱好者梦寐以求的事。这样的愿望在全国只有凤毛麟角的作家可以实现。作者凭借自己的勤奋和努力，凭借自己过硬的实力，终于拿到了这张入场券！

你想，这该有多难啊！这一点在洛阳市作协赵克红主席为此书所作的序言《在文学中传递温暖》里有客观的体现：“由于条件苛刻，名额有限，能被鲁院录取的学员，可谓凤毛麟角，这也印证了吴文奇先生的实力（据我所知，自 2002 年高研班建立至今，文奇是洛阳 15 年来的第二人）。”

读着这本书，我不仅触摸到了鲁院多姿多彩的文学生活，领略到了大师们高超的文学技艺和风采，而且学习到了作者在文学创作道路上辛勤跋涉的众多感悟和心得，很是难能可贵。本书众多章节在细致入微的刻画之中，不时有神来之笔，生动感人，或让人哈哈大笑，或让人热泪盈眶！

按照该书的篇章结构，我一日一日地读来。今天，读到了《第一百天》，我的泪腺被文奇的妙笔一次次戳中……

作者这样写道：

昨天，诗歌论坛上的精彩对话，激起自己的诗歌创作热情。“语不惊人死不休”，考虑了一天，想剑走偏锋，就写了两首“歹毒”的诗：

鲁院，我的文学“监狱”

这是一座“监狱”！
关着
鲁迅、茅盾和冰心们。
这里有长长的枷锁，
铐着
文学精神。

文字是他绑人的麻绳；
文学是他锁人的铁窗。

今天我跨进了
这座牢笼
在此疯狂成长……

我的“监狱”

我从没离开过
“监狱”

小时候
妈妈的怀抱就是“监狱”
即使现已五十岁

仍觉无限温暖

后来
被关进了学校
扒着知识的铁窗
渴望远方的蓝天

结婚后
进了另一个“监狱”
妻子是“狱长”
孩子是
枷锁上的甜蜜

今天
我被文学捆绑
驮着一辈子的文学梦
几步便被押到了
鲁院

我从不挣脱这些
“监狱”
甘愿把
这牢底坐穿

读者朋友如果也认真读过这两首诗，就知道我之所以流泪的原因了。因为从这两首诗里，从这本厚重的文集里，我深深体会到了文奇的文学苦旅！

试想，一位身处石化企业的基层作家，一辈子对文学孜孜以求、无怨无悔，除上班干好自己本职工作外，还要利用业余时间把自己孤独地关在陋室之中进行写作，并为之艰辛拼搏奋斗了二十年，终成正果，实属不易！

其实，古往今来，人生莫不如此——“鱼与熊掌不可兼得！”我们在文学上付出多了，与亲人们相处的机会肯定就会少，因为一天就 24 个小时呀！

爱屋及乌，我深深为文奇，也为我自己而感动。我的文学创作道路与文奇颇有几分相似，从事过新闻报道工作，后来走着走着，就走进了神圣的文学殿堂。说句实话，我羡慕文奇，他在文学创作道路上一路走来，还是颇为顺风顺水——在知天命之年，实现了自己文学创作的人生梦想，被中国作协吸收成为会员。中国作协成立 70 年来，中国作协会员仅有 11000 多人。要知道，全国有多少文学爱好者一辈子躬耕文字，但到死也没能实现加入中国作协的梦想呀！

三

从书中得知，文奇的文学创作重点是小说和散文。由于作者的小说我没有读过，因此不敢妄加评议。作者文学创作的副业——诗歌，虽然书中为数不多，但因我酷爱诗歌的缘故，都给我留下了深刻印象，可圈可点。

在这本书的《第五十六天》一章里，作者在鲁院“母亲节手电筒诗会”上，对着老家的方向，深情朗诵了自己 2016 年创作的奉献给母亲的诗作《梨花放》：

我那小村庄，年年梨花放。
满树一片白，百里闻清香。

梨花雨纷纷，树下坐俺娘。
手摇纺车转，棉线细又长。

白天来纺棉，晚上做衣裳。
家人围一起，听着纺车唱。

爷有新布衫，爹有的确良。
哥穿新布鞋，妹披花衣裳。

那时姊妹小，时时拽着娘。
尽管家里穷，天天梨花香。
……

由于全诗过长，共有 13 小节，因此在这里不再全部抄录。笔者想说的是，作为一首现代诗，在形式上却可以这样写——朗朗上口，唇齿生香；平白如话，生动感人。仿佛是人人皆可吟唱的一首民谣，真可谓别出心裁，美不胜收！

这首诗在思想内容上，也是经过精心锤炼，达到了炉火纯青的地步。纵观全诗，感情充沛，母子情深。平白如话的语言流露出无限真情，情感表达水到渠成，没有半点刀劈斧凿之痕。我一次次诵读，一次次泪落如雨，一次次把我带回到自己小时候的家，一次次想起那个并不富裕的年代，一次次想起父母和姊妹们纯真的亲情……真可谓是“两句数年得，一吟双泪流”！

四

一本好书的成功之处在于能给人以启迪，让人从中学到和思考很多东西，进而得到教益。这些文奇在其佳作中都做到了。

文奇在这本书中，记录了他在课堂聆听众多文学大师讲课。大师们的谆谆教诲，让我们深入浅出地领略了诗歌、小说、散文等各种文学体裁的创作诀窍。这些经验和心得无不闪烁着智慧的光芒，折射着文学的光华。读之，如玉液琼浆，启迪心智；如仙乐在耳边萦绕，余音悠悠；如花香鸟语，婉转动听，陶冶性情；如山涧溪水，清澈见底，汩汩而出，鱼游虾戏……

关于小说的创作，记述颇多，十分珍贵。在《第六十六天》一章中，记录了著名作家陈晓明讲授的《先锋派与传统性——当代小说的潜在流变》。在《第七十二天》一章中，记录了中国作协副主席李敬泽主讲的《中国小说与中国故事》。尤其是在《第五十二天》一章里，记录了德高望重的小说家王蒙先生的授课过程，把小说创作课推向高潮。

在文奇的笔下，王蒙老先生在课堂上精神矍铄，谈笑风生。王蒙先生曾经担任要职，出版小说100余部，更有多部佳作多次斩获国内外文学大奖。在课堂上，老人家脱稿演讲，潇洒自如、妙语迭出，侃侃而谈之间，引经据典，中外著作信手拈来，堪称是一顿饕餮盛宴！学员们听了，如嗅兰香，痴迷不已，以致在与王老合影的过程中，本来“闷骚”的这届学员们却趋之若鹜，几乎挤爆了整个休息室，让年迈的王老着实有点招架不住。

在《第五十三天》一章里，文奇记录了师生共同探讨小说创作的情况。在作品研讨会上，同学们仁者见仁，智者见智，火花四溅，精彩无限。特别是作者题目为《浅谈朱旻鸢小说中幽默的语言风格》的发言，对朱旻鸢小说中的语言风格进行了理论分析，活灵活现，风趣幽默，引人入胜。现部分抄录如下，或许会对读者有所启发：

小说是由语言构成的。语言是其第一要素，人们通过语言来解读小说，离开了语言就没有了小说。

小说语言有多种叙述风格，有快人快语、感情奔放的，有慢条斯理、稳重矜持的，有生动有趣、词汇丰富的，当然还有枯燥无味、如同嚼蜡的。

……

（一）朱旻鸢小说中幽默语言风格的建构手段

朱旻鸢的《在坝上》，其幽默语言风格的建构，我认为有五种手段（可能还不够全面）：

1. 用夸张比拟等修辞手法来营造幽默。比如开头第一段中，“由于实践经验的缺欠，无论我怎样使出浑身解数，运用‘吹、钩、拨、拉、捅’等烧火棍法秘诀，灶膛里的火苗子还是像个鬼火似的奄奄一息，就是旺不起来。火旺不起来，站在灶台前挥舞大勺的炊事班长江暴牙就拼了命地扯开鸡公嗓嚷嚷：你想让全连吃冰激凌是不是？玩炮不行，玩烧火棍也不行，就玩蛋去吧！”再如“老谢和李乌鸦的嘴就像两只贴在我左右耳上的音箱，一只放高音，一只放低音，一只播鼾声，一只播梦话。”“老谢把白眼球翻向老曹，翻得像两颗剥了皮的鹌鹑蛋。”“我们的眼睛就像黄鼠狼见了鸡，都绿了。”等等。夸张、比拟、讽喻、反语、对比等，是作家常用的修辞手法，但朱旻鸢使用得更为大胆、更为幽默。他通过这些修辞手法较好地建构了幽默的情境，进一步增加了语言的鲜活色彩。这种例子在小说中很多，俯拾皆是。

2. 用词语的反常规搭配来营造幽默。比如“啥叫恳谈？知道座谈不？不就是坐着谈嘛。恳谈呢？当然是先‘啃’后谈了。老谢就嘿嘿一笑：都是东北老乡，太熟了不好意思下手。”再如“土豹子打架还有一个绝对优势，那就是他是连长老杨的人，手里整天捏着一只老杨亲赐的‘尚方宝哨’。”还有“我用鲁迅先生冷对千夫指的横眉冷对了老曹一下”“所以老曹身上至今仍有职业化的痕迹，一是长相聊斋……”等等。语言本身除具有很强的规范性外，又具有相当程度的变异性。词语的反常规搭配破坏了正常语法规范，就会打破正常的思维惯性。幽默语言不是老老实实的文字，作者通过语序的颠倒、语体的变异等，营造出了俏皮、幽默的语言氛围。

3. 用语言的适度粗糙化来营造幽默。

（二）朱旻鸢幽默的语言风格在小说中达到的审美效果

我们知道，幽默的语言风格，在不同作家的作品中，产生的审美效果是不一样的。在钱钟书那里，表现出来的是一种率真与睿智；在鲁迅那里，表现出来的是一种冷嘲热讽的尖利；在老舍那里，表现出来的是一种寓庄于谐的轻松和善意；在王朔那里，表现出来的是对社会的嘲谑与调侃、不屑与讥讽。那么，在朱旻鸢的小说中，这种风趣幽默的语言风格，产生的审美效果是什么呢?

……

通过这篇作品分析，我感受到了文奇较深的文学理论功底。尤其是他在深入阅读作品的基础上，善于总结把握作品的语言风格，举例恰当、论证充分，娓娓道来、引人入胜，读后使我深受启发。

五

书中关于诗歌的讲述，也很是精彩。平日，我偏重于诗歌创作，对此读得更是津津有味，反复揣摩。

在《第六十四天》一章里，文奇记录了著名诗人西川讲授的《谈谈诗歌的分类》一课的内容。西川老师授课先从一个小故事导入，指出：

一个诗人创作不外乎是自己对事物的感受，或是写亲人、写故土、写遭遇，或是表现自己有非凡的想象力等……一个重要诗人必须是深思熟虑后才能写出作品。

正牌的英国浪漫主义有几个原则，一是从平常中看出不平常，语言不拗口……现代诗歌，目前在中国还没有一个评价标准。我们看到的多是情绪，很少有冷静的思考。

诗歌如果分类的话，不管如何分，总要和外国文学有联系。从发表平台讲，活跃在杂志上的诗人，一般是作协系统的；网络上的诗人，一般都是口语诗……到20世纪90年代中期，口语诗开始兴起。这些口语化的诗歌，它们中一部分特别在意地方性。地方性也是从国外来的……谈论地方性的时候，这依然是从美国来的……梨花体诗歌，世界上早就有了。你目前所写的一切，世界上都早有了……创新是非常艰难的。什么是意向？它和形象有什么不同？意象包含形象，还表现一个人瞬间的心理历程……

目前中国的诗歌，有口语诗人，有强调地方性的诗人，还有强调梨花体的诗人，有非常愿意使用有文学性意象的诗人。有的诗歌带有抒情性，有的诗歌中容纳了思想，有的是表现苦难和阴暗面。如果把当代中国的诗歌、诗人分类，大致就是这些。此外还有一种诗人是很特殊的，是从中国古诗中来的……还有一种是无法归类的作品，是跨界的，如赫尔博斯用英语写西班牙语的作品……

我认真学习了书中西川老师的观点，综合自己对诗歌的理解，读后觉得于自身是大有裨益的。我相信文奇当时心情和我是一样的，因为他在书中写下了自己对诗歌的感悟。他写道：

到鲁院后，班里有不少诗人，平日在和他们的交谈中，不由使我对诗歌进行了重新认识。那天早上，吃罢早饭，我和诗人徐俊国一起来到了楼外。当时，太阳初升，光线亮丽，北京的天空如水洗一般瓦蓝幽远。对此，我说了句，“今天万里无云。”谁知徐俊国却说：“今天，天蓝得没有一丝皱纹。”我听罢后，当时就愣在了那里。

这样的感悟和心得，能够让广大读者更快地领略到诗歌创作的真谛和奥秘，很有借鉴意义。像这样的笔墨，书中不胜枚举，可圈可点，令人受益。特别是记录师生共同举办的“母亲节手电筒诗会”，更是别出心裁，令人过目难忘。

另外，文奇的书中还几次谈到了著名诗人，中国作协副主席、鲁院院长吉狄马加给他们上课和一起活动的情景。对于吉狄马加先生，我是非常仰慕的。他是我国有国际影响力的大诗人，多次获得过国内外文学大奖，他的诗集《初恋的歌》《一个彝人的梦想》等都深深影响着我的诗歌创作。文奇及同学们能和他在一起活动，我也开心。在《光明日报》推出的“光明夜读·诗意梦乡”专栏中，对吉狄马加的诗频频推介，并且有这样的评价：

吉狄马加的诗不属于难懂的类型，像口弦那种彝人的古老乐器那样，需要时就能自如地拨弹。出自一个彝人之子的骄傲感，他把父老乡亲、兄弟姐妹、家乡风物、地方神祇都设想成自己的倾听者——“就是这种神奇的力量它让我的右手在淡淡的忧郁中写下了关于彝人的诗行。”

在此抄录一首，以飨读者：

部落的节奏

作者：吉狄马加

在充满宁静的时候
我也能察觉
它掀起的欲望
爬满了我的灵魂
引来一阵阵风暴

在自由漫步的时候
我也能感到
它激发的冲动
奔流在我的体内
想驱赶一双腿
去疯狂地迅跑

在甜蜜安睡的时候
我也能发现
它牵出的思念
萦绕在我的大脑
让梦终夜地失眠

呵，我知道
多少年来
就是这种神奇的力量
它让我的右手
在淡淡的忧郁中
写下了关于彝人的诗行

六

关于散文的创作，书中记述不少，异常珍贵。作者在《第一百零三天》里，详细记述了刘景松（网名：茶楼小二哥）的典型发言，他在赞誉了朱自清、鲁迅、周作人的散文之美后，直击当代散文写作的弊端，振聋发聩：

依我看来，合格的文本无外乎“文通字顺，不用长句”。这么简单的要求，说白了就是“读着不累”。而对文本要求更高的散文，则需要在其基础上加上语言写作的音乐性，也就是节奏感和韵律感。简单说，就是“听着很美”。

……

用一个成语来说，叫“引人入胜”。那么，我们看看，这几篇散文有没有做到这一点？

其实，要体现代入感最简单的方式就是看哪篇文字让人看了放不下、停不了。这次研讨的作品中，有两篇我是直接读完，余下时间又读了几次。而有一篇，是我在写这个发言的时候，才很吃力地将它读了一遍，而现在我却全然忘记了它的内容……

读了此文，我觉得刘景松的话语虽然过于尖刻了点，但却是我们创作散文的“苦口良药”，令人击节赞叹。好听话、恭维话听得多了，人进步不了，对散文创作也毫无裨益。

其实，这样的精彩例子我谈到的只是挂一漏百，读者可以从书中寻得更多的精华。

文奇的散文创作也是佳作迭出的。书中记录了他刊发于《中国石化报》上的散文《雅克拉的星星》，写得曼妙有趣，令人为之一振：

雅克拉的夜晚非常黑，大地像裹了一层厚厚的棉袄。但雅克拉的繁星，却很亮，亮得甚至有点晃眼。

不过，我们的雅克拉之夜，是从下午3点开始的。

作者的散文，正好与刘景松的发言前后呼应。特别是文章开头，只用寥寥数笔就紧紧抓住了读者的眼球。由于篇幅所限，文中内容在此不再摘录。

读了文奇先生的书，多有感触，信笔写来，不知不觉已超过了7000字。但是，我感觉自己对整部书的解读只是冰山一角，由于篇幅所限，很多内容并未完全展开。

我认为，《人生的曼妙时光》这部书，可以看作是专为基层文学创作者写的一部工具书，对于基层作家和文学爱好者来说，实在是不可不读的佳作！

最后，我借用一句评书结尾的套话来结束我这篇文章。那就是：欲知详情如何，还请阅读全书！

喜读苗秋闹先生的摄影集《见证济源 20 年》

目前，由于生活节奏的进一步加快，人们纷纷表示，我们的社会已经进入了读图时代。

最近，苗秋闹先生的摄影集《见证济源 20 年》由河南人民出版社出版发行了。这本摄影集被定为河南省委宣传部年度出版的重点书。拜读之后，作为和苗秋闹先生交往多年的至交，顿生不吐不快之感，一直想为秋闹先生写一点读后感出来方才能够释怀。

这本摄影集是以“新华视角看济源”的摄影杰作。因为摄影集中所用的上百幅照片，均为作者在新华社发表过的摄影作品。这些珍贵的照片，向我们讲述了河南省济源市由小到大、白弱到强的辉煌发展历程。一幅幅优美的照片，展现在读者面前，历历在目。仔细读来，那一个个鲜活的生活场面，令人记忆犹新，过目难忘。

苗秋闹先生上大学学的是医学专业，他凭借对新闻和摄影的挚爱之情，迈出了坚实的人生脚步，从一位通讯员开始，一步步干到《济源日报》的总编辑。凭借难得的敬业精神和厚重的创作实力，成长为中国摄影家协会会员，新华社、《人民日报》《中国日报（英文版）》签约摄影师。并且荣膺高级编辑职称。

1991 年以来，苗秋闹先生创作的数万件新闻作品，在国家、省市级媒体发表，其中数十件获得全国、全省新闻大奖。

这本摄影集，由市委常委、宣传部长李军星作序。张张图片都散发着浓浓的生活清香，都包含着真挚的济源情怀。在这本摄影集中，作者用优美的广角镜头定格了世纪工程《小浪底向截流冲刺》《小浪底首次排放泥沙》《小浪底大规模捕捞银鱼》等豪迈精彩的历史瞬间，用闪烁的镁光灯生动地记录了愚公儿女《万人环城游济源》《“民间奥运”热乡村》《“愚公”家乡公路绕山转》《水洪池十年修一路》等一个个恢宏场面，用“第三只眼睛”讲述了《爱心认养野生猕猴》《为山区农民拍摄新春“全家福”》《四月槐香飘南山》《村民投票选“孝星”》《农民自办“梨花节”》等一个个温馨民间故事。作者用手中的镜头，展示了一个个精彩的历史瞬间，歌唱了广大群众的幸福生活，歌颂了我们波澜壮阔的伟大时代。

故乡济源，有着“愚公故里”的美誉。愚公移山的故事经过一代伟人毛泽东的引用而享誉全国，轰动世界。愚公移山精神也因此成为济源的城市精神。

故乡济源，20 年的沧桑巨变，20 年的跨越发展，已经变成一座人民安居乐业的花城、绿城、净城，文明之城。苗秋闹先生，作为一名土生土长的济源人，亲眼目睹了这一历史巨变，心潮激荡，感慨良多，并且用相机生动地记下了这一个个难得的历史镜头。

故乡济源，这座始终牵动着苗秋闹先生心弦的城市，他将会一如既往地用手中的相机镜头，记录下这个城市的变迁、发展、跨越。

苗秋闹先生表示，当自己退休停止摄影之时，将把手中所有照片的电子版捐献给济源市档案馆保存，给全市人民留下一笔值得珍藏的宝贵精神财富。

一曲官场酸甜苦辣的咏叹调

——评周大新的《曲终人在》

《人民文学》2015年第4期刊载了著名作家周大新的长篇小说《曲终人在》。笔者手捧散发着墨香的《人民文学》，对《曲终人在》进行了仔细认真的拜读。作品那新颖别致的叙事结构，充满泥土芬芳而又幽默风趣的草言草语，一个个呼之欲出的鲜活人物，简直就是在读者面前，展示出了一幅浓缩的现代社会生活画卷。

先说《曲终人在》新颖别致的叙事结构。作品中掐指算来，就有妻子常小韫、前妻林蔷薇、姑妈欧阳兆绣、儿子欧阳千籽、司机汪吉庆、农夫赵灵灵等30余个人物，要把这些众多的人物写得条分缕析比较难。作者却删繁就简，采用众多人物分头来写的方式。叙事结构的确新颖独到，让人大开眼界。这样叙事，条理清楚，自成一体，避免了由于人物众多而产生的叙事混乱现象。不仅行文方便，而且让读者读起来也感觉方便快捷，省去了被众多人物关系弄得糊里糊涂的毛病。同时，这种新颖独到的叙事方式的另一个好处，就是一人讲述，娓娓道来，叙述畅快，淋漓尽致。让人读来，颇有快意。

再说《曲终人在》的语言都是充满泥土芬芳的草根语言，幽默诙谐，引人入胜，把小说写活了。从头至尾没有文绉绉的“高大上”的雅言雅语，每个人物讲的全都是自己喜欢的私房话——就像我们平时几个人聚在一起，聊天侃大山一般。例如：在主人公欧阳万彤的妻子常小韫央求作家为主人公撰写传记时，这样说："我和我女儿过去都读过你写的书，所以我们娘俩相信，你能把他的传记写好。"在儿子欧阳千籽接受作家采访时，由于和老爸闹崩，就直言不讳地说："我和欧阳万彤早已断绝父子关系……我与他形同路人，你要写他的光辉事迹，别找我！"姑妈欧阳兆绣在回忆欧阳万彤童年时的俏皮捣蛋时，这样说："他长到五岁时，俺们家养的那条黄狗就开始怕他……他拿根棍子在赶那条黄狗，不让它在自己的狗窝里睡觉。俺娘还支持他……"主人公欧阳万彤劝诫亲戚的话，入情入理，循循善诱，煞费苦心。他这样劝诫发财心切的姑姑大人："如果我把地皮批给我的姑家表弟连和，我就是再利用手中的权力来为亲戚谋取利益；如果他把开发地产赚的钱分给我，就等于我和连和在分赃……这样做的后果，很有可能把连和和我自己一同送进了监狱。你这样大年纪了，总不想再去监狱探望连和和我吧？"这种接地气、有着浓郁生活气息的语言风格，读来特别亲切自然，真实可信，倍感温暖。这些语言不像是在写小说，倒像是众生相的真实聊天记录。一个个细节描写，有的语言诙谐幽默，草根味十足，与人物身份性格十分符合，让人读后产生一种快意，禁不住笑出声来；有的情节生动感人，省长大人欧阳万彤可谓不小的高官了吧，虽然位高权重，但是，主人公照样有他为官的种种苦恼。当主人公欧阳万彤冲破重重阻力，仗义执言，为民请命，关停治污之时，说情者蜂拥而至，甚至惊动了北京的高官。在这种情况下，主人公依然顶住压力，受尽折磨，有效处理了此事。读到此处，不禁让人泪眼婆娑，内心深处受到触动。让人读后深知为官的不易和艰辛。由于生动感人的语言太多，不能一一赘述，只能不一而足了。

最后说说《曲终人散》栩栩如生的众生相。你看，这里有生活在农村的草根百姓——农夫赵灵灵、小职员阮若、金坡村农民夏兆丰，有生活在高层的达官贵人——水利厅厅长夫人，也有七品芝麻官

——庞副县长、祝陀；有身边的工作人员——司机汪吉庆、秘书郑方繁，有昧着良心戴着红顶赚黑钱的企业老板——海富矿业集团老板海成贵，有狡诈媚上的商人——珠宝商，有骨肉亲情的淋漓展示——妻子常小韫、姑妈欧阳兆绣、前妻林蔷薇、儿子欧阳千籽，有挚友至交的相互呵护——原天全市人事局科员岁灿烂……他们的一言一行，就是我们当代社会生活的芸芸众生，他们的一举手一投足，一言一语，似曾相识，仿佛就是活生生的生活在我们身边的人物。那一幕幕鲜活的生活场景，读者都会感到十分熟悉。再说了，主人公虽然是欧阳万彤，但是，作者没有正面去写主人公的是与非，而是通过与他长期生活过的亲属，与他共过事的官员、司机、群众等众人之口，评价他一生的功过是非。这样读来，更加公平公正，真实可信。

总之，周大新的长篇小说《曲终人在》，是在习近平总书记在全国文艺座谈上的讲话之后的又一个精品力作，值得一读！

人民不可侮
——读陆天明的长篇小说《苍天在上》有感

前几天，得知好友处有一本著名作家陆天明著的长篇小说《苍天在上》。就是这部长篇小说，前一段时间火得不行，何不借来一读？有道是：“书非借而不能读也。”此话特有道理。看来，从古至今，人们的惰性心里是一样的——自己的书啥时间读都行，于是，就束之高阁，迟迟不读了。这是题外话，暂且不表。下边咱就评说一下这部经典的文学作品吧！

笔者禁不住好奇之心，就赶紧借阅过来，仔细拜读。没想到，不看不知道，一看离不了。看得如此如醉，晚上挑灯夜战，经常看到十二点；早上五点又开始连续作战，读的不亦乐乎。整个作品故事情节跌宕起伏，引人入胜：有时读的人捧腹大笑，乐从心生；有时读的人荡气回肠，拍案叫好；有时读的人激动不已，热泪盈眶！可以毫不夸张地说，《苍天在上》简直就是一卷现代真人版的《官场现形记》。足见党中央反腐倡廉、从严治党工作之重要、之必要、之及时呀！

我担心朋友催要得太紧，看完之后，我就赶紧上门归还。没想到，朋友见我劈头就问：“看哭了没有？”

我直言不讳地回答：“哭啦！而且还不止一回，大约有四五次之多！”

我是为林书记老谋深算、为民降福，运筹帷幄、决胜千里而哭——我们中国固有的“关系网”“人情网”太庞大了，它有时甚至可以压倒一切。

官场的水实在太深了！简直到了高深莫测的地步！不用说，如果一个人不谙世事，不精为官之道，你就不会成为一个全心全意为人民服务的好官！只能是“泥菩萨过河——自身难保”了。

我是为代理市长黄江北而哭——他敢作敢为，对党和人民赤胆忠心，不谋一己之私利，忍辱负重，终因贪官污吏的陷害而锒铛入狱！这正像小说内容提要中所言的那样：“代理市长黄江北虽有破釜沉舟之勇，却少深谋远虑之策，在腹背受敌的情况下，一招不慎，落得个拘留受审的下场。”

我是为章台市父老乡亲而哭——我们善良而忠厚的人民啊，群情激愤、发自肺腑地要为代理市长黄江北请愿。有道是：“金奖银奖不如群众的夸奖，金杯银杯不如群众的口碑！”笔者要说：人民的衷心爱戴才是最好的为官丰碑！焦裕禄、孔繁森、史来贺等，一个个受人爱戴的好官永载史册，彪炳千秋！

我的泪止不住地往下流——我们人民的眼睛是多么雪亮啊！我们的人民又是多么正直善良啊！我们有这么好的人民，为何在革命和建设的漫长征途中，那些无能的官僚，那些贪官污吏们，老是肆意妄为，侵害人民的利益，让我们这个原来灾难深重的国度，竟然走了那么多弯路；让我们正直善良的人民，再尝种种的苦果呢？

我为总经理葛会元而哭——为了保护好官清官黄江北，他宁愿以生命为代价，在所不惜！我为田曼芳这个原来的“坏女人”但同时又是受害者的幡然悔悟，她为了黄江北这个清官、这个振兴章台的好市长而甘愿蹲监狱，甚至不惜自己的青春和生命！我为郑彦章、苏群最后正义战胜邪恶而哭泣！人民终于取得了最后的胜利！

同时，我也为田副省长、曲县长、田启明因贪污腐败受到严惩而欢呼雀跃——人民不可侮！贪污腐败，不管他们的手段如何高明，如何猖獗一时，他们终将要完蛋！这些贪官污吏终将会受到历史和人民的惩罚！

近年来，笔者读过不少部佳作。但是，真正能够震撼人心、拨动读者心弦、让人流泪的作品实在不多。李存葆的中篇小说《高山下的花环》就是让读者垂泪的上乘佳作。小说被改编成电影公演后，出现了万人空巷的盛况。看罢电影，观众们纷纷动情地说："谁要是观看电影《高山下的花环》而不掉泪，谁就不是人！"多么朴实的语言，多么真挚的情感！

人民，永远是我们的上帝！读者，永远是评判作品好坏的"权威"。一部文学作品的好坏，自有时间的检验，自有读者评说！

用青山绿水的花瓣酿就的醉人诗篇

——简评著名诗人段新强的诗集《活在青山绿水间》

最初与诗人段新强相识，得益于“中国诗歌网”这座缪斯金桥。因为一位名叫“泥兽儿”的洛阳诗人，他写作的好诗频频上榜。笔者隔空多有拜读，很受教益。因此，引起了笔者的关注和好奇——“泥兽儿”究竟是谁？诗为何写得这么出彩？从此心里就产生了很想结识他的想法。

后来，对“泥兽儿”的了解逐渐增多。直到有一天，笔者参加“全国作家看新安”采风活动，与“泥兽儿”（真名段新强）竟然同居一室，不胜欣喜。我们谈文说诗，甚为投机，几乎每晚都会彻夜长谈，乐此不疲，一来二去，就更为熟络起来。在这次采风期间，笔者与著名诗人董进奎、段新强等在诗歌创作方面的交流碰撞，开拓了笔者诗歌创作的眼界和思路，提升了笔者的诗歌创作能力，进而加深了我们之间的印象。

听到段新强先生有新诗集《活在青山绿水间》（以下简称《绿》）出版发行，很想要一本拜读，诗人慨然应允。在这里，我们不妨认识一下诗人段新强。

段新强，笔(网)名泥兽儿，河南省栾川县人，1973 年 4 月生，毕业于原洛阳工学院(现河南科技大学)。1991 年开始发表诗作，作品散见于《星星》诗刊《当代诗人》《青年诗人》《文学界》等，入选《中国年度诗歌精选》《中国现代诗歌精选》等，著有诗集《某处》《活在青山绿水间》，曾获2016年度文苑春秋文学奖等奖项，曾在鲁迅文学院学习。中国国土资源作协、河南省作协等会员。

洛阳市作协主席赵克红先生为段新强先生的诗集《绿》作序并刊发于《中国国土资源报》上，对其有如下评价：

从山城栾川走出来的段新强是洛阳近年来比较引人注目的一位青年诗人。他自幼酷爱文学，中学时就开始写作并在《诗神》《黄河诗报》《青年诗人》等刊物发表作品，后因种种原因辍笔近二十载。2013年他再次恢复写作，珍视有加，蓬勃的才情和独特的品格一如当年，短短三四年时间，他就在《诗刊》《星星》等权威大刊频频亮相……

通过赵克红先生的笔触，一个实力派青年诗人跃然纸上，令人敬佩！读完诗集，笔者的体会主要有三。

段新强先生的诗歌生活气息浓郁而又不拘泥于生活本身。这本由中国文联出版社出版的诗集《绿》，收录了诗人近年来在国内报刊发表过的诗作一百余首，展现了他的创作实绩。

文学作品历来是“源于生活，高于生活”的，诗歌创作也比例外。诗人对生活的观察、刻画总会细致入微，但体验却又与众不同，独树一帜。在诗人的笔下，每当描摹这些生活细节时，又绝对不是对生活的如实记录，简单还原，而是把日常生活转换为别样的诗意语汇、生动的诗歌意向，向广大读者揭示出生命孕育的内涵，提升了生命的质地和意蕴。正如赵克红先生的对诗人诗作所作的恰当评价：“在庸常的生活细节中写出了不寻常的个人体验，从而道出了生活的真谛，抒发了对生活的热爱之情。”

诗人的《故乡在喊我》一诗，就充满了赤子还乡的真情，仿佛让我们于此刻倾听到了故乡的心跳和脉动：我听见了，听见故乡/在喊我／听见她用一朵／在蓝天里洗白的云喊我／用一根炊烟，一条小河，一句谣曲喊我／用一弯月亮喊我，它的另一半压在发黑的苇席下//用一把麦穗喊我，麦穗结满了金子／用一滴露水喊我，露水从我眼角滚落//用一辆粪车，一个深陷的脚印，一片在洪水里倒伏的庄稼／大地的肋骨一样的田垄喊我//用一场雨水喊我，洗净我的脸和双手／用一块河洛石喊我，那石头憋着一肚子的话……

读着这首诗意满满的杰作，哪一位有故乡的人能不洒下滚烫的热泪？诗就是这样炼成的——诗境里溢满真情，诗句里能见到淬火炼钢的提纯与升华，因而彰显出巨大的诗意张力和感人魅力！

在《生活里的滴答声》一诗中，诗人这样写道："妻子晾在屋前的衣服，不停滴答滴答地滴水／仿佛是谁没有工夫说出的话，趁这午后的闲隙／一点点说出来了——/……我听出了／这些圆润、微小、细碎的滴答声，是一个中年女人／辛勤操持生活的节奏"。

时有诗人多次向笔者探问：究竟该如何寻觅诗歌创作的灵感？在这里，诗人给出了自己的答案——着眼于一些看似不起眼儿的生活瞬间，注重捕捉日常细小的情绪波动。诗人善于用质朴无华的语言，用真挚暖人的情感，用不留斧凿之痕的笔触，把这些精华一一榫接起来。于是，一首首优秀的诗作就在诗人的笔下诞生了。

诗人那些对微小的质朴之物和生活的点滴伤痛的精准记录和诗性描摹，使得他的诗歌读来总是与众不同——"于平常之处有令人动容之声"。（《星星》诗刊副主编李自国语）

更为难得的是，段新强先生的诗歌创作主题与习总书记"绿水青山就是金山银山"的治国执政理念相契合，彰显了诗歌的前卫性和超越感。人们在丰衣足食之后，最需要的究竟是什么？答案是绿水青山的自然环境。如果没有绿水青山的陪伴，我们和子孙们都将蜗居于斗室，困顿于雾霾之中艰难地呼吸，苟且偷生；然后再无奈地喝着"纯净水"——地下水被严重污染，已经不能饮用。这样的生活环境，还敢奢谈什么生活质量？什么做人尊严？诗人用自己的诗作，喊出了时代的心声，道出了人们的心语——活在青山绿水间！这该是一种多美的生活和工作环境啊！

诗人常年生活、工作于栾川的大山之中，时常与美丽的山水不期而遇，自然会诗兴大发，佳作迭出。诗人生活的洛阳栾川，有“仙境”之美誉。笔者几次慕名前往观光游览，印象深刻。每一次流连于栾川的山水，都留下了满目苍翠、满目花香、满目鸟语的深刻印象！

提起栾川的北国山水第一洞的鸡冠洞、山水童话王国的重渡沟、道教仙山的老君山……无论哪一处自然山水，都是洛阳人精心打造的自然瑰宝。这些瑰宝，经过人工的精雕细琢，一个个皆富有晶莹剔透、美不胜收、慑人心魂的神奇魅力！

你看，鸡冠洞的钟乳石，历经千万年鬼斧神工的淬火，千奇百怪，形成了神态各异、栩栩如生的造型——“千年一吻”就是其中的杰作！同样，重渡沟的翠竹也能够荡涤人们心中的污浊，给笔者留下了终生难忘的印象！

这里的翠竹之高出人意料，伟岸的身躯直插云霄，与蓝天接吻；这里的翠竹之多令人惊呼，它们沿河蜿蜒，郁郁葱葱，连绵不绝。置身这样的人间仙境，让人自然而然地会生出“宁可食无肉，不可居无竹”的高洁情操来！

这就是诗人生活和工作的大自然与大环境。诗人面对八百里伏牛山的青山绿水，总有其独特的认知和诗意的把握。在诗人的笔下，那些旖旎的山水风光和一草一木，都呈现出了别样的灵魂之美，神性之诗。

不信，在《老君山的水》一诗中，诗人就有这样的诗意描摹：“老君山的水是向高处流的／它们是水系里不愿随波逐流的部分／它们在黄河和长江两派水系里交融，凝结，起身／与其他的水流背道而驰，从宽阔厚实的平川／流向贫瘠艰险的大山，流向更为奇绝孤独的山峰

/抬高一寸海拔就澄清一份浑浊/流过了穷途末路，最后流到了天上”。这种别出心裁的诗意书写，写出了一种出人意料、出神入化的精神气象和生命状态。写出了青山绿水大美的神韵，唯美的神奇，真美的质地！这些灵动的笔触，不能不让人赞赏称奇！

诗人在《鸡冠洞》里充满深情地写道：“不知用了多少柔软、清澈、忍耐和力气/一滴水，才从八亿年前/滴落在我的胸口//不知锻打了多少闪电，了却多少悲欢，耗费多少青春/一粒钙，才从大地上脱颖而出/皈依于佛的殿堂//——鸡冠洞，只有飞跃最长距离的梦想/才能抵达的地方，不知今天/我来此能否结识这天地间最坚毅的心//不知，一个在世间游荡、荒芜了太久的灵魂/从这里回到前世，找回真身/需要用掉多少光阴，勇气，和犹豫不决”。

鸡冠洞，这一名气颇大的自然景观，美得震撼人的心灵！在诗人的笔下，赋予这方名山秀水以人的信念、人的思想和人的灵魂。可谓深刻之至，令人拍案。

在主题诗作《活在青山绿水间》，诗人如此写道：“我要把无数次的叛离，无休止的索取，送回到初生时的疼痛里/在栾川，我只想跟在一场干净的雨水后面/以一棵小草的身份，一辈子/哪怕再卑微/我只活在这青山绿水间//我要踩着农时，顺着厚重的地气/把绿色种进天空，把蓝色接入泥土/我要躺进乡谣，把虫鸣和雷声/放入季节的喉咙，再把露珠挂向黎明……”

青山绿水对我们该有多么重要啊！为了得到这份大自然的馈赠，诗人甘愿做一个卑微的人，也要换取这一人间大美！此种作为和担当，是新时代民心的昭示，是后代子孙们真情的呼唤！也为那些在治理大气污染工作中犹豫彷徨的为官者，敲响了一记醍醐灌顶的重锤！让他们警醒起来！负责任、有担当起来！决不允许有一丝一毫的含糊和一丝一缕的懈怠！

段新强先生的诗歌勇于担当对个体生命的自我审视和对生命生

存真相苦苦探询的历史使命。有道是："文以载道，歌以咏志"。在新时代里，每一位诗人都应该担当关注社会、温暖人心的责任。段新强先生无疑就是这样一位有责任和担当的优秀诗人。

在《寻人启事》一诗中，诗人这样写道："一个人丢失在十字路口张贴的一张／寻人启事里……我不知道是该为他悲哀还是庆幸／我也弄不清楚，是生活丢失了一个人／还是一个人丢失了生活／只是每次经过这个十字路口，我都要一再环顾四周／我总觉得，这个丢失了的人就在附近某个角落／此刻，他正满怀忧虑地看着我们这些／还没有找回自己的人"。

时下，我们正处于一个生活节奏日益加快、人们私欲极度膨胀的时代。在这样的社会大环境之中，诗歌该有何为？诗人该如何自处……这些人生课题，社会问题，值得我们每一位诗人深入思考，认真回答！

或许，当我们读过这首《寻人启事》之后，就会恍然大悟！当我们自顾自地行走多年，蓦然回首，适才发现，人生所有的抵达和离开，所有的沉默与嚎叫，都是为了找回另一个自己。可是扪心自问，有几个人真正做到了呢？

综观段新强的诗集《绿》，值得学习之处颇多。虽然，整体色彩稍显沉郁。但是，每首诗都充满真情，每首诗都充满灵动。无论是面对现实困境的探问，还是面对生命的遮蔽，诗人都在笔触向下的掘进中，始终保持着积极向上的精神向度，令人敬佩。

眼中有佛，更要心中有佛

——赏读著名诗人董进奎的诗歌代表作《佛性》

中国作协会员、洛阳著名诗人亭心（董进奎）先生的诗歌代表作《佛性》，凭借其过硬的实力，不仅斩获了“中国诗歌网”每日好诗，而且当之无愧地登陆了“中国诗歌网”“2015—2016年度十大好诗”榜。因此，这首诗歌佳作在广大诗歌爱好者的心目中留下了难以磨灭的印象，在全国产生了广泛而又深远的影响。因此，被人们津津乐道。

这首诗作发表于2016年3月5日。诗人在第一小节写道：

坐定一朵
引领花蕊修心
从静沉淀出净

佛教距今已有2500多年历史，由古印度迦毗罗卫国(今尼泊尔境内)王子乔达摩·悉达多所创。佛，又称如来，我们习惯叫“如来佛”，意思是“觉者”——了悟了的人。佛教重视人类心灵和道德的进步和觉悟。佛教信徒修习佛教的目的在于依照悉达多所悟到的修行方法，发现生命和宇宙的真相，最终超越生死和苦难，断尽一切凡念，了却一切烦恼，得到最终的解脱。

诗人撰写的这首诗与佛教有关。佛教佛学，皆与莲花息息相关。有言道：“花开见佛。”你看，大小寺院里，万人敬仰的佛祖个个慈眉善目，莲台端坐。莲花和佛已融为一体，莲花也是佛国净土的象征。

诗人用极其空灵的语言、点墨成金的笔法，道出了佛教的精髓：从“静”沉淀出“净”。

人们常说：“静”能生慧，慧衍生“净”。“静”对于每个俗世之子何其重要！世人只有卸下贪欲之枷锁，用莲的心境观世界，才不会被功名利禄等杂念所干扰，“净”自中生。

何为“净”？“净”即是“空”。何为“空”？佛教《中论》说：“因缘所生法，我说即是空，亦名是假名，亦是中道义”。又说：“未曾有一法，不从因缘生，是故一切法，无不是空者。”即一切事物都是因缘和合而生，既然是众缘所生，就是无自性的，就是空的。佛教认为，因缘不具备的时候，事物就消失了，这样的一种现象就是“空”。那么，什么是因缘呢？佛学术语，因果，具体说来就是因缘果报。因是事物生起的主要条件，缘是事物生起的辅助条件。有因有缘，必然成果，此果对因来说称为报，就是"因缘果报"，亦简称“因果”。

遁入莲的颈脉
奏一曲
断藕的叙事

诗人在第二小节用想象更换空间，把空间由寺院转移到莲花身上，继而巧妙地选取“断藕”这一特殊意象，语句凝练，写得更加深入，意蕴深邃，发人深省！

芦花空荡
唱尽心中最后一折子绿
于冬天的荷塘

在诗歌的第三小节，诗人写出了冬天荷塘的景象。诗人又以芦花作为意象比对和衬托，感受大自然给生命带来的深秋气息，使诗人对生命短暂的情感也越发深重。

握紧水的骨头

修一段藕体

填补我泥胎的缺节

在诗歌的第四小节，诗人却没有在荒凉的季节里沉沦，而是笔锋一转，奏响了一曲歌颂生命的乐章！众所周知，水是没有“骨头”的。但是，诗人却用新颖别致的语言，道出了藕体就是水的“骨头”的现实。之所以要“握紧水的骨头”，是因为莲花要去修炼一段洁白无瑕的藕体，这段藕体不仅洁白无瑕，而且还是人间享用的美味。在这里，诗人通过这样的语句，又道出了佛教“普度众生”的宗旨。最后一句“填补我泥胎的缺节”，于风趣幽默之中，完成了整首诗的主旨升华和提炼。其实，人们的内心世界崇尚的还是佛教佛学的洁白无瑕、与人为善、普度众生的深刻内涵。

春天，掏出自己建一座寺院

诗人在全诗结束的时候，仅仅用一句来画龙点睛，很是精彩，耐人寻味。你看，前边的一切铺垫，就是为了春天的到来。这既是开头所写“引领花蕊修心，从静沉淀出净”的结果，也是对冬天孕育春天规律的揭示。这一句，颇有“冬天来了，春天的脚步还会远吗”的意味。

在春天里，豪迈慷慨地掏出大美的佛性，去“建一座寺院”！结句更是扩展了全诗的层面，提升了全诗的意境。让人有走出桎梏之境，步入豁然开朗、万紫千红的春天之感！

全诗语言风格鲜明，凝练精短。句句珠玑，意蕴深远，彰显出诗人非凡的想象力和高超的文字驾驭力，点悟出人性中最自然、最纯净的原始状态，和佛性佛理不谋而合。

柳之歌，诗之韵

——简评柳歌先生的诗集《柳歌诗选》

一

初识柳歌老师，缘于刚刚上线的“中国诗歌网”。因他的诗作《端午车过黄河》竟斩获“每日好诗”殊荣！从此，他本人及其诗作就引起了我的极大关注。

有一天，格外钟爱柳歌老师诗歌的我，就热情地把这首佳作转发在了国家一类文学网站——洛阳文学网“河洛文苑”上，自然收获了好评如潮的点赞声。

后来，柳歌老师也成了“河洛文苑”家族的一员。这样一来，读他的诗歌就更加方便了。

忽一日，在“河洛文苑”上得知柳歌老师的诗集《柳歌诗选》出版发行，我非常想得到一本，可又不知在哪里才能买到。尤其是在读了全国著名诗人叶延滨为此书所作的序言，张铭（“河洛文苑”版主“把酒问月”）教授为此书所写的赏析文章之后，我想得到这本诗集的欲望就愈发强烈了！

紧接着，我又在“中国诗歌网”读到了《< 柳歌诗选 > 研讨会在北京举行》的捷报，并且得知这是“中国诗歌网”2015 年 7 月 2 日上线以来，为第一位诗人所举办的诗歌研讨会。参加研讨的有众多名家大家，引发了轰动效应！有中国作协副主席何建明、“中国诗歌网”总编刘丽娟、全国著名诗人叶延滨，等等。这让我对柳歌老师更是刮目相看！为他取得如此巨大的诗歌创作成就而高兴！这更增加了我尽快得到《柳歌诗选》的欲望。

于是，直性子的我就直接在“河洛文苑”柳歌的文学空间向柳歌老师询问此事，并且留下了自己的手机号码。

没想到，我的这一举动却受到了柳歌老师的分外重视。他欣然告我：“你能喜欢我的诗集，我很高兴。只是手边的诗集已赠阅完毕。但我将专门买一本送你！”

听到这一消息，我既喜出望外，又忐忑不安。我表示，要给他发个微信红包聊表谢意，却被他婉拒。幸好，我最近也有拙作出版，敬赠一套，聊表谢意。

二

我和柳歌老师也很有缘。看他本人的简历初步得知，我们属于同龄人，并且都在河南师范大学就读过。更有趣的是他本名刘兴永，笔名柳歌，而我笔名柳杨。古往今来，中国有多少文人墨客皆以柳为美，歌吟柳树的诗文汗牛充栋，千古传诵，妇孺皆知，耳熟能详。多少文人墨客干脆以“柳”字开头做笔名，留下众多名篇佳作、文坛佳话，至今仍让人津津乐道。

说来有趣，早年我曾用了一个经过深思熟虑的笔名——“荷楠”，我打心底里喜欢。因为他既有登攀高峰不畏难的英雄气概，又彰显出一位堂堂正正的河南男儿的可贵勇气！我的微信至今仍沿用这一网名。于是，就有了这次柳歌老师亲笔签名赠书的字样：“荷楠惠存：

柳歌 2017.11。”

由于我提供的名字并非真名，还有自己多年养成的晚上早早关机、静心阅读、早早睡眠的习惯等因素，导致在诗集在邮寄的过程中，还遇到了一个小波折，迟到了好几天。

在 2017 年里，我曾屡次以“荷楠”的名义，将潜心创作的诗文投往《人民日报》《光明日报》《诗刊》等全国顶尖级大报大刊，结果都石沉大海。

更令我难堪的是我曾在一位文友面前夸下海口：三个月之内，我的诗文必将登陆《人民日报》！可是，好消息却迟迟未到。我心里为此一直忐忑着。

没有想到，“柳杨”这个笔名还真的给我带来了连连好运。我第一次以“柳杨”这一笔名向《光明日报》社投稿，就一发命中。当时正逢国庆中秋双节叠加、双喜临门的好日子，历来重视弘扬华夏传统文化的《光明日报》社，开始以“中秋”的名义，向全国读者征稿。我就用心地按要求写了一篇《故乡的中秋》，投了过去。

好日子就在 2017 年 11 月 6 日被牢牢锁定：《光明日报》在她的微信公众号上推送了我的散文拙作——《故乡的中秋》，并且还奢侈地附了作者简介呢。这让我喜出望外，不再尴尬。暂且不能登陆《人民日报》，咱登录《光明日报》，也算了却了鸡年的一桩文学创作心愿。

从此，我发稿干脆改换门庭，不再坚守“荷楠”之名，就用“柳杨”这一“品牌”。“柳杨”既然如此给力，给我带来如此荣耀和吉祥，因此，就与“柳杨”这个笔名结下了不解之缘。

三

手捧柳歌老师的诗集《柳歌诗选》，我爱不释手。

拿在手里，首先就被这本诗集精美的封面牢牢吸引了。你看，书的封面设计：上边是活力四射的青青柳色，惹人钟爱，占据了整个封面的2/3。右手边赫然竖排着“柳歌诗选”几个大字，在大字左边又竖排着两句白色的诗语：“走进一位诗人的内心，分享他生命的精彩！”再往左边偏上的位置，是一行竖排的行楷“柳歌·著”字样。再看下边，占据封面1/3的部分，是一片耀眼的金黄色，使这本诗集显得有了几分尊贵和典雅。同时，与上边的青青柳色又形成了鲜明对比，彰显出满纸的活力与张力。

四

这本诗集的内涵更美。对一本诗集来说，再好的封面设计仅仅是成功的表面，并非主要因素。诗集品位的高低，最终取决于诗歌质地本身，而非其他。

柳歌老师的诗集，一首首精彩的诗作，就有着非常高的质地，非常美的质地，非常动人的质地。让人能够置于案头，反复诵读，以此为乐。柳歌老师的诗至少蕴含有“三种美”。

柳歌老师的诗蕴含着感人之美。你听，诗人在他那首诗歌名作《端午车过黄河》里这样吟唱道：

“身边的一切都在飞奔：大河里的流水／天上的白云，路上的树林以及行人／全都行色匆匆，仿佛有着共同的心事／我被裹挟已久，无暇凭吊那个投江的诗人／或者自己／／《离骚》掩卷已久，黄钟与黄鹂的声音／同时远离尘世；只有林间的鸦雀／鼓噪不停；黄河浊浪滔天，一泻千里／落霞倒映在水面上，连泥沙／也泛着血红的光辉／／生逢盛世，我写不出好诗／也当不成屈子：你有郢都可以凭栏／有楚国可以回首；还有整整一条汨罗江的水／载起不朽的身躯与英名。而我／只剩下短短一段岁月，已不够挥霍……”

写端午节的诗作，歌吟屈大夫的诗作，古往今来，数不胜数。但是，要写出自己的味道，要再度出新，却显得比较艰难。诗人勇于向名人名家挑战，求创新、求拓展、求变化。他用浓烈的、饱蘸感情的笔墨，采取对比的手法，将自己对屈大夫的一腔崇敬之情倾泻而出，排山倒海，情动天地。

在这首诗作的字里行间，一边写出快节奏的现代生活——人们为了名利忙碌着，个个行色匆匆，自然无暇凭吊屈大夫，甚至无暇再吟诵那首名传千古的《离骚》。在奔忙之中，甚至也无暇顾及自己心灵的停泊与憩息。

为了衬托屈大夫为民抱负难以施展、抱恨投汨罗江而死的忧国忧民情怀的崇高与伟大，诗人拿自己与屈大夫作比。通过对比，彰显出了诗人见贤思齐的炽热感人情怀和高洁的兰花品质。同时，我们又洞见诗人内心的不染尘埃与广阔无垠。

在《家庭组曲》这组诗作里，诗人相濡以沫的贤妻、钟爱有加的女儿相继出场。每首诗作，每个诗句，都感情饱满，亲情浓烈；字里行间，爱意满满。读之，欲罢不能，常有感动的泪水溢出眼眶。

其实，我们每人都有一个家，家里有一位爱人，有一个或者更多的儿女，还有父母双亲、爷爷奶奶……于是，这个完整的家就充满了温馨，溢满了甜蜜。一首歌《我想有个家》，让多少人感受到有家的温暖，无家的失落；让多少人感动得泪流满面。

一个平平常常的家，却是我们心灵栖息停泊的港湾，是我们身心受伤之后的疗伤之地。家不是可有可无，而是有她我们的心灵才会有归宿感，我们的事业就会有成功的“加油站”！一位哲人曾经这样说过：“哪怕全世界的人都反对我，只要我的爱人、我的孩子为我点赞，我就会走向成功的彼岸，取得事业的辉煌！”

从诗人的诗作《家庭组曲》里来看，诗人无疑拥有一个幸福美满的家。妻子温柔贤淑，常施爱于家庭每个成员；女儿优秀，有幸考入北大，后又喜结良缘，走上婚姻的红地毯，了却了父母的一桩心愿。

诗人更是取得了“事业、爱情、文学三丰收”的令人点赞的巨大成就！这样的人生，该是多么幸福美满啊！

五

柳歌老师的诗蕴含着童话之美。在《2010，说来她就来了》这首诗里，诗人这样写道：

“一匹白马腾起了尘烟／一只银梭穿过了山河／一江春水流入了大海／一支焰火绽开了花朵／这一年所有的日子啊／都化成了雪花片片／轻轻地飘落／／一年的月光依然没有酿成美酒／一年的云朵依然居无定所／还有这一年的过眼云烟啊／也依然没有从窗外的天空里／轻轻飘过／／这一年，是谁在仰望星空／这一年，有哪些人走进了唐朝／这一年，是谁采摘了月光／这一年又是谁呵／在一条古道的两边／种下了接天的芳草……”

诗作“大开大合，大起大落，神采飞扬，空灵潇洒，这样抒写新旧交替，显示了诗人的才华，也显示了诗人内心的丰富与辽阔”。（全国著名诗人叶延滨语）

本是一个平平常常的又一个新年向我们走来，诗人却用童话般的笔触、诗意烂漫的笔触用心刻画，巧用“四个一”，酣畅淋漓地展示出了新年的诗意之美。最终用“这一年所有的日子啊／都化成了雪花片片／轻轻地飘落”作结，既写出了时光的稍纵即逝，又有一些无奈和惆怅。“雪花飘落，收获几多？”众所周知，雪花虽洁白好看，却易融化消逝……是收获？隐含更多的却是韶华易逝的无奈与惆怅。

柳歌老师的诗作，时常在优美如画的童话里穿越。不信，让我们再一次走进他营造的童话王国：

“三千顷的梨花一起开了／该有多么的壮美／仿佛这个尘世又将陷入一场浩大的风雪／仿佛尘世里所有的美好都变成了一朵朵梨花

／在春风里，缓缓地绽开／缓缓地摇曳／／该感谢谁呢？这个春天／让我如此奢侈。刚刚占有杏花／整整一面山坡的初恋／拥抱过十万亩桃花，火一般炽热的身子／又将陷入三千顷处子般的梨花／甜蜜的围困。你幸福得想喊，可喊不出／任何的声音……”

诗人置身三千顷梨花之中，仿佛置身于一个斑斓五彩的童话王国里。他与千万读者共享烂漫春光的旖旎，内心激情荡漾，真想大喊一声，以酣畅淋漓地抒发心中之无限快感！

但是，诗人却感到：“你幸福的想喊，可喊不出／任何的声音……”此刻，真乃“无声胜有声”！诗人不以声音传递美感，而以更为高超的风景描摹传递真挚情感！颇有置身梨花王国,感受烂漫春色,“只可意会而又不可言传”之妙趣！

如果欲体会梨花之美，还是请抽出忙碌的身心，到梨园徜徉，才会有更多更美的体验和收获！

六

柳歌老师的诗流溢着诗意之美。诗歌本来就是人们的心灵之镜。心清心浊，读罢诗作，就可见识透视出分明之泾渭。请看诗人笔下的秋风模样：

“多好的一阵秋风哦！来的恰是时候／刹那之间，就让万木肃然／大地屏住呼吸，明显安静了下来／天空躲得更远，云朵逃向了天边／连秋水也聚精会神，开始／目不转睛／／看呵，在这样一个平静的夜晚／谁的江山，就要被一阵萧瑟的秋风／换了颜色……”

自古秋风多悲凉，诗人笔下的秋风却独具风韵，清澈见底，浪漫多情。秋风吹来，“大地屏住呼吸”，开始进入休眠期，“明显安静了下来”。

在诗人眼中，浩荡秋风的意象个个都颇具诗意，令人过目难忘。

“天空躲、云朵逃、秋水聚精会神”，静若处子。结句一问：“谁的江山，就要被一阵萧瑟的秋风／换了颜色……”意犹未尽，留给人更多的想象空间，久久萦绕心怀，令人回味，耐人咀嚼。

《柳歌诗选》的满满诗意从何而来？追根溯源，我们终于找到了秘密。原来，柳歌老师就是深受中国诗学传统熏陶的一位当代诗人。这一点，我们可以从他为自己的诗集每一辑所取的名字中可以看出：第一辑“独上高楼，望尽天涯路”，第二辑“春花秋月何时了”，第三辑“此爱绵绵无绝期”，第四辑“无限江山，别时容易见时难”，第五辑“水流无限是乡愁”。每一辑的芳名，都诗意满满，让人易记。在电脑上只要轻击键盘，就会轻易生成自动组合，很是省劲。

在柳歌老师的诗作中，还不时显示出他移情于景、以景寓情、天人合一的诗歌创作才华：

“孤零零的寒日，映着／孤零零的鸟鸣／孤零零的树木／三人成众，我们一道在这个冬日里／苦苦挣扎，抱团取暖／站成风景／／其实，我们都显得／心不在焉；暗暗的一道／把双翅拢在怀里／把锦绣藏于腹中／天气越冷，把热爱握得越紧／把一些关于春天的感觉／打磨得越发的锐利，越发的／深入内心……”

诗人用这样的妙笔，写出了灵魂深处的“热爱”。诗人从写冷起笔，到写热收笔；从身体的感受写到内心的感知，把灵魂深处对生活的哲学思考，悄然转化为体温般能感知的具体诗歌意象。可谓技高一筹，匠心独具。

读罢这首诗歌，让我们感受到写诗也是需要技巧的。虽都是文字的排列组合，但高手与常人仍有着天壤之别。正像那些书法大家们，铺开宣纸，蘸上浓墨，信手写来，游刃有余，浑然天成，俱是大家手笔。顿时，仿佛立体字画，闯入眼眸，灵动鲜活，满纸生辉。常人就是使尽吃奶之气力，笔下的毛笔字愣是瘪足的很，想爬是根本爬不起来的，更不用说站立了。

七

专门为《柳歌诗选》作序的全国著名诗人兼诗评家叶延滨先生，曾这样评价柳歌其人：

柳歌是活跃在诗坛的诗人，近年来写出了不少好诗。也许有的读者还对他的名字感到陌生，那是因为在媒体影响巨大的今天，柳歌和媒体聚焦的那些“事件型诗人”不一样。在事件不断的媒体聚光灯下，一些粉墨登场的诗人，以尖声惊叫的方式，传达着痛感和无奈，赢得几声叫好。然而文本呢？文本被岁月淘洗掉了，让诗坛出现一个奇怪的现象，残留着一些大众只知道名字，却想不起他一首诗或一句诗的“知名字诗人”。柳歌不是这样的诗人，他勤于写作，也获过不少报刊的诗歌奖，当他把自己创作结集出版的时候，也让读者通过文本，走进了一位诗人的内心，分享他生命的精彩。

其实，从我内心来说，我对靠诗歌事件、媒体炒作而闻名的诗人是比较厌烦的！因为他们并无写诗的真功夫，反而有哗众取宠之隐忧——正如著名诗评家叶延滨先生所言：这些故弄玄虚、弄巧成拙的“瘪足”诗人，徒有“知名字”之虚妄，却在高雅的诗坛留不下一点诗的痕迹，空留茶余饭后的笑柄，贻笑大方！

与此形成鲜明对比的是，柳歌老师却像一朵出淤泥而不染的荷花，在纷纷攘攘的世事中，独自保持那一份清纯，那一份洁白，那一份清雅！实在令人肃然起敬！

河南省作协副主席、著名作家冯杰先生也为《柳歌诗选》写下了名为《这些文字的“永砖”》的序言。

一位当代诗人，能够如此受人待见，足可心满意足了！

令人心动的褒奖

柳杨（王广厚）

“夏花灼灼日，筑梦正当时。”转眼之间，又是万木葱茏、鲜花绽放、莺歌燕舞的盛夏，沐浴着新时代的和煦清风，不禁让人心生喜气洋洋、暖意融融之感。

也许一切都是天意吧，农历丁酉鸡年——一个名副其实的大吉大利之年刚刚过去，戊戌年的花波蕾涛又奔涌而来！新时代，新生活，给我们带来无比的欣喜和无限的美好憧憬！

为了出版我的散文集《成柳散章》、诗歌集《柳吟集》、孩子教育专辑《您是爱迪生他妈》三部拙作，多少人牵挂出力，时常让我感奋！

首先肯定是我们洛阳市作协主席赵克红先生。他在百忙之中亲自过问我的出书事宜，并且挥笔为我的拙作撰写了序言，还为诗集《柳吟集》亲笔题写了书名！这真的是我一位基层作家梦寐以求和意想不到的惊喜！

鸡年真乃吉年也！真的是一个文学事业成功的好年份！ 2017 年 10 月 6 日，我的散文《故乡的中秋》被《光明日报》微信公众号“夜读”栏目推出；散文诗《让烂漫的文学梦想尽情奔流》被《时代报告》“纪念《奔流》创刊60周年专号”刊载；紧接着，我又有幸加入了洛阳市作协、洛阳诗词学会、河南省诗歌创作研究会等，圆了我孜孜以求的作家梦。于我而言，鸡年吉年，在文学创作事业上，好事多多，五彩缤纷……

接着要说的是我生命之中的另一个“贵人”——洛阳市作家协会副秘书长赵向颖先生。我们虽然仅有数面之交，但是当他得知我出书的消息之后，总是忙前忙后，不计得失。每当我表示感谢之时，他却总是那句简单而又真诚的“口头禅”，“王老师，能够为咱们洛阳各位作家提供优质服务，就是我们此生追求的最大幸福！”

在这里还要真诚地感谢中国作协会员、全国著名诗人李易农先生。说来我们只是隔空相交的朋友，至今仍未谋面。先是获赠他潜心创作的梦想三部曲：散文集《月上高岗》、诗集《月明高岗》《月圆高岗》。我阅读之后，深受教益。当他得知我的诗集《柳杨诗风》出版，欣然答应为我的诗集作序。读过李易农先生的序言我倍受感动！我的直觉告诉我，李易农先生年轻有为，真的不愧是中国诗坛的高手、快手、行家里手！此话怎讲？我头天下午把诗集的电子版发给他，他竟然于第二天下午就把序言写好发至我的邮箱。当我拜读这篇褒奖有加的文字时，充满滚烫、真诚、洒脱之情的序言，直抵我的心灵！诗人在肯定我的优点之际，也真诚指出我的创作瑕疵。我知道，在诗歌创作的路上，我仍有很远的路要走，与名家、大家的差距是显而易见的！

最令我感动的是洛阳市老作家学会会长刘锋（柳风）先生。先生已是古稀高龄，且患有白内障，并且常有公务在身。当我提出请先生为我的孩子教育专辑《您是爱迪生他妈》、散文集《成柳散章》作序时，先生当即答应下来，并嘱咐打印文字稿出来，便于仔细阅读，以便写好两篇序言。为了作序，先生历时20余天，认真阅读全书，精细打磨，鞭辟入里，褒奖有加，让我备受温暖与感动！柳风先生的人品与文品在我熟知的文学圈内、朋友圈内是大家所公认的！先生在序言中说："结识作家王广厚先生，乃我一生之幸。"其实，此话不该先生说，应是我的肺腑之言！步入洛阳文学圈的圣殿，我遇到的第一位贵人就是柳风先生。在先生的引领下，我结识了河洛文坛的大家名家，常闻兰香，备受熏陶，日有所进！

我高中时代品学兼优的老班长赵本哲先生，是我们广大同学公认的做人与作文的楷模。无论哪位同学家有大事，他都要从外地赶回来关照问候。这次得知我要出书，又欣然作序，鼓励鞭策，令人感动。

感谢河洛文苑的版主三生有幸、洛神、把酒问月、孙杰等先生和千雨荷女士，还有各位老师文友，你们总是真诚点评我的拙作，使我能够改正不足，扬长避短，不断进步。

在此，我还要真诚地感谢中国作协会员、全国"苍生杯"征文大奖赛主编冷慰怀先生，曾在大赛颁奖典礼上为我颁奖赠书的高级编辑宋继敏先生、企业家刘海先生，是你们的褒奖和鼓励，才使我高扬起创作的风帆，勇敢拿起自己的笔，以人民为中心，弘扬真善美，鞭挞假丑恶！感谢冷慰怀先生赠阅的新书《寻觅清香》，感谢您和刘海先生创立的"苍生杯"搭建起了一个倾听芸芸众生呐喊的广阔舞台。此举连接基层百姓心，表达广大群众意，为了解民情民意的时代大通道。

就在我的新书付梓在即之时，还要真诚地感谢柳歌（刘兴永）、董进奎、段新强等诗坛名家，你们慷慨地把自己潜心创作的诗集佳作《柳歌诗选》《看见一枚古韵的彩陶》《活在青山绿水间》赠阅于我，这些珍馐佳酿，都让我"如听仙乐耳暂明"！我有幸在戊戌新春的"品味新安之美"采风活动中，与董进奎、段新强两位先生相遇相知相交。我们真诚交流，互相切磋。虽为初识，但他们能为我出版三本有特色、高水平的文集出谋划策，不辞劳苦，让我备受感动。

感谢承留镇党委书记陈明亮、镇长杜中联先生，感谢《河南日报》

济源记者站站长王小萍女士、成利军先生，《东方今报》焦作站济源记者站站长李国营先生、吴战通先生，《济源日报》记者林勇；感谢挚友赵功文、卫丽君、王经昭、王国振、任传智、孔凡靖、赵功德等先生，感谢同学王小平、陈玉红、成守刚、王战群等，感谢我的兄弟王万禄、王万富、王宣生……由于篇幅所限，实在不能一一记录，深表遗憾。是你们的恩典，才成就了我今天的成功！

由于时间仓促，疏漏在所难免。拙作如有不当之处，诚恳各位方家不吝赐教，本人乐意倾听，并在以后的岁月中奉为至宝，及时改正。

2018 年 6 月 12 日

真情洋溢　寂寞成诗

——简评《魏征文学》“先锋诗星”柳杨先生的诗

柳　清
（洛阳市作协会员、河南省诗歌创作研究会会员）

2018 年 11 月 5 日，我异常钟爱的河北《魏征文学》于第 36 期，推出了本期的“先锋诗星”——柳杨先生与冰娴女士。

有趣的是，柳杨与冰娴这对双子星座，一男一女，诗风不同，诗味有别。更有趣的是，一条母亲河（黄河），隔开了两人迥异的生活空间。他和她，一位生活于河南洛阳，一位生活于河北晋州。

洛阳贵为十三朝帝都，享誉中外，有三朵奇葩闻名遐迩。国色天香的牡丹、玄奘大师修炼的白马寺、世界文化遗产龙门石窟，皆让洛阳久负盛名。

再说河北晋州。一代忠臣魏征，为了大唐江山，为了黎民苍生，在一代明君李世民面前，仗义执言，铁骨铮铮，忠诚进谏，威名赫赫，千古流芳，堪称晋州的骄傲、河北的荣耀。中国作协会员赵贵辰先生主办的《魏征文学》，想必因魏征而得名，被众多读者所喜爱。

读罢柳杨诗人的诗作，感受到在珠玑字句之间，流淌着诗人对生活的热爱之情，对时事的关注之心。诗作中，既有浪漫的情怀、生活的雅趣，也有哲理的思辨、深刻的批判。

读之，如在凡俗的生活之中，欣喜地仰望到皎月一轮；如在烦琐的俗务羁绊之下，惬意地享受诗意栖居的唯美。缪斯之神的翩然眷顾，为我们打开诗意流溢的窗棂，令人如沐春风，尽享生活的雅趣！

柳杨，这位河洛才子，现任洛阳市儿童文学学会副秘书长，洛阳市作协、洛阳诗词学会、河南省诗歌创作研究会、河北先锋作家群会员。在《人民日报》《光明日报》《河南日报》《河南诗人》《时代报告》等刊发文学作品200余万字。作品多次在全国获奖。

更为惊喜的是，我们意外得知，就在柳杨被评为《魏征文学》“先锋诗星”之际，饱含诗人真情的诗集《柳吟集》付梓了！这是赵贵辰先生与《魏征文学》隔空送给诗人新著的问世贺礼！

笔者认为，柳杨的诗作具有“三美”：热爱生活的真情美、哲理思辨的辛辣美、关注时事的胸襟美。

先说热爱生活的真情美。

在《爱人》一诗中诗人写道：

你让一个个新鲜的日子开出花朵/你让分分秒秒的时光荡出笑窝/你把我的诗情雕琢/你把我的歌意开掘//有梦的地方/你总在/静静地守望/有难的地方/你总在/悄悄地犒赏//日日用汗水浸泡/时光也会生根发芽/长成参天大树/结一树月光/满地蛙唱

有道是，一位成功的男人背后肯定有一位贤淑的女人！对诗人来说，亦是如此。在生活的琐碎之中，我们常常会遇到各种各样的烦恼和侵扰，令人浮躁不安，甚或蠢蠢欲动。诗人却能静下心来，以诗为笔，歌咏生活，抒发真情，描摹真意，难能可贵！

从诗中不难看出，诗人生命中的爱人，给了他多少前行的动力和成功的慰藉！

在诗作的背后，我们看到了诗人对知心爱人的那深深感激、厚厚情意和绵绵相思……

不仅如此，诗作在结尾之处，更是宕开一笔，写就了诗人更为璀璨的人生梦想，抒发了诗人敢于攀月步蟾宫的豪情壮志：

锁定珠峰的梦想 / 年年奋力攀越 / 一个个登天的台阶 / 无限接近蓝天的高度

对宝贵亲情的真挚歌咏，不仅在《爱人》一诗中有充分的表达和展现，在《姑姑之诗》中，亦有真情流露和赞美！

对友情的赞美，我们在诗作《一颗星辰照亮眼眸》中，可以体味：

浑厚的男声部 / 沐浴着晨阳的光辉 / 从晋州金秋的果香里飘来 // 那是底蕴醇厚的心灵之歌 / 那是天边的彩云一朵 / 那是陈酿的杜康散发出的缕缕馨香

诗作真情洋溢，讴歌了作家赵贵辰先生主办的“河北先锋作家群”；讴歌了有责任、有担当，充满正能量的《魏征文学》；讴歌了赵贵辰先生的浑厚男声。

在《当桂香飘过银河》一诗中，真情歌咏了隶属于“河北先锋作家群”的“先锋剧团”：

当桂香飘过银河 / 天南海北的墨客在此集结 / 一个上进、文明、和谐的北国微信群 / 描摹出祖国缤纷的颜色 // 当桂香飘过银河 / 能歌善舞，能画善诗的文友 / 他们用歌声染红了高粱的脸庞 // 他们用佳作笑醉了明月的眼眸

热爱生活，需要对生活中的真善美高亢讴歌。我们在诗人的诗作《赵贵辰，勇于把自己的名字镶嵌入诗》之中，可以尽情领略个中奥妙，酣畅淋漓感受到诗人赵贵辰先生的不凡举动：

勇于把自己的名字 / 镶嵌入诗的诗人 / 寥寥 // 河北诗人 / 赵贵辰 / 却敢 // 行得正 / 走得端 / 堂堂正正入诗又何妨 // 诗是一面镜子 / 照见面容 / 更照彻心底

再说哲理思辨的辛辣美。

在《狗竟能被提拔到楼顶？》一诗中，诗人以极为辛辣的文笔，一针见血地写道：

赵贵辰诗中的一只狗 / 竟能被提拔到楼顶 / 一本诗集的问世 / 让狗战栗，大汗淋漓 // 被打磨过的锋芒犀利无比 / 一根根芒刺扎背扎心 / 咄咄的气势拷问良知 / 见血的墨，见肉的笔，太过锋利……

面对生活中客观存在着的假丑恶现象，作为诗人，我们不能视而不见、听而不闻。而应该拿起手中的诗笔，予以痛批，给人警示，让人警醒！

诗作在结尾采用诘问的语句，直抵内心之中的污垢。三言两语，见仁见智，更为有力，令人震撼！

这世界 / 究竟是白天与夜晚 / 颠倒了 / 还是人心与狗肺 / 倒置了

再说说关注时事的胸襟美。

爱国是诗歌永恒的歌咏主题。诗人热爱祖国，关注时事，时常用他那饱蘸感情的诗笔，赞誉为国捐躯的英雄！《罗阳！罗阳！》就是这样一首诗歌佳作！

明媚的春光之中，是谁在歌唱？您用中华男儿矫健的手臂，托举起舰载机腾飞的渴望！

骄阳似火的夏日，又是谁在埋头挥汗？一道道技术难关被您攻克，中国舰载机在世界天路鸿鹄翱翔！

金秋的硕果满树，世界向您举起仰慕的目光！三百六十五里路呀，中国航母骄傲地驰骋在五大洲七大洋！

在一个飘雪的日子，沈飞集团的大门里却热泪飞扬！中国舰载机腾空而起，您却轰然倒下！

默默地，默默地，走向，远方……

您走过的路径，少顷鲜花盛放！您驻足过的地方，祖国正翘起拇指，挺起脊梁！

这些滚烫的诗句，炙手可热。读之，让人心潮澎湃、眼含热泪！诗人用激情澎湃的诗言诗语，为广大读者塑造了新时代英雄罗阳的光辉形象，萦绕心怀，感人至深！

诗人书写的生活领域广阔无垠，摇曳多姿。从内蒙古大草原归来，征尘未洗，诗人妙笔一挥，就为沸腾的诗情插上了飞翔的翅膀。我们的心跟着诗人飞向广袤的草原，拥抱旖旎的风景：

凹凸的火辣身材 / 披一身蒙古草原的火焰 / 白皙的面庞被映衬成一朵 / 格桑花 // 内蒙古的炫彩风情 / 在身上燃烧 / 鲜艳灼人的光亮 / 照彻游弋的黯淡 // 诙谐馥郁的玉言 / 洒落一地馨香 / 用纯正的母语 / 推荐深爱的草原

这是诗人在《琪琪格乌恩》一诗中的诗句。诗作通过画龙点睛式的描摹，向我们栩栩如生地刻画出一位新时代美丽蒙古族女子光彩夺目的形象。从诗句中不难读出，这位新时代中的蒙古族女子能说会道、生财有道、热爱草原。诗作主要运用了“火焰、格桑花”等诗歌意象，选用了“炫彩、诙谐馥郁、馨香、纯正的母语”等准确的词语。从意向的选择到词语的选用，颇见诗人的诗歌写作技巧，特别是锤炼诗句的过硬功力。

在《内蒙古的白云》一诗中，诗人写道：

我与内蒙古的白云 / 一见钟情 / 你竟然是一位双眼皮的 / 蒙古族琪琪格 // 红色的太阳 / 被你银白的手 / 涂抹成官银的俏丽模样 / 直刺眼眸

这首诗作，在一行行诗句之中，点缀了不少内蒙古元素。全诗仅用八句短句，就勾画出了内蒙古白云独具的特色，令人过目不忘。

有人说，诗人是孤独的，寂寞的。

一个人，如果沉溺于灯红酒绿的追逐，沉溺于追名逐利的劳碌，不能甘于寂寞，甘于清贫；不能沉下心来，思考生活；不能观察身边现象，体味人生，自然不能写就耐人咀嚼的好诗来！